暗闇にレンズ

高山羽根子

創元文芸文庫

LENSES IN THE DARK

by

Haneko Takayama

2020

目次

暗闇にレンズ

映画ですって?　もうごめんですね。もし映画の今日の姿が予見できたなら私はこんなものを発明しなかったでしょう。

――ルイ・リュミエール　一九三〇年

ええと——うん、これは、シンプルにイノチにかかわるモンダイ。

ここはツバをのみこむこともできないくらい、しずかなへや。わたしはいま、へやのすみっこにあるハコのなかにいて、つまり、かくれている。だから、しーんとしたこのへやよりも、もっとしずかにしていなくっちゃいけない。

っていうか、そもそもこのハコはニンゲンがはいるためのものじゃない。だからきっと、カンオケのほうがよっぽど、いごこちがよさそう（まあ、カンオケだって、いきてるニンゲンのためのものじゃないけど）。

まあとにかく、このハコはとびきりきゅうくつで、かたくて、いたい。それにハコのそと、へやのようすはぜんぜんわからない。すきまからのぞくと、ほんのちょっぴりだけ、でも、ハコのなかがくらいから、くっきりみえる。

こんなふうに、ちいさいあなからみると、はっきりものがみえることは、まえにひかりがおしえてくれた。くわしいことはわすれちゃったけど、たしか……、とにかく、くらいハコのとってもちっちゃいあなからみえるものは、ハコのそとがわにある〝セカイのシンジツ〟？

ハコのなかで、かかえてるカタマリのかたちをたしかめながら、あなにおしつける。あなはひとつだけだったから、こうしてしまうと、わたしはこれからハコのそとをみることはできない。けど、まあだいたいわかる。どうせサイテーな、ろくでもないことにきまってる。ならこのカタマリにみてもらったほうが、いくらかマシなんじゃない。

おとがでてしまうと、こまる。カタマリのスイッチを、てさぐりでさがして、ゆうぅーっくり、おす。

カタマリは、これからたぶんはじまる〝できごと〟なんてどーでもいいじゃん、みたいなかんじで、のんびりうごきはじめる。

LIGHTS

1

Side A

「トウキョウが戦場になったら、きっと戦場カメラマンはいらないよね」

ってていう感じのことをもうちょっと品のない言い方でつぶやいてから、彼女は体格のわりに細くて未発達な顎を上げた。皮肉めいた視線の先にある天井には、私たちの手のひらの丸みにも収まってしまうほどの小さな半球体が並んでいる。ぴったり等間隔で、天井の模様として風景に溶け込むことが大切な仕事の一部なのだとでも主張するように、それでいて黒く艶《つや》やかな存在感をあたりに知らしめて、ささやかな威嚇もときには必要なのだとでもいうように。

私たちは、これらが今いる外資系フランチャイズカフェの、たんなる小洒落《こじゃれ》た天井の飾りなんかじゃないことを知っている。これらは、艶やかに黒味が照る外見のシンプルさと正反対に、内部にはレンジの広いバリフォーカルな水晶体が、精密な配列の基盤といっしょに組みこまれていて、私たちのようなふつうの人間の生活を絶えずとらえ続けている。そうして今すぐにビームを撃ってきたり、近づいたとたん爆発したりなんかしないってことも知っている。けれど、そういった罠とおんなじか、ひょっとしたらもっと、ずっと不穏なものなのかもしれないってことも、もちろん知っていた。

街の外に出てみれば、状況はもっとずっと極端だった。再開発のおかげで不必要なほど立体的に育ちきった駅前は、角ごと小路ごとに、エスカレーターの上と下に、例の〝ひとつ目〟がいる。カフェにあるっぽいお洒落なもの以外にも、いろんな形や機能を持ったものがあって、いかにもといった四角ばった形のもの、スピーカーに擬態したものなどなど。それらは強化ガラス製の角膜を光らせ首を三百六十度回して、数にものを言わせながら街の姿、人の姿をあちこちかじりとっていた。

一番新しいものときたら、いかにも何かをたくらんでいるふう――たとえば植え込みに何かを隠そうと下ばかり覗いているとか、女の子の秘密の部分を眺めて、その思い出を記録に残そうと下ばかり覗いているとか――な人の不審な挙動を認知して、重点的に首を傾けるっていうんだから。

そんな近ごろはみんな、ひとつ目に見張られる毎日を気味が悪いとか不自由だなんて言わないだけでなくそもそも考えもしなくなった。そのうえ、ひとつ目の群れを怖がるような少数派の人たちに対しては、見られてるなんて自意識過剰、カメラにタマシイを吸い取られるだなんてどれだけ古代人？　なんて、含み笑いであしらっている。

たくさんの人がいかがわしくてけしからんと顔をしかめてその前を通るオンナの人の店だとか、全国チェーンの個室ビデオ屋、賭けごとのできる遊技場。それぞれの隙間に、アウトレットのコスメや均一料金のアクセショップ、キャラクターのぬいぐるみのお店が並んでいる。へたしたらそれらが同じビルに交互に入ってしまっているようなでたらめでどうしようもない街で、私たちは放課後の時間をつぶしている。お金だったり、物理的な武器だったりを持たない無力な学生である私たちは、限られた範囲を毎日こんなふうにぶらぶらできる、なんちゃって付きの自由と引き換えに〝いろんな感情〟にふたをすることにも、もうずいぶん慣れてしまった。

ようは、トレードオフっていうことなんだろう。もしどうしたってあのひとつ目がいやなら、手のひらで顔を隠して早足で逃げるか、かわいいスタンプで上書きするか、目のところに穴の開いた紙袋やルチャ・リブレのマスクでもかぶるか、もういっそ外出をしない。選択肢はちょっと思いついただけでもこれだけある。

「それならそれでいいじゃない」

私は今自分たちがいるカフェの、女神だか妖怪だかを象《かたど》ったロゴマークがプリントされたプラスティックコップの底、傾けた隅に残る甘ったるいクリーム入りコーヒーが溜《た》まっているところにストローの先で狙いを定めて、音高く吸いとった。それから続けざま、

「戦場カメラマンなんて、任せられるならロボットにでも任せればいいって私、ずっと思っているし」

と向かいの席に座る彼女に、わざとなんでもないかんじに笑いかけてみせた。

彼女は心底うんざりした顔をして（実のところ私はそんな彼女の表情が割と気に入っていて、

わざと彼女にそういった顔をさせるような意地悪をしてしまうんだけれども)、

「あなたにだけは、そんな考え方、してほしくない」

と、一語ずつはっきり強調するように言った。

それからふたりのあいだを隔てる、小さくてお洒落で、そして、ここで熱いエクストラサイズのココアをゆっくり飲もうなんてちっとも思えないほどひどく不安定な丸テーブルへ、窮屈そうに頰杖《ほおづえ》をついた。

Side B　一八九六年・神戸

瀬戸内海《せとないかい》の平坦な空に向かって、雲の入道はちょうど万歳の恰好《かっこう》で立っている。入道の足元にすんなりとした稜線《りょうせん》を描いて広がる六甲《ろっこう》尾根の斜面は、海岸線の直前で急に鋭い傾斜でもって海に差し入って姿を消す。それが天然の良港と名高いこのあたりの特色であった。

雲の入道は体を反らしていっぱいに胸を膨らませ、詰まった空気を一息、六甲の斜面伝いに冷たい風にして吹きおろす。湾に広がる港の、小さな大きな船たちの帆先が一斉に揺れる。船乗りたちは心得たものだった。いざ出帆《しゅっぱん》のだんになると、幾人もでじっと帆先を見つめ、揺れを見極めて吹きおろしのちょうどいい角度を見はからう。それからせいので綱の張り具合を調節し帆で風をとらまえ、つい、と船を滑り出させる。ここまでも見事だがさらにすばらしいのがその後で、同じ風を孕《はら》みながらも帆の具合、舳先《へさき》の角度をうまいことやりくりして、すべての船がちょっとも触れあうこともなく、狭い湾の口を譲りあいながら、風の途切れるまでのわずかの時間、流れるようにして沖へ出ていくのだった。

大輪田泊《おおわだのとまり》が神戸《こうべ》港へと呼び名を変えたのは、いきなりのことではなかった。もともと神戸というのは大輪田泊一帯の集落の名前としてとおっていた。のちに明治の始まりころから、外の人々が呼びやすさから港も集落もいっしょくたにして〝コーベ〟と呼ぶようになる。そのことをうけて、お上《かみ》が正式にここを神戸港としたのはつい最近のことだ。

何かしら物事を変えるときはまず名前から、というのはあながち頓珍漢《とんちんかん》な所業とも言えない。今日からおまえは太郎なんだよと親が言い、呼ばれ続けた赤ん坊が、自分が太郎と呼ばれているということに気づいた瞬間から、赤ん坊が太郎へと変わるのと同じで、港も変わった名前に引っぱられるようにして、外側だけでなく中をうろつく者まで、どんどん雰囲気が変わっていった。

ただ、それでもこの冷たく力強い山風ばかりは変わることなく、きっとはるか昔にも同じように吹きすさんで、遣隋使や遣唐使の船を海原《うなばら》へ駆りたてていたのだろう、と、六甲入道の呼吸にあわせ器用に出入りする船を眺めながら、乙《おつ》は柄にもなく情緒的なことを思う。

続いて乙、湾から目を離してあたりをぐるりと見渡す。政府が世界の出入り口にと慌ててこしらえた港周辺に広がる居留地は、見かけこそ西洋風な煉瓦《れんが》造りの建物が並び、いかにも小綺《こぎ》麗《れい》だった。ただ規模に関してはまるきりお粗末なもので、やれ子どもだましの箱庭だ、田舎芝居の張りぼてだ、などと来る者たちに軽口をたたかれていた。そんな調子であったから当然のこと、こぢんまりとした居留地一帯は開港からたちまちのうち出入りする外国商人で溢《あふ》れかえることとなった。つまりはあらかじめ勘定に入れていた以上の外国商人が押し寄せてきたからで、良い言い方をすればこの国が考えていたよりもずっと、諸外国にとってこの港は魅力的だったということかもしれないが、ようは政府の見立てや管理が甘すぎたのだ。今、神戸港は外国の貿易商人とそれを当て込んだ日本の小商いが詰めかけ、いささか賑《にぎ》やかに過ぎる街となっていた。

神戸に居る外国人の中で特に多いのは、清《しん》から来た者たちであった。彼らの仕事は主に通訳業だった。にもかかわらず、彼らは読み書きについては当然のこと、日本語を話すことさえもままならなかった。なぜ、かように日本語を話せない清国人を、欧州《おうしゅう》の商人がこぞって日本に連れてきたか、その理由は簡単で、日本人相手に商談をする際、漢字を利用する者同士ならばちょっとは話も通じるであろう、それに茶や焼き物なんかの質についても文化が近ければおおよその見当がつくのではないか、などといういかにも南蛮人らしい大らかに過ぎる見立てによるものだった。

これら〝通じぬ通訳〟という風変わりな役割の清国人たちは、そういった見当はずれの理由で連れてよこされたわけで、しかも清国人は西洋人と違って通商条約の部外者であり、日本の側に移民としての受け入れの準備がなかった。そのため、ただでさえ規模の小さい居留地に居座ることは難しい事情があった。そこで彼ら清国人たちは、居留地の西側一帯の雑居地と呼ばれるあたりに集落を形成して暮らすようになり、今では一帯は南京町《ナンキンまち》と呼ばれている。南京町は清との戦争を終えたばかりの今の景気を受けて、尚更《なおさら》勢いを増し賑わっていた。

今でこそ西洋の品を主に扱ってはいるが、もともとは東洋の古道具をはじめ、古文書、絵画といったものを専門に扱っていた乙は、そんな雑多な南京の周辺をぶらつくのをわりと気に入っていた。清国人の愛用する、日本のものと似ているようでどこか雰囲気の違う着物だとか食器の文様、何に使うのかいまひとつはっきりわからない道具類、何げなく書きつけた帳面の文字や屋台の看板に描かれた絵柄の類は、つらつら思いをはせながら見ていても飽きることがなかった。

また南京集落の通りは、市場のように活気ある屋台が昼となく夜となく出ていた。清国の人間はとにかく商売が好きで、そういう意味ではまったくの働き者だった。通りに人が居て地面に隙間があれば、汁麺でも古道具でも、売るものがなければ床屋でも按摩《あんま》でも店を出す。茶を淹《い》れる店や供え物の花飾りを並べている店、手品を見せながらその種らしきものを売っている芸人もいる。行くたびいつも縁日のようになっていて愉快だった。乙は仕事で港に来ると、帰りにはなんとかかんとか理由をつけながら、南京の人々の住まうその町につい足を踏み入れてしまう。南京町に感じるおもしろさは、港の居留地一帯にただよう何かしらの予感めいたものの反映だからなのかもしれない。

開国により居留地や港が一般に開放されてからここまで、やれ開国だ、日本人が自由に外国のものを商いできる華やかな世の中だ、と政府や経済家があおり騒ぐ一方で、現状は産まれたてで貿易のボの字もわからぬ赤ん坊のような国に対して、外国の商社が自由に価格を決めてしまう、まだまだ不平等な状況であった。この不利な状況をうまいことくぐり抜けて渡りあうには、ただただ個人の知恵と情報と、観察力、そうして勘が頼りだった。結局は下手物《げてもの》を摑《つか》まされてもお上は知らぬふりで守ってくれる法がないのだから、自分たちでなんとかしなければならない。

そんな中にあってもなお、目に期待の光を湛《たた》え、港の商館に足を運ぶ日本人商人は後をたたない。もちろん一攫千金《いっかくせんきん》の機会をうかがっているのに違いはなかったが、それ以上に今までの日本になかった珍しいもので何か新しいことを始められはしないか、日本という国の文化や生活をがらりと変えてしまう何かを見つけることはできないか、そういった野心を持ってこの狭い港をうろついている者ばかりで、乙もそんな商人連中のひとりだった。彼らにとって日本の外は魔法の国であったし、この港は魔法の国から届く魔法の道具の、唯一の出入り口だった。

現在、主に乙が扱うものは外国製の武器であった。家具や調度のように嵩張《かさば》らないため持ち運びがしやすい。また頑丈で、数あたりの儲《もう》けが割の良いものであるうえ、美術工芸品の類のようにインチキの偽物を摑まされる心配が――実際にはまったくないわけではないが――少ない。ただそれらと比べて安定して稼げるにもかかわらず、物騒なものの扱いを嫌がる大商人が多いというのも都合がよかった。もちろん仕入れ元や販売先にいわくが何重にも絡まっている場合が多く、危険がないわけではない。それでも、多少のきまった約束事に気をつけてさえいれば、大店《おおだな》のおこぼれを拾って暮らすせせこましい工芸品の小商いにくらべれば、ずっと気楽な稼業であった。

しかし、今回の取引はすこしばかり特殊だった。

「これ、一台ではあきまへんの」

乙は現物を目の前にしながら、あまりの色気のないようすにいささか拍子抜けして、おそらくは古道具の奥に埋もれているであろう甲《こう》に向かって声をあげ、訴えた。

甲に唆《そそのか》されて一枚嚙《か》んだものの、ほんとうにこれが世の中を変える大発明たりえるのだろうか。乙は腕組みを解くことなく、ゆっくり膝を屈伸させて上体を上下させながら、首から上を右左に傾ける。そうやってあらゆる角度から、目の前にふたつ並んで鎮座する重々しい木箱をためつすがめつした。

商館のワックスの効いた板張りの床にでんと置かれたそれは、木製で、直方体に近い形をしていた。上部の両角は斜めに切り落とされ、田舎の寺の屋根じみた輪郭を形作っている。この箱が、今のように縦長に置かれるのが本来の正しい形なのだとわかるのは、申し訳程度にくっついた短い猫脚の存在によってであった。多少の艶出し加工がされているとはいえ、飾り彫りも文様もない、木の肌そのままの箱の天辺《てっぺん》には、顔の幅ほどの横に広い穴が開いていて、穴の縁《ふち》は光が入らないよう真鍮で枠取りがされている。いわゆる覗き箱の造りになっていた。高さは乙が上から覗き込むのにちょうどいい塩梅《あんばい》で、だがそれは乙自身が平均から考えて割と上背のある男だったからである。おそらく女や子どもはもちろん、甲のような小柄の男にだって下に箱馬を置いてやらなけりゃ覗き込めないくらいだろう。

南蛮人は子どもであってもこんなに大きいのだろうか。いや、違う。乙は甲からこの箱は大人が楽しむためのものだと聞かされていたことを思い出し、それから一層訝《いぶか》しく思う。そもそもこんな玩具《おもちゃ》めいたもので、大の大人を楽しませることができるのだろうか。

「あほか。そら一台につきひとりずつしか見れへんねん。二台あらへんと、行列をさばききれんかったり、万が一にも壊れてしもたら、わしら末代までの大恥やろ」

甲が貧相な風体に似合わぬ低いうなり声を洩《も》らしながら、商館の奥、革張りのトランクやら陶器の像やらの積まれた陰からぬっと出てきた。甲はもう長いこと、この木箱が日本にやってくるのを心待ちにしていた。そのためようやく目当てのものが届いた興奮の冷めやらぬところへ持ってきて、さっきからしきりと訝しがる乙の態度がいまひとつ気に食わないらしい。甲は顔を顰《しか》め、いかにも舶来調子といった細工彫りがされた長身の銃を構えて、乙に狙いを定めながらじりじり近寄ってくる。銃身に大きな回転ドラムを備えた、ずいぶんと不恰好な銃だった。ただ、甲は物心ついたころから親方についてずっと鉄砲商を専門にしていただけに、構えがやたらと堂に入っていて、乙は思わずヒッと小さな叫び声を上げて後じさった。すぐに甲は破顔して、

「これは写真銃や、弾は出えへん」

といって構えを解き、天井に向けて引き金を引いた。と、銃身のドラムが勢いよくカラカラと回る。甲はその後続けて、ドラムに直接指をかけ弾《はじ》いて回しながら、

「ここに銀板を取り付けて引き金を引きゃ、回りながら感光していく。こうして連続写真を撮

るわけや」

と、そのおかしな形状の、武器に見えるが武器ではないものを、さも楽しげに眺め回している。それから甲はその写真銃を、近くにある螺鈿《らでん》のチェストに両手で捧《ささ》げるようにうやうやしく置いた。ふだん何事にもひどく大雑把《おおざっぱ》な甲がそんなにも神経質に扱っているんだ、きっとそれも、ずいぶんと高価なものなのだろう、と乙は思う。そうして甲は笑顔をおさめ、

「わしらが今まで市場で動かしとった小型の銃は、もうそれほど動かへん」

と、声を落として言った。

「S&W《スミスアンドウェッソン》を真似《まね》て作った制式の日本製が出回り始めたさかいな。中折れ式のリボルバーや」

乙もそのことは聞き知っている。このところ軍が使用する武器はことごとく舶来のものから日本製に切り替わっていた。長崎の製鉄技術者を大勢連れてきて、大阪に大規模な工場を作ってからというもの、製鉄の技術も精密な量産品の質の安定化も進み、フランス式、ドイツ式の最新砲銃を模倣した国産品が次々と生産されている。そこへ持ってきて、このところの軍需だ。短い期間で既存の品の改良、設備投資が起こった。規模が拡大して雇用も増える。絵に描いたような戦争景気であった。乙も、甲の言葉につくづく頷《うなず》いた。

「日本人は手先が器用やからなあ。国の職人は手本の銃一丁あれば、そこそこそっくりに作りはるさかい」

乙の言葉を聞き終わるか終わらないかのうちに甲は乙に向きなおると、いつになく神妙に言った。

「銃の仕組みいうのはな、薬莢《やっきょう》に雷管と火薬と弾とを詰めて、細い筒から、こないして、押し出す。爆発の力で。弾は鉛で、えらい速さでもってこう、獲物の体を打ち抜く」

乙は、甲の身ぶり手ぶりを交えたこの解説をもう何度も聞いている。ただ、いつもなら乙の胸を人差し指で突いてすぐ手のひらをぱっと広げ、打ち抜いたようすを真似てふざけて見せるのに、今回は違った。甲の拳銃についての説明に、いつもより覇気が無いのには、乙もうっすら気がついていた。

書画工芸の商いからさまざまな理由でしかたなく移ってきた自分と違い、甲は昔から武器の類を扱ってきた。自分が小柄で力の無いのも手伝って、持ちえない強さに対しての憧れがあったのだろう、甲は武器の力というものを、ほかの人よりはるかに強く信じているのではないか、と乙は思う。甲は武器の細工の美しさに関しては当然のこと、機能の面にもこだわった。武器というものは時代によってめまぐるしく変わり、美術品や工芸品よりもずっと流行りすたりの動きが速い。乙の目から見ても甲は、新しい武器の持つ力強さ、新しさや美しさに絶えず目を光らせているように思えた。多くの人が気づくより先に、新しい武器がどんなふうに戦いに使われ活躍しうるか、強さを想像する力を、甲は持っている。

甲は、とんと手で箱を叩く。

「これは、光を使いよる」

ここで甲の言葉が一段強くなったのを、乙は感じた。

「天辺の覗き窓から見えるんは、動く写真や。その正体は光と影。わしは科学の勉強はまったくしとらんさかい詳しいことはわからん、まあいわゆる幻灯機、っちゅうやつやな。光をこの穴に集中さして、わしらの頭ン中に実際にはないもんを目の前にあるように見せる。馬が走ったり、女がピストルで的を狙って撃つなんてこともしよる」

「はァ、拳銃を撃つおなご」

海の向こうでは女さえも拳銃を振り回すのか。物騒な世の中だ。乙はため息混じりに声を漏らした。

「銃の名人でな。そらもう、アメリカで知らんもんはおらへんくらい有名な娘っこや。でも、箱ン中にほんまに小さい女が入っとるわけやないゆう事は、お前さんかてわかるやろ」

「そら、なあ」

「ほんなら、どこにいる思う」

「どこって、そら、どっか外国の、その、動く写真？　とやらに撮られたときの……」

甲は意地悪く試すように、フフンと笑って乙のしどろもどろの答えを楽しんだ。乙は甲の、こういう底意地が悪いところを、わりと気に入っていた。甲はまるで外国商人がするように大袈裟《おおげさ》に、頭と手首から先を振りながら答えた。

「頭ン中や」

「頭」

「光は目ェから入って、頭ン中で女や馬の形になりよる。目ェから入るまではただの光と影で、脳味噌《のうみそ》に入って初めて、何かんなる。せやから脳味噌以外のどこ探してもそれはないんや。箱の中に手を突っ込んだかて、外国に行ったかて、この箱ン中で銃を撃つ娘に会うことはできん」

「なんやえらい難し話になって来よったな」

そうつぶやいて、乙は自分の後ろにあった売り物の羅紗《らしゃ》布張りされた箱に腰を掛ける。荷物入れと腰掛けを兼ねた箱の座り心地は柔らかく、沈み込みすぎるためかえって落ち着かないほどだった。

「拳銃は鉛の弾を、相手の脳味噌や心臓にぶつけてやっつける。せやけど、こいつの出した光は、目から入って脳味噌ン中にずっと残って、内側からゆっくり人間をやっつける」

乙は、甲の言葉をまったく理解できないというわけではなかった。なんとなくとはいえ、いや、それゆえにかえって甲よりも客観的にその機械を見定めることができるとさえ考えていた。だからこそ、甲の言う大発明が、乙にとってはまだ、いまひとつ魅力的なものとして映らなかった。

もしこの目の前の覗き箱がそんな恐ろしい武器であるとして、甲はいったい、世の中がこの武器によってどういうふうに変わると期待しているのだろう。

乙は甲と違って、武器商いを始めて浅かった。そのうえ、商いに実入り以上の魅力を感じ、思い入れるということがなかった。書画を扱っているときでさえ、その対象物を過剰に美しいとか好ましいなどと思うことがあまりない。最初の親方に、商品に思い入れが過ぎると手放すときに苦しむ、と教わっていたことにも関係があるのかもしれない。一方で甲のほうは、新しい武器が出回るとその度に目の色を変えて飛びつき、楽しみ、愛《め》でて慈しんだ。宝物を手にする子どものようにはしゃぎ、その仕組みを詳しく調べ嬉々《きき》として得意先に説明する。これは人を縦に並べれば弾一発で五人は貫ける、とかなんとか。

乙はそんな甲を物騒だと軽蔑しているわけではなかった。むしろ、羨ましくさえ思っている。乙自身にとって金になる以上の興味を持てない道具に対して、こんなに思い入れられるなんて、ひょっとして甲は、自分にない脳のどこかの器官が特別に発達しているのではないか、逆に自分はそういった器官が欠如している半端者なのではないかとさえ思えた。

「この光を見たもんの生き方をその後がらりと変えることかてできる。これからは鉄砲玉でやっつけるんは獣ばっかりになって、人間同士はまた別の方法で戦うようになるって、わしは思とるんや」

甲が勢い込んで話すのを乙はただ見て、聞いている。甲の目はやたらに濡れててらてら光をはなっていた。まるで甲の瞳それ自体が幻灯機となって、甲の頭を摑み顔を白壁に向ければ、何か妙な物語が照らし出されるのではないだろうかとさえ、乙には思えた。

ふと居たたまれなくなって乙は甲から目を離し、甲の背後にあった、ヨーロッパ調の縁飾りのついた姿見を見た。映っているのは甲の小ぶりな背中ごしの、天井にぶら下がったいくつかの繊細な中東趣味のランプシェードの下、ふたつ並んだ木製の箱の横に居る自分の姿。自分は甲のように興奮で目が光ったりなどしているはずもなく、むしろ覗き箱の付属品みたいな、ひょろりとした冴《さ》えないようすで立っている。乙は、自らの姿に嘆息した。

2

Side A

彼女は、私と比べるまでもないくらい、とても背が高くて手足が長かった。日本に住む高校生の女子の平均から考えたって、とびぬけて大きい。だから私が座っているのと同じ造りの椅子に腰かけて休んでいても、手足を折りたたんでずいぶんと窮屈そうに見えた。身長だけじゃなくて、ぜんぜん太ってはいないんだけれども肩や腰をはじめとした骨格が標準の女の子よりもしっかりとしていた。ついでによく通って聞き取りやすい大きな声に加えて、すばらしい発音と滑舌を備えている。ただ、それら彼女のすべてについて、彼女自身はかなりコンプレックスを持っているみたいだった。こういう種類の劣等感は厄介で、ふつうに考えたら長所とか美徳とみなされることは、本人がどれだけ悩んでいたところで、どうせみんなにはわかってもらえない。そんな意味でも、彼女はこの小さい国の、わりかし大規模なこの街で、とても窮屈そうに生きている。

目に見える範囲の——ようは外側の部分だけで考えても、彼女は私のお母さんに似ていた。

そうして私は自分のおばあちゃんに会ったことはないけれど、きっと、お母さんにそっくりだったという私のおばあちゃんにも、彼女は似ている気がする。そう考えてみると私の家系図のかかる位置に当てはまるべきなのは、私ではなく彼女なんじゃないかと思えた。

なんでかって言ったら、一方の私はお母さんたちにちっとも似ることなく、目の前の彼女より身長でいったら二十センチ以上は小さいし、体の部品ひとつひとつも容器にあわせてすべてちんちくりんで、さらに見た目どおり意外性の欠片《かけら》もない、甲高く小さい声を持って育ってしまっていたから。

彼女のほうも、ひょっとしたら私の場所には自分がいるべきだと思っているんじゃないだろうかって感じることがある。彼女はそのくらい、私の奇妙な家系に焦がれている節があった。

Side B　一八九八年・日本

大桟橋《おおさんばし》は、太平洋を望む海岸通りから見渡すことができる。響く定期船の汽笛はいつもきっかり正確に到着の時間を伝えた。このごろのハマは、日が落ちてしまうのがめっきり早い。居留地一帯はもう人どおりも落ち着いて静かになり、荷車に花を積んだ売り子が河岸を変えて提《ちょう》灯《ちん》の並ぶ華やかな路へ行こうと、のろりのろり動き始めるのがこの時間帯だった。夕焼けの橙《だいだい》色に染まった雲が速く流れる高い空を眺めながら、少年が草っぱらの真ん中、大の字になって寝そべっている。

少年の着ている、その幼さと不釣りあいに仕立ての良い絣《かすり》の着物は、前がはだけて帯もほどけてしまっている。少年は腹どころか褌《ふんどし》まであらわに秋の風になびかせていた。褌はところどころ、何によるものか染み模様になっているうえに、母が兄と弟で取り違えまいと『ギン』とカナふた文字のししゅうを縫い取ってあるのが格別に恥ずかしいやら寒いやら、半べそをかきながら少年はそれでも寝そべったままでいる。そうやってしばらく我慢していたが、とうとう、

「テルちゃん、もう勘弁して」

と、ひどく情けない声をあげた。隣に立つ少女はどこから持ってきたのか、細工物の金に光る鎖つき時計を掲げながら、

「秋のお天道様は光が弱いから、まだあと十五分は必要だ、我慢、我慢」

と命じた。少年は涙をいっぱい浮かべた瞳で恨みがましく少女と、それから顎を引いて自分の腹の上の〝イ〟の文字を交互に見やった。

〝イ〟は、少年の呼吸とともにかすかに上下し続けている。重さのある樫《かし》の木を彫りぬいて作られたその一個の文字は、少年の腹の上いっぱいになるほどの大きさだった。磨きをかけた後に胡粉《ごふん》引きされた表面は、長く風雨に晒《さら》されていたためかいくぶんひびが入って剝《は》げかけてはいたが、かえってその重厚な風合いも手伝い、ひんやり、ずっしりと少年の体の上で特別な存在感を放っている。

少年の見上げる空は高かった。寝そべっている広場はこのあたりの店一軒ぶんほどしかない狭い場所ではあるものの高台にあたるため、青空以外に少年の視界に入るものは少女の顔だけだった。

さっきから何度、定期船の到着を告げる汽笛を聞いただろうか。

「あ」

少年が見あげる空の端、少女の頭の後ろから迫る影に小さく声をあげた瞬間、彼女の後頭部に何かすばやく、着物の袖のようなものが振られて揺れるのが視界の端に入った。直後に少女の体は、少年の視界をちょうど横切るようにして、空を背景にして頭からすっ飛び消えた。少年が寝そべったまま静かに（恐る恐る、腹の上の〝イ〟が落ちぬように注意をはらいながら）姿の消えたほうに視線をやると、少女は広場の端で後頭部を抱え、うずくまっている。

——照《てる》、あんたはまた、なんてことしてくれたの。

——銀吉《ぎんきち》坊ちゃんをこんな、こんなひどい目にあわして。

——母ちゃんは情けなくて仕方がないよ。このおおばか娘が。

とそんな感じの内容に最大の罵倒を盛り込んだ言葉を矢継ぎ早に繰り返しながら、少女——嘉納《かのう》照の背中へ馬乗りになって、言い返す間も与えないほど尻を引っぱたき続けるのは照の母親、ここらあたりでは知らぬ者などいない、『夢幻楼《むげんろう》』の女将《おかみ》である嘉納ときゑだった。

立ちあがり反撃に転じようと照が身構えるより早くときゑの身が浮き、今度は飛び蹴りの踵《かかと》が照のこめかみに叩き込まれる。

銀吉少年は、ときゑのように上等な着物を着た大人の女性が、これだけの身のこなしで自分の子どもを折檻《せっかん》する見事さに感心しながら、しばらくはただただ見ているしかなかったが、あまりのひどい仕打ちを見せられるのに耐えられなくなったのか、

「あの、そんな、大丈夫でございます、ぼくは望んでこうして」

と相変わらず腹を出したまま寝そべり、顔だけを嘉納母娘《おやこ》のほうへ向けて言った。

「いや銀吉ちゃん申し訳ない。お照は、ほんとうにとんでもない馬鹿者だけれども、だからこそこうして筋をとおしてやらないといけないのです。こんな商売の子だからと迷惑勝手に育ててはならない、よそよりうんと厳しくて丁度なのです。このとおり、許してください」

そう言ってときゑは照を引っ張りつけ、寝そべる銀吉の横で土下座させた。隣で自分も額を擦《す》り削らんばかりに頭を下げる。

「いやほんとうに、そんなんではないのです」

銀吉は慌てて体を起こしてふたりに声をかける。その拍子に、銀吉の腹に載っていた〝イ〟の字が腹の上をすべり、広場の草地にごろんと落ちた。

「あ、この野郎、動きやがった」

隣で照が、ごく小さな声でつぶやきはじめたときにはもうすでに、ときゑの裏拳が照の顔を打ちつける。

銀吉の腹にはなんの跡もついていない。つるりとした肌そのままだったのを、照は血の噴き出す自分の鼻柱を押さえたまま、ひどくがっかりしたようすで眺めていた。〝イ〟は青い草の

上に、重たく二、三回転がって裏返しに落ちる。腹の面に接していた裏のほうは白い胡粉が剝げおちて、古くやけた木地が覗いていた。

「これもどうせのことイロハ堂さんとこの看板からくすねてきたもんだろう。通りを眺めているときに店先を見てて、何やらおかしい、おかしいと思っていたら」

「これは盗んだんじゃない、貸してと言って借りてき――」

照は最後まで言葉を言いきる前に再びときゑの拳をまともに浴び、今度はもんどりうって地面に倒れる。

ときゑは気の済むまでひとしきり折檻をすると、照から取り上げた金時計を見ておや、もうこんな時間かと驚き、イロハ堂さんにしっかりと謝れ、〝イ〟をたしかに返すんだよ、と喚《わめ》きながら広場を出て行った。

広場は嵐の後といったようすでしばらくのあいだ、無音になる。照は腫れた顔を気にもせず立ち上がって砂まみれの着物をはたくと、

「行くよ銀」

と声をかけ歩き出した。銀吉は照の後を追う道すがらもずっと、両腕に大きな〝イ〟を抱えている。重く、ひんやりしている。

港から一歩道を入れば、ハマは坂だらけの街だった。どちらに曲がっても延びるのは上り坂で、小さく湾になった港に向かって擂鉢《すりばち》状になった土地のどこからでも、あらゆる形の船がひしめく海岸線が見えた。

照は特別に男まさりだとか、お転婆《てんば》といった風采をしているわけではなかった。むしろときゑの言いつけがきびしいためだろう、髪型も服装も同じ年代のほかの女児に比べてもひととおりちゃんと整えられていた。かといって、子どもには色気が過ぎるような特別に華美なものを身につけさせられているということもなかった。洒落ていすぎもせず、みすぼらしくもない着物の上に、好奇心がパンパンに詰まった小さな頭が乗っかっている。切り揃《そろ》えられた前髪の下には、短い睫《まつげ》に囲われた黒目がちの丸い目があり、低い鼻の下、横に幅広くひらく口とともに、きりりとしたり崩れて笑ったり忙《せわ》しなく動く。

銀吉はよく、

「テルちゃんの顔と自分の顔とが同じ仕組みで動いているとは、どうにも信じられない」

と言った。今日のことについても、

「商店のある通りを抜けて、イロハ堂の看板が外れかけているのを見たとき、あんな考えが浮かんでしまうのはテルちゃんだけであって、テルちゃんの脳味噌と同じようなものが、自分やまわりの人間にもついているのかどうかは、かなり疑わしい」

というふうなことを、照の後をついて歩きながらひとりごちていた。

ふたりは坂の上を登りきった場所から一度軽く平坦になるあたり、重々しく建つ工場の前を進む。そこは外国人の建築技師によって建てられた、洋風の煉瓦工場だった。

「銀、この建物の地下には何があると思う」

「こんなお城みたいなものの下に、何が埋まっているの」

「水だよ」

「みず？」

建物の地下には、地上部分の何倍も大きい空洞があって、水を山からひいて貯《た》めているということを、照は父から聞いて知っていた。

横浜の港町、海に向かって立ったとき、ふりむくとちょうど見渡す限り緑の山が広がっている。この工場はもともと煉瓦や瓦を作るために稼働しているものだが、今は打越《うちこし》と呼ばれるあたりからひいてきた湧き水をこの建物の地下に貯め、横浜に寄港する船に積む用水として販売するための貯水場ともなっている。ここで買った水は雑混物が少なくすこぶる質がよいといわれていて、船がインド洋を越え赤道あたりを通るころまでも腐らず旨《うま》いのだとあちこちの商船で評判になり、こぞって買い求められたいへんに繁盛していた。

水屋敷とも呼ばれるこの工場のまわりは高台で、港だけでなく海の向こう、湾の遠くの半島までよく見通せた。照はまっすぐ腕を伸ばして、眼下に広がる風景の中の一点である緑地を指差した。

「銀、見ろ」

銀吉は、照の指の差すほうに目を細め、言う。

「あのへんは太田屋新田《おおたやしんでん》だね」

「私の産まれる前に夢幻楼だった所サ」

父親の口調を真似た照の声は誇らしげに響く。高所から見下ろすとだいぶこぢんまりと見えるあたりはかつての色街で、ある時期、夢幻楼のほかにも多くの遊郭が軒を並べていたらしい。

「やあ、あんなに港に近いあたりにあったんだね」

銀吉は見渡してこたえた。

開港当初、外国の商人は貿易に際して横浜の港を利用するのを嫌がった。横浜は港の造りも小さく、江戸からかなり離れているので、大型の船が出入りするにも、そこから中心への陸運にもかなりの不便があった。

難色を示す外国商人側に対し、日本側は説得をするための多様な策を講じ、試していた。鉄道の準備を急ごうと計画したのもそのためだし、そのうちのひとつが歓楽街をこしらえることでもあったといわれている。太田屋新田の埋め立て地の中に、元は東海道の横浜街道近辺にあった娼館《しょうかん》を寄せ集め、これはのちに港崎《みよざき》遊郭と呼ばれた。

「日が暮れて暗くなっても、このあたりから眺めると光って見えたらしい」

当然ながら、その当時の姿は照も銀吉も見たことがない。港崎遊郭は、当時一番の歓楽街であった吉原《よしわら》をまねて区画設計されたという。濠《ほり》で囲まれた中にそれぞれ小ぶりではあるが日本の城郭風、清国の宮廷風、西洋のパレス風と意匠を凝らし作られた娼館が所狭しと立ち並び、各店にさまざまな年恰好の娼妓《しょうぎ》がいた。

いわゆる遊郭然とした花魁《おいらん》調の着物を着ている者もあれば、西洋式のドレス、清国風の民族衣装、中には本式に纏足《てんそく》の真似事や、髪の毛を赤や金、あるいは緑に染め、肌に各国風文様の刺青《いれずみ》を描き加え、耳や鼻に飾りをつけ尖《とが》らせたり、角や尻尾、蝶の翅《はね》をしつらえて着飾っている者もいた。匂い立つように妖しくそのくせ賑やかな、狭く密度の濃い、この世でもあの世でもない、箱庭模型のごとき街であった。中は夜なお明るかった。三味線《しゃみせん》や喇叭《らっぱ》の演奏、嬌声《きょうせい》、めかしこんだ女装の男、水夫。建物はいかにも安っぽいはりぼて風とはいえ華々しく、英文字漢字仮名と絡まり混ざりあった看板は、そのまま東洋の女と西洋紳士のくつろぐ姿を表しているようにも見えた。

銀吉が照に言うともなしにつぶやく。

「遠くからでもいいから、見てみたかったな」

港崎遊郭は開港間もなく作られ、ときをおかず昼も夜もないほどに賑わった。にもかかわらず、その終わりは大変にあっけないものだった。近くで商いをしていた豚料理屋から出た火は、海からの風で煽《あお》られてあれと思う間もなく遊郭の隅々にまで広がった。狭い土地に集まっていたこともあり、全半焼あわせてすべての遊郭が被害にあったとされている。あんまりきれいさっぱりに根っこから焼けてしまったものだから、修理もしようがなく同じところで商売をやり直すのもあまりに縁起が悪いということになったという。そのため太田屋新田は焼け跡の上からそのまま埋め立てられて、真金町《まがねちょう》、永楽町《えいらくちょう》の一帯へ、夢幻楼のほか多くの娼館が移されてきたのだった。

「で、あれが広東街《カントン》」

照の指さきがついと動く。焼け跡を埋め立て今はすっかり緑地となってしまった太田屋新田の手前側には、広東人の租界がある。

新田より以前に整地されていたそのあたりは、長方形に区画されてはいるものの、丘の上から見ると新しく引き直した通りに比べて妙に斜めにひしゃげて見え、ぱっと見てその街の範囲がすぐに見わけられる特殊な造りだった。ほかの区画にあわせてまっすぐにすれば馬も入りやすいものを、

「広東人はどういうわけか、占いで方角に頑固なところがあるらしい」

これも照が父から教わったことだった。実の所は整地をし直すのが面倒なだけだったのか、まっすぐの道によって襲撃にあわぬよう防犯のためか、あるいはほんとうに方角で運気が変わると信じていたからなのかはわからないが、なんにせよハマの港町のなかで広東街だけは、上から眺めるとずいぶん傾《かし》いで見えるのだった。

「テルちゃんのお父様はまた旅の人なの」

とたずねる銀吉の言葉に、照が声を出さず頷く。

照の父はこのあたりでもすっかり大店になった夢幻楼の主人だった。とはいっても店の切り盛りはすっかり妻のときゑ任せで、自分のほうはもっぱらあちこちを旅してまわってたまに帰ってきては、照やほかの子どもと遊んでばかりだった。

ときゑも文句を言いながら、それでも余計な口出しをされないのが気楽なようでのびのびと仕事をこなしている。ときゑはもともと、このように一風変わった商売における天性の才覚があるのだというのが、父にはもちろん、まだ子どもの照にもよくわかっていた。

「家でふつうのお母ちゃんをしていたら、あの人はすぐにおかしくなってしまうだろうね」

これは、照だけでなく嘉納家の総意でもあった。

照の父は香港《ホンコン》や上海《シャンハイ》だけでなく、アメリカにもヨーロッパにもしばしば旅をしてまわっていた。そうしてうろうろして帰ってくるたびに、ギリシアの神殿やらアフリカの砂漠やらの土産物だといっては（実際のところは、上海あたりで妙なものを摑まされただけという可能性が非常に高いと照は思っているが）木乃伊《ミイラ》の棺《ひつぎ》だの王家に代々伝わる壺《つぼ》だのといったものを抱えて帰ってきては、嘉納の屋敷内だけに飽き足らず、夢幻楼のあちこちに飾った。

自然と館の中はあらゆるインチキくさい飾り物であふれ、もはやどこの国の建物を模したものだかわからないようなありさまではあったものの、それがかえって、博物館風の奇妙な空間としておもしろがられているようでもあった。

夢幻楼がまわりの娼館と違うのは意匠や内装といった造りの部分だけではなく、抱える娼妓にあってもあらゆる体型と容貌、雰囲気を持った娘をそろえ、化粧や服装も女学生風、農村の年増《としま》風、また各国の民族風などと多様に用意し客の要望にあわせることをした（これはときゑの発案であった）。そのため〝夢幻楼に来れば初恋の人と出会える〟などという呼び文句が生まれ、かえって美人ばかり並べ、揃いの美しい着物を着せたほかの娼館よりもずっと賑わっていた。

ついでにいえば照の父が風来坊の旅を続けるのは、国際的なもてなしの研究なのだ、と自ら主張していたのはまるっきりの言いわけでもないようで、夢幻楼は元から国内の男にも人気はあったが、何よりほかの娼館に比べて外国人の客が飛びぬけて多かった。

外国人向けに営業を許されていた娼館は夢幻楼のほかにいくつかあったものの、外国人を専門にする娼妓については、人数の把握は当然のこと、健康状態の診断証明など、定期的に役所への届けが必要であった。政府によって非常に厳重な管理がされるために、雇い入れるほうも手間がかかった。

そもそも外国人向けの娼妓になることを希望する娘などというものはほとんど居ない。外国人向けの娼妓は〝らしゃめん〟と呼ばれ、遊郭の中で格が低いと見られていた。というのも、外国人客は言葉が通じず図体《ずうたい》が大きく、毛深くて体臭もあるとされていたため、獣のように考えて恐れ、忌み嫌う者は多かったからだ。港崎遊郭のできた当初には、外国人向けの娼妓にと申しつけられた娘が自ら命を絶つ事件がいくつか起こったことさえある。そもそも〝らしゃめん〟という呼び名からして外国船内にたくさん乗せられていたらしゃめん羊が、もっぱら船乗りの代用恋人として利用されていたという下卑たうわさ話に由来する蔑称であった。

そういった理由から、たいていの娼館においてなり手のない外国人向けの娼妓というものは、行儀や教養など必要ないと考えられていた。そのため田舎から買われてきた娘が、教育をろくに施されぬままあてがわれている場合も多かった。

一方で照の父親は、外国人向けの娼妓に対して、日本人向けの娼妓と同様の教育に加え、西洋式マナーや、簡単な外国語を教えてから店に出すことを徹底していた。

もともと日本人向けの娼妓にあっては古くから読み書き算盤《そろばん》は当然のこと、芸妓《げいぎ》から流れている者であれば、歌や踊り、楽器などの嗜《たしな》みも求められていたのだ。それならば外国人相手であっても娼妓には同じように知性や教養が求められる、というのは考えてみれば当然のことではある。海外から仕事でやってきた商人を始めとした船乗りたちは、すくなくとも母国語で挨拶ぐらいはしてもらいたいであろう、という照の父の配慮からの、ほかの店ではまったくなされていなかった娼妓への指導が、ここでも当たった。客は、娼妓のすこしばかりの器量の差よりも、知性や品格、会話する楽しさや母国語の簡単な唱歌がもつ安らぎを求めた。

また夢幻楼は、ハマの港に立っていた街娼《がいしょう》を引き受けて、雇い入れることもしていた。

政府は、港崎遊郭をこしらえる際に取り締まって保護した周辺の街娼のうち、健康上問題ない娘を老舗《しにせ》の数軒に管理し引き受けるよう要請したが、街娼はふてぶてしくて教育のし直しが面倒だと考えられていたため、どの娼館もその受け入れを渋っていた。

そこを照の父が、当時まだ新興であった夢幻楼にて引き受けましょうと名乗りを上げたのだった。ハマの街娼たちは、江戸の夜鷹《よたか》をもじって「余多嫁《よたか》」と呼ばれていた。彼女らはひとりで外国人の商売人や船乗りに声をかけて営業活動、交渉ごとのすべてをこなしていたため、簡単な英語でのコミュニケーション方法を独学で身につけていたし、服装や立ち居振る舞いも自然に外国人の好みにあったものを学び取り入れていた。

確かに組織の下で働くにはいくぶんふてぶてしく、ときゑやほかの遣《や》り手婆《ばばあ》を手こずらせることも多かったが、それでもしばらくすると店という後ろ盾があると安心して商売ができると実感するためか、頼もしい戦力となっていった。

「くすん」

と、いかにも気の小さい銀吉らしいクシャミを聞き、照ははっとなった。もうずいぶん日も傾いて、むき出しの腕は冷え冷えとしている。これで銀吉に風邪でもひかれちゃ、ときゑに一層ひどい目にあわされるとでも考えた照は、帰り道を歩き出した。

「肌は日光に反応するから、きっとできると思ったんだけどな。やっぱり日光写真の現像には、特別な薬品に漬け込んだ紙がいるんだな」

と不満そうに自分の考察を口にする照に、銀吉は絣の生地の上から腹をしりしりとさすって恨みがましく答えた。

「ぼくは薬品になんか漬け込まれたくないよ」

緩やかにうねる下り坂を降りていくと、三叉路《さんさろ》の辻《つじ》にある小さな祠《ほこら》に突き当たる。これはわりあいと新しくできたもので、港の商売繁盛と併せて波除《よ》けの安全を祈る目的のものであったが、日本風の飾り屋根に煉瓦積みの柱が付いた和洋折衷の造りのために、ときどき外国からの商人が珍しがって見物がてら参拝していることがあった。

祠が近づくにつれ徐々に形がはっきりしてきた影に気づいて、ふたりは足を止めた。西日が逆光になってはっきりと姿が見えないものの、祠の横に、まるで参拝するようにしてぬっと突っ立っているその何者かは、黒いマントをまとった、人というよりもむしろ怪人じみて見えた。

夕焼けどきに入りたてのやわらかい光の中を、ゆらり、ゆらりとそれは居た。

影を数えてみると、足は五本。マントに包まれている猫背の胴体からは、頭がふたつ伸びている。ひとつの頭はマントから首だけにょきりと出していて、もうかたいっぽうの頭はといえば、マントに半分埋まっているようになりながら、大きなひとつ目だけを祠のほうに向けて、じいっと見ている。すっかり低くなった西からの日差しに照らされ、怪人の足元からは影が伸び、照と銀吉の立つ地面のほうに届く寸前でとどまっている。

照は、隣の銀吉が体をこわばらせているのに気がついた。照は横に腕を伸ばし素早く二の腕のあたりを摑んで、

「ばか銀。ありゃあ写真機だ」

と、足をすくませている銀吉をついと引っ立てて影の根元へと一歩ずつ近づいた。距離が縮まるにつれて照の目には、ひとつ目のほうの四角い頭と、もうひとつの頭が逆光の中、ふたりに向かって微笑《ほほえ》んでいる表情まではっきりと見えてきた。銀吉は腰が引けたまま、照の後ろにへばりついている。

はじめひとつの生き物だと見えた、祠のそばに居るそれは一個の機械とそれを持つひとりの技術者だった。正確には、写真機と撮影をしている男だった。機材を覆う黒い遮光布によって男の体が隠されていたために、写真機と男がいっしょくたに見えていたのだった。上等な革靴を履いた二本の足と、ゴム引きされた三脚の先。それらが滑《なめ》らかなビロード布の下から伸びている。紳士帽をかぶった男の顔の下半分は髭《ひげ》で覆《おお》われ、見えるのは目のまわりのごくわずかな部分だけだった。それでも照にはその男が穏やかに微笑んでいて、そして日本人ではないことがわかる。照は男と通常の声量で会話ができるぎりぎりの距離をとりながら、

「アロウ」

と、先に口を開いた。続けて、膝を軽く折って首を傾け、西洋風の簡単なお辞儀をする。日本の少女が自然にそういった仕草をしたことに男はちょっと驚いた表情をして、その後すぐまた穏やかな笑顔に戻って照を見る。

「すげえなテルちゃん、さすが夢幻楼のご令嬢だ」

という銀吉の言葉に嫌味《いやみ》の含まれているようすはなかったが、それでも無遠慮な言いぐさを照は若干とがめるような目つきで見やってから小声で答えた。

「ハマに住んでてこれっしきのこと、できない銀のほうがどうかしてるんだよ」

男のほうも、照のした挨拶を受け紳士帽に手をかけ、軽く持ち上げた。それからすぐに笑顔のまま手を自分の顔の横へもってきて、小刻みに指先を二、三度折るやり方でふたりを呼ぶ。上から下へ、東洋式の手招きだった。

「なんだろう。写真を撮ってくれるんじゃないだろうか」

「すごいな。外国から来た写真技師かな」

声を潜め言いあいながら、ふたりは男に歩み寄った。

ハマには新しい技術や機械とともに、その操作を身につけた技師がたくさんやってきていた。新しいものを輸入する際には、たとえば鉄道や水道、紡績、建築などすべてにおいてその道具と技術者がひとくくりにされて輸入される。それはずっと昔の日本でも同じで、仏像を輸入するときには仏像作りの職人を、新しい経を輸入するときには読経できる僧をいっしょに、抱きあわせで連れてくるものと決まっていた。さしずめこの男は、新しい写真機に詳しい技師なのだろうと照は考え、男の手招きにいざなわれるまま祠の横に並ぶ。男が写真機の調整をしているあいだじゅう、照と銀吉は手を横に揃えて気をつけの姿勢をとった。黒く光るひとつ目はふたりのほうに向けられている。

ひとつ目に見つめられている照の表面に、熱いような、むずがったいような感覚がひろがる。いままでも写真館で撮影をした経験はあったが、こんな屋外で、しかも見知らぬ人から被写体にと頼まれて撮影されるなんていう経験はない。たとえばそれは、貴方《あなた》を絵に描かせてくださいと言われたとしたらこうなるのではないかというような心持ちとも似ているようで、すこし違うようにも感じた。できあがった写真をもらえるわけでもないだろうし、また、写したものがどのように見られるのかだってまったく想像がつかないのだ。ただ、その男とひとつ目の写真機は、まったく怖いものではなく、むしろ照たちは祝福の眼差《まなざ》しを受けているような、晴れがましい気持ちになった。照は急に、さっききゑと格闘したときのまま髪の毛が縺《もつ》れていないか、着物の乱れが残っていないかと気になって、服の裾を整え手でこめかみをなでつけた。

機材のセッティングをしていた男は緊張してこわばるふたりのようすを見て眉根を寄せ、首を振り、

「ソノママ、ソノママ」

とふたりに声をかけ、両手のひらを顔の上まであげると、ひらひらと動かした。慌てて照は姿勢を気をつけに戻す。それでも男は渋い顔のまま首を振り、腕を振ったり、大袈裟に交互に

足踏みして見せたりしながら踊るようなそぶりを続けた。照と銀吉はまた耳打ちしあう。

「これは、どういうことだろうか」

男は相変わらず大きな図体をじたばたと動かしている。

「……動いていいってことじゃないかな。動いてー、遊んでー、って」

銀吉の言葉が、照の目に映っている男の滑稽なようすに重なった。自分を見つめる写真機のひとつ目が、いつも近所の写真館で見ているものとすこしばかり感じが違うのは、てっきり舶来の最新型だからだとばっかり思っていたが、ひょっとするとあれは、父から話だけで聞いていた——、
照の顔に、夕焼けの茜《あかね》がさして明るくなった。そのことが照自身にもわかったのは、ひんやりとした空気の中にちりちりと、太陽の当たった頬が、光の熱を受けとったと感じたせいだった。

銀吉がのんびりとした調子で、ああそういうことかあ、と言うよりも早く照の回し蹴りが銀吉の尻をしたたかに打った。

いてえ！　テルちゃん勘弁して、と情けない声を上げながら銀吉は祠のまわりを、手刀を振りかざして追う照から逃げ回る。男は慌てて機械についたハンドルを回転させながら、ふたりのようすに声を上げて笑った。

3

Side A

私ははじめ、たぶん彼女のことをそこそこ警戒していたんだと思う。私は小さな体と、ひねくれた性格を持っていたし、そのために自分の意見をきちんと表に出せないうえ、それをあたりまえのように社会や教育のせいだと言いわけしてしまってもいた。彼女のように美しくて大柄な女の子にしばしば嫌な言い方をされたり、ぎりぎり悪意が無いとも言いのがれできそうな妙なあだ名をつけられたり、存在していないもののように扱われ、ときにはほんとうに私の持ち物を、存在していないことにされてきたこともあったからだ。私は、自分のことを棚に上げつつ、健やかな体に宿ったそれらしき心だとかいったものへの気持ちの悪さをこれでもかと思い知らされながら育ってきた。

大きく美しいあのときの女の子たちは、まだひとけたの年齢だったころからずっとラクロスやバレエをやっていて、ある年ごろになってからはずっと、ちょっぴり風変わりな異性の友人が持つ、風変わりな箇所にある刺青や、その男の子たちが吸う煙草《たばこ》の銘柄についての自慢をしあってばっかりいた。

　そんな女の子たちと、見た目だけは似ているけれども別の種類の人類である彼女が私と初めて会ったとき、彼女は晴れているにもかかわらず、なんだかようすのおかしい、雨ガッパみたいな原色の黄色いコートを着ていた。だから、ひょっとして私は彼女にからかわれているんじゃないか、馬鹿にされているんじゃないかと思っていた。たとえば、誰かほかの友人同士との罰ゲームで妙な恰好をして私と三十分談笑しなさい、ということになったとかなんとか。

　それに彼女はそのとき、まわりにいる人たちがまるで視界に入っていないみたいにまっすぐ私に向かって歩いてきて、笑いながら指の長い頼もしい手のひらを差し出して握手を求めてきた。同学年の生徒という程度の関係の人間に握手を求めるなんて習慣を持っていなかった私は、そのときかなり躊躇《ちゅうちょ》してから手を出したのを覚えてる。彼女の手はさらさらした質感で、意外なことに冷たかった。

　さらにあろうことか彼女は、つないだ手をそのまま引っぱってハグしようとしてきたので、私は反射的に彼女の体を突き飛ばしてしまった。ただ、丈夫で大きい彼女はびくともせず、私のほうが後ろによろけただけだったけど。

「ずっと会いたかった」

「てか誰」

　たしか、それが初めてのやりとりだった。

Side B　レポート「甲・乙」

当該記事において便宜上、甲と乙と呼称している彼らふたりの新しいもくろみは、どのような経過をたどり成功したのだろうか。現在までに残る雑多で信憑性《しんぴょう》が薄い資料群に可能なかぎりあたってみても、明確な記録は残されていなかった。

彼らは、日本のすくなからぬ人々に初めて活動写真を知らしめた。しかしかような大仕事をやってのけたとされているにもかかわらず、後世にはその名前すら残されていない。せいぜい国内の非公式な武器商人、または世相や相場を見計らい突発的に現れた興行師とでもいう、あいまいな情報が記録されている程度だった。

日本に初めて持ちこまれた活動写真上映機は、ごく原始的な、いわゆる覗き箱式のものであった。この形式の上映では、多くの人間が集まっていっしょに楽しむような見世物興行を成立させることは難しい。そのため、当時は現在と同様の上映館形式ではなく、遊園地や酒場のような娯楽施設に設置してひとりずつ個別に入場料を取り、映像を見せるという形式をとるほかなかった。

箱を覗くことによって、それぞれの客は当時見たこともない最先端の技術に驚愕《きょうがく》した。内容は手品や動物の曲芸といった、誰が見ても楽しむことができるもののほかに、子どもや女性が見るには若干支障があるものもしばしば存在したという。むしろ、覗き箱の特性からか公共性に外れ、いくぶん品のない映像のほうが好まれる場合も多かったようだ。たとえば不自然な体勢で馬の曲乗りをする、特に理由もなく服を身につけていない女性などといったもの。いつの時代も、独りで見る物語にはみな、人目のある所ではとうてい見ることのできない、いくぶん我儘《わがまま》なものを求めてしまうものだときまっているらしい。

しかしこういった上映形態であったために、観客動員数、設備の規模、費用対効果の問題は大きかったようだ。この形式の上映機が日本に上陸して人々の目に触れ始めたときには、すでに開発元のアメリカではこの上映形態はすっかり廃《すた》れてしまって、新しい上映機器を使ったものへと切り替わっていた。身もふたもない言い方をすれば自国で使われなくなりつつあった上映機を、なんだかんだと言いくるめ東洋人に相当の高値で払い下げたのだ。つまり売りつけられたこちら側は、体よく使い勝手の悪い機械を押しつけられ、多額の金を巻き上げられたともいえる。ただこの国はこの時代、この手の理不尽な商売ごとで溢れていた。商人同士の金銭の授受について投資と取るか恐喝と取るかなど、時代の価値観に基づいた匙《さじ》加減に左右される程度のことだ。

それでも、二台の覗き箱式上映機は神戸から大阪、東京へと渡りながら人々を楽しませ、各地において収益の上でも話題の上でもかなりの成果を上げた。これは当時の、わずかに残る新聞記事などの情報から考えてもおそらく間違いないと思われる。

記事中で語られた来歴を信じるなら、日本に初めて活動写真を持ち込んだのは武器商人であったことになる。また当時上映された作品群には、米国で銃の名手として知られたアニー・オークリーという女性の射撃シーンを撮影したものが存在した。この二点から考えても、当時から活動写真は人の脳に直接働きかけ、心をつかみ、操る最も有効な手段として発達し、あくまで直接的に活用される「武器」の意味あいを持つと強く信じられていたことは充分に推察できる。

欧米諸国において最初期の映像撮影機器開発は、軍用、つまり攻撃用の武器としての目的を第一に考えられていたという。当時、世界各国とりわけ先進諸国の軍事技術にたずさわる機関は、すべて映像機器や技術の研究に興味を示していたといって良い。そこは日本とて例外ではなかった。むしろ日本はその技術的好奇心や器用さ（に由来する模倣性の高さ）によって、アジアのほかの国よりも多少早いうちに映像兵器の開発に着手したといわれている。そのこともあって日本では、映像が比較的早い時期に人々に浸透していった。映像の撮影および再生技術についての軍事研究は、どの国も軍の中枢に近い部隊が主導権を握っていた。そうしてほかの多くの軍事技術がそうであるように、最新の映像技術もまた長く機密技術として扱われた後にずっと遅れて、多くの人の娯楽となって溶け込んでいった。

映画の実体は光と影でしかなく、一見したところ人体には影響などあるはずないと長らく思われていた。たとえ暗いところで強い光を浴びて目がくらんだとしても、ひとたびまぶしさに慣れてしまえば、または暗い場所から飛び出して太陽の下に出てしまえば、目を閉じてしまえば、たちまち無害化してしまう。映画というのは緩急のあるグラデーションの光と影の連続した明滅で、こんな無力なものによって攻撃されうるのは、きちんと映像を想像によって処理できる脳の能力があってのことだ。その能力に欠ける生き物、たとえば人間以外の動物、赤子や幼児、あるいは文化のコードがまったく違う者たちには、まだらに明るい平面としか映らないことさえある。このことは、同じ映像を見ても一定の人間にだけ、つまり味方は無事で敵対する者にだけダメージを与えうる可能性を示している。

覗き箱式の上映装置キネトスコープにわずかばかり遅れて、フランスの研究者リュミエール兄弟は「シネマトグラフ」という形式の上映機を世に出した。これは撮影した映像をスクリーンに投射することにより、より多くの人々が同時間に一斉に映像を見ることができるものだった。

映像を武器として考えたとき、これまで覗き箱式の映画が個人の持つ拳銃と同じ一対一のものであったのが、スクリーンへの投影技術という新しい方式によって、対大勢を相手にできるような爆弾に進化したともいえる。

新方式で上映される映像は、当然ながら暗室とスクリーンという物理的制限がありはするものの、覗き箱の中のような限定された装置ではなかった。人は人の、建物は建物の大きさに近く、背景は見る者を包み込む空間の広がりが体験できる。現にリュミエール制作の最初期のフィルム「ラ・シオタ駅への列車の到着」の上映では、大スクリーンに映し出された列車、こちらに向かって疾走してくる蒸気機関車におののいた観客が逃げ惑い、中には卒倒する婦人もいたという。

このことによって不必要に肌を露出した女性の映像はいったん（具体的にはパーソナルビデオデッキの誕生あたりまで）、その主流から（すっかり消えるわけではないが）外れることとなる。

この新しい上映技術は、ヨーロッパで古くから発展していた劇や芝居と非常に相性が良かった。当地では映画以前から幻灯機、影絵といったものによるからくり芝居の上映が行われていて、これらはアニメーションの源流として語られることも多かった。元からそういったなじみがあったことから、欧州では劇映画というものが早いうちから芝居の代替あるいは発展型として生まれ、育っていった。

最初期の映画には、舞台劇とは明らかに違う点がいくつかあった。一番大きな特徴とされていたのはその再現性、夜中であっても昼間であっても繰り返し人を集めて上映ができるということで、このことは観劇というものの性質を大きく変容させた。

ただこの大きな変化に隠れて大きく取り上げられることのない、ささやかでありながら確実に今までの舞台上には存在しなかった新しい視覚効果の変化があった。空の雲や、足元の草、背景以上の意味をなさないすべてのものが別個に、物語の本筋とはなんの関係もなく動いていることだった。観劇の中では余計なノイズになりかねないこの表現は、今までの物語でほとんど抑えつけられ、省かれてきたものだった。本来、現実の世界ではあたりまえのように人々の前に広がる風景は、隅々まで想像のままにはいかず、すべてのものが各々自律して動いている。映画はそれを厳密な意味では省くことができない。これは芝居の背景とはまったく違う性質のもので、これは人々にとって、自分の考えにもなかった無限の動きがあり物語があると思い知らされる、なんとも言えぬ恐ろしい体験であっただろう。

日本にシネマトグラフを持ち込んだ仕掛け人は、当時繊維業界で財を成した企業家、稲畑勝《いなばたかつ》太郎《たろう》であった。稲畑は化学の研究者でもあり、若いころフランスのリヨンに留学をしている。その折、同窓生にあたるリュミエール兄弟の兄、オーギュストの研究成果を目にしていた。その縁で兄弟の研究する技術が抱える可能性めいたものを直感的に感じ取り、日本に持ち帰ってきたといわれている。

兄弟の発明品は、稲畑によってフランス人技術者とともに日本へと入ってきた。リュミエール社は、日本にシネマトグラフを送り込む際に撮影および上映を行う目的でコンスタン・ジレルを同行させている。撮影と上映を同じ機械で行うシネマトグラフは、撮影から上映までそのすべてをひとりの技術者が行っていた。

ジレルはさらに、日本国内でもシネマトグラフ技師を育成するために操作技術の指導にあたりながら、並行して日本各地において、あらゆる情景を撮影して回り、さらには日本国内での上映会も行った。これはシネマトグラフを日本に輸出したリュミエールから、技師の派遣とともに稲畑に提示された条件であった。加えて彼らは各地に自分たちの撮影・上映システムを紹介する際に、交換条件としてその国の各地を撮影・記録するための許可を得た。世界各地で派遣技師に撮影・記録させた映像素材群は、フランス本国に持ち帰られ、分類・管理したのち自社のコレクションとなった。リュミエールにとっては、この各国の映像をコレクションするということが、技師や機械の普及、伝道と並行して大きな目的であった。

リュミエールは日本だけでなく世界各国に映画を輸出し、同時に多くの映像資料を技師に撮らせ、リュミエール社で蒐集する。これにより世界各国の当時の風俗や遺跡、文化を撮影した大量の映像アーカイブが、短期間のうちにパリに集まった。

当初はその映像を興行的に利用するのが目的だったという。狙いどおりそれらの映像は、大衆の興味を集めることに成功し、人々を充分に喜ばせた。パリでたびたび行われた記録映像のスクリーン公開は、劇場に居ながらにしてまるで瞬時に世界各国へ旅行しているかのような体験ができると話題になり、これが大衆向けの娯楽として大いに成功した。そしてこのアーカイブ群はのちに資料的、学術的な価値の高さも認められ、非常に貴重なものとなる。

日本に派遣されたシネマトグラフの技師ジレルは、リュミエール社の中でもトップクラスの技術者であった。このことからは、稲畑と兄弟が友好的な関係であったことを差し引いても、当時映画について強い興味を持っていた日本の人々へこの技術を伝える重要性を、リュミエール社が明確に把握していたことがうかがえる。ジレルは強い使命感とともに日本にやってきて、さまざまな映像資料を撮りためた。たとえば辻馬車の行きかう明治の港町であったり、歌舞伎の舞台などの文化的な場所であったり、ときとしてジレルは北海道の地まで赴いてアイヌの踊りや、彼らの生活までも撮影した。当時のほとんどの日本人さえもが目にしたことのない記録映像も多かったという。ジレルは荘厳な遺跡から、その周囲で遊ぶ子どもの笑顔まで徹底して映像に収めた。カメラを向けられた日本人が後ろ手に隠したり、片づけたりしてしまうようなくたびれた日常の道具、よそ行きを身につけていない年寄りや赤子、そういったなんでもないと思うものこそ好んで撮った。

来日の一年後、ジレルが撮りためて本国フランスに持ち帰った日本の風景は、当時のパリの人々に大いなる好奇心を持って迎えられ、彼らをすっかり満足させた。

しかし、リュミエール社が日本においていくら強く希望しても撮影がかなわなかったものがいくつかある。そのひとつが明治天皇の姿であった。世界各国に派遣された技師が各地の文化風俗を撮影をする段になって、受け入れ先の国のほうからまず真っ先に撮影してほしいと要求してきたのがその国の君主（場所によっては政治家、貴族あるいは企業家）自身の姿であった。どこの君主も自らを飾り立てて写させ、中には自分の半生を物語仕立てで映像にしてほしいと申し出てくる者もあった。その際には火を吐いたり空を飛んだりといった、実際には君主が行っていなかったことを交えるようにという無茶《むちゃ》を言い出す国もあったほどだ。君主の姿を国内外のあらゆる場所に住む人間に、一斉に見せることができれば、威光の強化につながるというのは、考えてみれば当然のことではある。そのため、当時の日本において明治天皇が撮影を拒否したことは、ジレルほかリュミエール社の人間たちにすくなからず驚きを与えた。

稲畑は、ジレルを連れてシネマトグラフを日本に持ちこんだ時点では、この新技術の裏に潜む武器としての力というものにあまり関心を持っていなかったとみられている。化学をともに学んだ者として、リュミエール兄弟の名前どおり美しく輝くような発明に対して敬意を払ったに過ぎない。その証拠に稲畑はシネマトグラフの興行権一切を早々に当時力を持っていたとされる企業家に譲り、自分の名前は興行をするうえであまり表に出さないでほしいという意思さえ表明していたという。

日本国内において、初めて制作および一般上映された大衆向けの劇映画は、『化け地蔵』と『死人の蘇生』であるとされる。当時小西《こにし》写真店の社員であった浅野四郎《あさのしろう》が一八九八年に撮影したものだった。ごく短く単純なものではあるがストーリー仕立てになっており、撮影カメラを切り替えるなどという原始的なトリック映像の技術も確認される。それらは、海外で映像技術史を研究する者を驚嘆させるほど質の高いものであったようだ。

これらの作品が生まれた背景として、当時日本の側に、西洋に対する並々ならぬ反骨心があったのではないか、彼らをこの新しい技術によって見返してやろうと考えていたのではないか、と一部の研究者は現在まで強く主張している。たしかに活動写真の類が持ち込まれるのに先んじて流れ込んできた新式の銃のような物理的な攻撃兵器のやりとりなど、なかば脅しめいた不均衡な力関係に基づいた各種輸出入の取引は、当時、誰の目から見ても理不尽にうつっただろう。浅野の一連の作品は、日本特有のカミやモノノケの類、人外のものを題材にとっている。映像の光と影によって実際にはいないものを映しだし、兵器や戦いといった物理的なものとは異なる質の恐怖心を映像の中に込めたのであった。このことは、武器としての映像という歴史を語る上でも、大いに意義深いものである。

一方、長編劇として国内で初めて上映されたのが、駒田好洋《こまだこうよう》の制作による『ピストル強盗清水定吉《しみずさだきち》』であった。この作品は、明治時代に日本初のピストル強盗事件を起こした死刑囚清水の実話を題材としている。ここにおいてはまだ、直接的な武器としての映像の力を日本の人々が信じ、研究し、発展させようとする試行錯誤の跡が見て取れる。映像作品に描かれる武器――物理的な攻撃を行う道具を映像に収めることは、キネトスコープのアニー・オークリーの映像から先、長いこと矛盾の渦の中にある。当時から先人たちは、人を攻撃するための映像について相当に模索をしながら研究を続けていた。

これらの逸話から明らかなように、日本国内の映像制作は、極東《きょくとう》に存在するほんの小国に見あわぬ異例の速さで進化し、先進諸国に劣らぬ技術の質を誇る作品が黎明期から続々と誕生していたのである。日本は西洋と見比べてもほとんど時期の差がなく、活動写真の興行システムを発展させていった。

この一見理屈にあわない現象は、日本の開国以降、好景気の流れと映画の発展が共鳴したため起こったものだということも理由のひとつとして考えられていた。ただそれよりも、富国《ふこく》強兵の時代背景の中で、多くの技術者や資本家が、活動写真の持つ底知れない破壊力に武器としての将来性を嗅ぎつけたことが重要な点であったのだといえる。

とはいえ、洋の東西を問わずその当時はまだ映画の技術、いわば武器としての攻撃力、破壊力自体が未発達で、ごく弱いものだった。そのため縁日の見世物やお化け屋敷以上の恐怖を与える攻撃性を持っているとはいいがたく、実用の武器として役立つなどとは考えられないというのが大方の認識でもあった。

冒頭に記した乙、甲ふたりのその後についても、これは先に語ったように資料には明確な形で残されていない。興行主として手広くやり続けることを面倒がったのか、あるいは、映像という武器と、それを扱おうとする「組織」の持つ恐ろしい側面に早々と触れて恐怖が先に立ったものか。かくしてふたりの若い商人は、国内各地での上映会を成功させた後、そこそこの金額で活動写真関係の権利をすっかり手放し、その後この分野に関わることは一切なかったといわれている。

4

Side A

彼女は初めて会ったのに、私のことを気味悪いくらいよく知っていた。正確には、彼女は私ではなく私の母が成し遂げた（厳密にいえば、しでかした？）仕事についてとても詳しく正確な知識を持っていた。

私と初めて会ったとき、彼女は私が聞いてもいないのに、私についてのいろんなことを、べらべらとしゃべり始めた。それは子どもがプロ野球選手に初めて質問できたときとか、アイドルのファンが本人と話せる時間をほんの数十秒与えられたときみたいな感じにも似ていた。そもそも自分でもよくわかっていない部分が多いっていうのもあったけれど、私は、自分の家族についてのでたらめに思える歴史や、名誉、屈辱の類を、友だちに話すことはほとんど無かった。私の母や祖母について書かれている資料は、どこで見かけるものもすべて、事実かどうかを照らしあわせる気が起きないくらいに細切れで適当なものばかりだった。

にもかかわらず彼女は、私の母が今までどう生きてきて、どんな考えを持った女性であるのかについて、私自身なんかよりもうんと詳しかった。ていうか、もっとはっきりいえば、彼女は私の家系について、崇拝じみた感情を持っていた。そのときまだ友だちとも言えない、知りあいになったばかりの彼女がそれらをいったいどこから掘り返してきたのか私にはまったくわからなかった。彼女は、私の家にあった資料と同じようなものを、ネットや古い本で調べて、日本だけでなく世界のあちこちからも自力でかき集めていた。私と出会ったときまでに彼女は、まるでシュレッダーにかけられて地球上にばらまかれたものをパズルでつなぐみたいな根気のいる芸当で、それをしらみ潰しに調べて、ほかの資料と照らしあわせて真偽の裏づけまで取ってまとめあげ分類して、たしかな知識として手に入れていた。彼女の周到な作業の内容を知って、私は恐ろしさなんてとおり越して、ただ感心することしかできなかった。

彼女は頼んでもいないのに、今まで調べ上げたすべてのことを詳細に私に説明して聞かせてくれていたんだけど、そのようすは私がどれだけおかしい（彼女に言わせるとこの上ないくらいに恵まれた）状況で産まれ、そうと気づかず今までぼうっと暮らしているかを、私自身に思い知らせたいみたいな感じだった。

彼女がカフェのトレーに広げたのは、B5サイズの薄い水色をした手帳。今どきはこんなもの、たいていスマホの機能で済ませてしまうんじゃないかと思う。飲食店のテーブルに備えつけてあるペーパーナプキンや、レシートの裏に書いたメモがたくさん挟んであって、パンパンに膨れていた。フランチャイズカフェのロゴがプリントされているペーパーナプキンの余白にびっしり書き連ねてあったのは、私の母や祖母、またそのさらに昔の人たちにまつわるできごとと、それらをつなぐ彼女自身の妄想。かき集めてきたコピーの切り貼りには、パソコンの画面を写真に撮ってプリントアウトしたものまである。それぞれは、まったく違った場所に誰にも触れられずに散らばっていた情報の寄せ集めで、彼女によって乱暴に細切れにされてから丁寧に貼りあわせられたモザイクだった。手帳の綴《と》じてある中心には、どのページにも食べかすみたいな屑《くず》が詰まっていて、彼女があらゆる場所でこの手帳をまとめる作業をしていたことがわかる。あとは、ネット上の噂《うわさ》の裏にある利益と不利益の矢印の方向の予想も。この手帳にある情報を全部組みあわせながら、いろんな予想を補強していくと、そこから何かの事実が見えてくる。と、彼女が主張するのはそういうことらしい。

彼女が自身の欲望をたたきつけた宝物の手帳を見せつけながら話すことが、このうえなくインチキ臭く感じられたということも、実のところ、私にとってはちょっとうれしい要素だった。だってこんなことは、私の家族に対するあこがれからの、薄気味の悪い二次創作みたいなものでしかないから。

私が彼女と初めて会ってからこれまでの数か月、いつも彼女は、ほとんど待ち伏せと言っていいやり方で私に接触をしてきた。つい最近聞いたら、あのとんでもない黄色いレインコートみたいな服は、実は大型犬が着るためのお散歩用の服だということだった。

「雨の夜道で遠くからでも見やすいような色になってるんだって」

彼女の得意げな答え方を聞いて、私は雨の中を意気揚々と散歩する、その服を着たゴールデンレトリバーを思い浮かべた。無邪気な大型犬の舌を出した笑顔と、彼女の笑顔が重なる。ふと、彼女は真顔で、

「やっぱりこれ変かなあ」

とたずねてきた。このことによって、彼女は私をからかっているんではなくて、大真面目にそういうことをしていたらしいというのがわかったのも喜ばしいことだった。

「いや、まあ、似合うけどね」

と私がつけたした言葉に彼女は真剣な顔から一転、再び満足げな笑みをこぼした。

私はまったく気づいていなかったのだけど、どうやら彼女はいつも、ちょっと変わった色の服装とか、Tシャツの表面につい読み取ってしまいそうなおかしな言葉が入ったものを着たりして、わざと私の視界の隅に入るように心がけていたらしい。

彼女の必死さは、アイドルのステージを見に行くファンとか、古い映画でたまに見かける、師匠に弟子入りしたい人みたいだった。

門の前でずぶぬれになっている彼女に、

「またおまえか」

私は毎日、呆《あき》れ顔で言う。何日も何日も繰り返される。そうしてある日私のほうが根負けしてしまって、

「しかたない、入りなさい」

って迎え入れるんだ。

ふつうなら、そんなやり方で近づかれたら誰だって気味悪いと思ってしまうだろう。だけど、私はそれらのことでかえって彼女への警戒心を取り除くことができたのかもしれない。

彼女は体や顔の造りが美しくて、勉強ができて、人気がある。私みたいに卑屈な人間と違う種類の生き物だった。けれども、中身は私や、その背後にあるいろいろに対して勘違いを起こし恋焦がれる、未熟で危うい無器用さを持っていることがわかった。すくなくとも私が彼女をそういう人種であると、勘違いだろうがなんだろうがともかくそう感じることで、このとき、私のほうはすっかり安心してしまったんだ。

Side B　一九〇二年・横浜

芝にしゃがんだ照の背後に広がる躑躅《つつじ》の藪《やぶ》がやにわにがさがさ弾けてから、姿を現したのは多磨《たま》であった。

藪に三方を囲われたごく狭い範囲は芝になっていて、残りの一方だけ藪が開け、見晴らしが

良くなっている。高台のため遠くまで見わたせるここは、小学校を出て女学校に通うようになって以降、照が一等気に入っている秘密の場所だった。ときに級友たちが煩わしかったり、これといった理由なくちょっとひとりで居たいときにやって来ては、丘から小さく見える港の風景、岸に寄る船や、積みおろしされる木箱、小さく動いている水夫なんかを眺めていた。この場所は学校帰りに立ち寄ることが多かったが、ときには授業を抜け出してやってくることもあった。

そんな照の隠れ場所に突然藪をかき分けて現れた多磨は、夢幻楼に居る中でも風変わりな娼妓のひとりであった。唐突なことで、驚きのあまり息が止まりそうになり、何も言えないでいる照を多磨はちらりと見やって、顎を傾け、しれっと気どった声を出した。

「あらま、お嬢、そんな所に居りましたの。失礼」

そうして、なんでもないようなそぶりで手をひらひらさせる。おそらく照への挨拶のつもりだろう。照の知っている限り、遊郭の女というものは程度の差こそあれ、誰でもどこかそういった芝居じみた動きをすることがあった。そう教わっているのやら、勝手にそれを気どっているのやら。とりわけ多磨はそういった仕草をすることが多い女だった。これを照は、芝居の見すぎだと考えている。ただ、日本人離れした体格の良さもあって、多磨はそういった振る舞いのひとつひとつがよく映えた。

ただ、このとき藪の中から姿を現した多磨は、まるで肌着姿のそのまま、取るものもとりあえず裸足《はだし》で駆けてきたようなありさまであった。ほとんど出歩かない割に骨太で筋肉質の、締まったまっすぐな脚（若干血管の瘤《こぶ》はあったものの、同じ年ごろの娼妓たちのうちでも彼女は一等魅力的な脚を持っていると照は考えていた）の膝から下は、ここまで藪の中を逃げてきたために枝で切れ、赤く細かい何本もの掻《か》き瑕《きず》ができて、不健康な白い肌に青黒い静脈の血が幾筋も踵に向かって流れていた。

「多磨ちゃん、いやだ、あきれた、また、逃げてきたのか」

照はやっとのことで声を出し、途切れ途切れに言った。

多磨は街娼上がりで夢幻楼に引き取られた幾人かのうちのひとりで、照よりもそれなりに年かさではあったものの顔を見れば気やすい冗談をいいあう程度の間柄であった。夢幻楼の中では見た目に大柄のため派手であるということと、体力気力がそこそこ充実していたので稼ぎ頭の一角を担っている。ただ、年齢性別職業にかかわらず、悪いところはこの世の誰にでもあるもので、多磨は何より脱走の名人でもあった。

否《いや》、名人というのは成功するから名人なのであって、多磨はまず一晩もするとあっさり捕まって引き戻された。ほかの娼妓の手前、見せしめのために店の用心衆やときゑによって折檻される。顔こそ殴られないが喚きに喚くので、もともとたいして器量よしでもない腫れぼったい顔が、今では泣き腫らしたせいで一層ジャガイモみたいになって、細く埋まりこんだ目も近頃すっかりむくんだまま治りにくくなってしまっている。

秘密の場所にずけずけ入り込まれて迷惑だと思う暇さえない照の横に、多磨はどかりと腰を下ろすと、面倒臭そうにふくらはぎの瑕に垂れる血をフイッ、フイッと口で吹いた。それから、おおかた客の懐からくすねたものだろう、襦袢《じゅばん》の腰紐《こしひも》に挟んで隠していたよれよれの煙草を引きずりだして丁寧に手のひらでのして整え、それから注意深くくわえると、頬をへこませて息を吸い込んだ。細い目を一層細め、そこで初めて心持ちの落ち着いた、安らかな表情を見せる。当然ながら煙は出ない。

「火は」

と照がたずねるのに多磨はふたたび、手のひらをひらつかせる仕草で答えた。

「持っちゃいないよ、なあに、目いっぱい吸いこんだらこれだってそれなりに旨いもんさ。第一、燃《も》したらなくなっちまうだろう。もったいない」

多磨の、まっすぐ前に投げ出された瑕だらけの足を眺めながら照は言う。

「いったい多磨ちゃんは何からそんなに逃げているんだ」

言葉にする最中に照はふと、自分自身にも同じような質問をしなければいけないと気づいておかしくなって、言い終わりの言葉はほとんど笑い声になっていた。そうして多磨の顔をしげしげと眺める。顔の見てくれこそジャガイモのようだが、外交に来ているお偉方からの人気は意外なほどに高いというからわからないものだ。上背は割とあるし、手足もまっすぐで長い。きちんと飾り立てればそれなりには見えるが、いかんせん礼儀のほうはからきしであった。南蛮人の趣味っていうのは奇妙だな。金持ちほどランチュウだとか出目金だとか、珍獣を可愛がりたいってのと同じようなもんか、と照は思う。

「逃げたいわけでないよ」

煙草を口の端でくわえたままで多磨は、もそもそと答えた。

「清水定吉を見たかっただけさ」

日本で初めてのピストル殺人をした強盗。当代、名前を聞けばたいていの人間はああ、あの、と察しがつく有名な大悪人である清水を題材に取った芝居や浪曲、読み物は世間に多くある。ただ、いま清水定吉といえば、もっぱら彼自身の逸話をもとにした活動写真のことだった。これは評判が非常に良い。照の通う女学校の生徒たちのあいだであっても、なんと恐ろしいことなどと言いながらも、やれあの俳優はほんとうに人を殺した目だとか、あの場面では本物の銃を撃っている、重要な箇所では殺人犯本人の霊が乗り移り、人を殺《あや》めている場面などは実際に犠牲者が出ているんだとか言って、見てもいないのに想像だけで興味高く噂しているほどだった。新聞や講談では味わうことができない、まるで殺人現場に自分が立ち会ったような錯覚を起こす仕掛けがされているんだろう。活動写真というのは大概がそういうもんで、技術が発達するにつれて、どんどんそういう仕掛けが強くなってきている、と照は思う。

照は自分がまだ幼かったころのことを思い出す。たしかあのときは父親に連れられて、短いいくつかの活動写真を見に行ったときだった。そのとき珍しく日本でしばらく暇をしていた父親は、兄弟の中で一番手の掛かる性格だった照を、なぜだかよく可愛がって家から連れ出して、あちこち引っぱり回して遊んでくれていた。いま思えば、あの当時、父はときゑから照のお守《も》りを仰《おお》せつかっていたのかもしれない。当時でもあまり評判のよくない派手な通りに活動写真の劇場があったためか、母さまには内緒だぞとかなんとか言いながら父は、小さな窓口にいる不愛想な女に照とふたり分の料金を払い、大きな体をちぢこめるようにして、照を守るように抱えて入った。

煙草や酒のにおいと暗闇、あちこちから漏れる笑いやかすれた話し声、たいていは怪しくて賑やかな空気の中でそれは始まる。異国の鉄道や山々の風景、また国内の歌舞伎俳優や街のようすを映し出した数々の活動写真を、照は今でもはっきりと思い出すことができた。当時は暗闇に明るく立ち現れる動く写真が珍しいばかりでなく、これら周囲の状況とともに印象の中に焼き付いているのだった。ほかの観客同様、幼い照の心は大いに躍った。これは作品の内容自体の印象のみがそうさせていたのではないのだろう。

その後父が再び国から離れ、照のほうも女学校へ通うようになって、平素より人並み以上に外聞やら世間体を気にするときゑからの厳命もあったために、繁華街の周囲へうろつく機会もうんと減り、以来活動写真や劇、見世物の類全般を見に行くこともなくなってしまった。

「何度も逃げて、そのたびに見に行ってるの」

「まあね。何度見たって、そのたびに違って見えるもんなんだよ。ありゃあすごいんだ。一度見たら、またもう一度、もう一度って癖になっちまうんだよ」

多磨は照に、活動写真がどれだけ楽しいか、今までののらくらとした言い方から一転早口でまくしたて始めた。普段ふてぶてしくのんびりしている多磨が、こんなに興奮した物言いをするのを、照は初めて見た。煙の出ない煙草を手につまんで持ち、手ぶりを交えながら多磨は、子どもが親に向かって必死に話しかけるようなやり方で、照に活動写真の感想を話す。中には照が以前に見たことのあるものもあった。

　眠る客、その客に掏摸《すり》を働こうとする客、煙草の煙が映写機の光線を遮ってスクリーンに影を落とし、文句を言う客、何も聞こえないかのように腑《ふぬ》抜け、酔いしれている客。暗くて、そこには客と物語しかない。繁華街の劇場、淀《よど》んだ暗闇の中で個人はなくなって「見るもの」というひと塊になる。楼から逃げおおせて暗闇の中に混じる、という経験が、多磨にとって充分に大冒険であり、また誇らしいものであったのだろうことが理解できた。

　聞いているうちに照は、なんだか無性に可笑《おか》しいような気持ちになって、ついには相槌《あいづち》さえ打つことをやめ、ただ彼女の言うのに任せ耳を傾けた。きっとこういうもんは、相手なんぞ誰でもいいから自分の見たことや思ったことを話して聞かしたいだけなんだろう。それで気が済むなら飽きるまで話させてやったら良いさ、という気持ちになっていた。ところが多磨はすぐ後、ふと黙って、

「さあ、もうじき行かないと清水定吉が始まっちまう」

　と立ち上がった。まさかこんな恰好で街に繰り出すとでもいうのだろうか。照はたずねるともなく言葉にした。

「なんでわざわざ金を払って、鉄砲撃ちなんて物騒なもんを見に行きたいんだかね」

「何さ、お嬢、そういう映画は嫌いなのかえ」

「折角《せっかく》なら、いい女だとかいい男が歌ったり踊ったりっていうような、派手で景気のいいもんが見たいね」

「まあ、映画なんてえのは、そもそも物騒なもんさ」

と、多磨はさっきの夢中になった早口から、もう相も変わらぬのんびり口調に戻っている。ふたたび火のついていない煙草をくわえ、吸い先を口の端で嚙みながら、尖らせた唇の先っぽのほうだけを使って話した。

「逆を言やあ、映画のほうで物騒なもんを全部、引き受けてくれてるうちゃ、わっちらぁ呑気《のんき》に暮らしていけんだえ」

「私もいっしょに見に行こうかな」

照はふいに清水定吉が見たくなった。というよりも、多磨といっしょに映画を見たくなったと言ったほうが正しかったかもしれない。照にそんなふうに言われた多磨のほうは、動揺した困り顔をしてこたえる。

「だってお嬢、見つかったら大変だよ」

照は、

「子どもの頃よりはうまくやれるさ、あんたほどの折檻は受けないよ」

とこたえてすぐ立ち上がり、続けた。

「ただささすがにその風体で並んで歩いちゃ目立ってしかたがないだろうから、学校から簡単な羽織りものを持ってくる。ここで動かないで待ってて」

照は学校に戻ると、裏口から武道場に入った。袴《はかま》を探したが、脚の瑕が隠れるほどの丈の長いものが見あたらなかったので、馬術の訓練をする友人に無理をいって厩舎《きゅうしゃ》にある襟付きのシャツと黒ズボン、帽子と靴を借りた。多磨の洋装は見たことがないが、きっとあの手足の長いしっかりした体だったら、男装風の洋装でも似合うんではないかと照は考えた。すくなくとも、今の肌着姿に血だらけの裸足よりはよっぽどまともだ。ついでに学校前の小間物店で包帯代わりの晒し布を買った。

途中、やっぱり多磨は逃げたいわけでないなんて言いつつも、腹のどこかで街娼であったころのように自由になりたいんだろう、いや、そもそも街娼なんていうものが自由なのかもよくわからないが、などと勝手な考えごとをしながら、照は丘に戻った。

躑躅の藪を抜けて戻るとそこには誰もおらず、何人もに踏まれてくちゃくちゃになった煙草だけが一本落ちていた。

照は、

「ああ、また折檻か。死ななけりゃいいけど」

とひとりごちて、持ってきた服や靴を横に置くと、見はらしの良い芝の上に寝そべった。

5

Side A

初めて彼女と私を見る人たちにとって、ふたりの関係はどんなものに映っているんだろう。たぶん、どういういきさつで仲良くなったのか想像しづらいくらい、ちぐはぐで不釣り合いに見えていたんじゃないだろうか。ふたりの関係を考えればどちらかというと社交的で大柄な美人の彼女のほうが本体で、私は彼女の付属物のように見えるだろう。私たちはこの年ごろの女子にありがちなパワーバランスに当てはめて考えれば、それなりに座りの良い、均衡が取れた主従関係に見えているんじゃないか。そのことは一層、私にとって心地がよかった。これで私のほうが大きくって彼女が小さい体で私に付きまとっていたら、この信頼関係は生まれていただろうか。

ただ、一般的に友だち同士が最初どうやって仲良くなったかなんて、実はみんなきちんと覚えていないあいまいなものなんじゃないだろうかとも思う。何月何日に友人として誓いの宣言を立てる、なんていうモンゴメリーのアレじみたできごともなく、またSNSみたいにフレンド申請をしてタグが紐づけられる日時が表記されることもない。最初こそ厄介だったけれども私たちだって、よそから見たらふつうの高校生と同じように、ごく自然に思える速度で信頼関係を築いて、距離を縮めていったんだと、すくなくとも私のほうは思っている。

Side B レポート「ミトラ」

国同士にかぎらず戦いというものは、長引くと陰惨さを増すのが当然の成りゆきだった。たとえ優勢な側であったとしても倦んだ中央にとっては、自陣の末端で行われる多少の理不尽な悲劇にも、目をつぶらねばならない。取りうる手段が減っていく一方の終戦直前では特に。

どの国のどの時代であっても、最新の武器、あるいは前例のない科学的で非人道的な攻撃に対する試験的な運用、人体実験のような非倫理的な行為は、戦いが長引き中央の人間がいらだちきったときを狙って行われると相場がきまっている。もちろんこれらは人道的な基準に当てはめれば許されざる事柄だった。そのため国際的な裁きの場に持ち出されることがあれば大きな問題となる。ただ多くの場合は、長期戦での疲労による判断力や統率力の低下という理由づけがされ、責任の所在は有耶無耶《うやむや》になった。

戦争を早く終わらせることが最大の目標となった際には、人が考えうる最悪の兵器こそが正義になるケースが生まれる。投降を促《うなが》すための最終手段は、なかば物語めいているくらい残虐であるほうがいっそ効果的なのだと考えるほどに、両軍が判断力を欠いてしまう最後というのが訪れる。たいていの場合、なんとなくすべての機関が慢性的にすり減り、各地の軍事研究を行う現場にほんのわずかの麻痺《まひ》がおこって、そのずれが積み重なるというだけのものだ。

そういった事態に陥るのを待ち構え狙い澄ます、極めて特殊な性質を持った科学者、多くの物語に出てくるような、倫理的な瑕疵《かし》を抱えた天才的な研究者と言われる人間、実際はそんな劇画じみた研究者はそうそう都合よく存在することはない。よって発明が悲劇につながる使われ方をされることもほとんどない。この場合たいていは技術が研究対象として用をなさなくなったと判断し、研究対象への興味を失った――ありていに言えば飽きた場合に、彼らが手放したそれを、一般的に悪意と呼ばれる意志を持つと持たないとにかかわらず、思慮の浅い人たちが手にしておかしいことを企むというケースがほとんどである。どんな時代でも。

思慮の浅い彼らはそれでも非常に多くの研究の成果をあげ、後につながる資料を残した。しかしそれらの報告書はときに、やたらと物語じみた誇大妄想的装飾に満ち溢れていたために、公的な研究機関で資料的な価値を認められないこともあった。そうして多くの口伝えによる情報同様、事実に慎重であるべきという主張は、事実を潜ませた一見荒唐無稽な暗喩を物語の中に塗りこめてしまいかねない。さらにそれを好都合ととらえた政府の側で、科学者たちの妄執や創作、良くて誇張に過ぎる認めがたい報告の類として処理してしまうことが多く行われていたようであった。

信頼するに足るかどうかの問題を別として、現存する資料群とあくまで誠実に対峙《たいじ》したうえでいうと、映画という道具が戦いの舞台に直接登場したケースは第二次ボーア戦争の末期が最初であった。このときまず間違いなく映画が攻撃用の〝武器〟として使用されたという報告が初めて文書に残されている。

南アフリカにおいて、オランダからの入植者であるアフリカーナーと、ときの大帝国イギリス軍のダイヤモンド鉱脈をめぐる戦局は、大方の予想に反しイギリス軍が苦戦を強いられるという形で長期化していた。

かような時期、政府の管理する地図には名前さえ載らないささやかな、集落のような町でそれは起こった。長引く戦いであるうえ、あまりにも戦地や要衝から離れ、男たちを軍にとられた残りの女子どもや年寄りばかりの集落。そのために、該当事案に対する資料は極端に少なく、また中身も一方的であいまいだった。さらに資料はときを経るごとにあらゆる研究者が独自の解釈を纏《まと》わせて補完しており、それらをもとの記録に戻すために慎重な作業を強いられたうえ、結局は完全に元に戻すことはできなかった。解体し、組みなおしを繰り返したため、現在はかなり不確定なものとなってしまっている。

今となっては、以下に記すレポートが、彼らの残した報告書が実際に恐ろしい大発明の証拠文書であったのか、それともただの与太《よた》話や、大昔の伝説神話の混ざり込んだまがい物、またはそのグラデーションのあいだのどの位置に属するものなのか、はっきりと知ることはできない。

その日の夜、町の南の遠方から地平線に沿って光の帯が近づいてくるのが目撃されている。該当地域を統治管轄していたのはオレンジ自由国側の警備にあたる者（軍人は長引く戦いに出払っていたため、そのほとんどは民間人の志願警備員）であった。軍の管理も届かない町であったため、当日の状況は彼が当時記していた日報に残るいくつかの文字とも言えない記号めいた走り書きと、周囲にあった集落の住人による要領をえない証言からしか知ることができなかった。

近づいてくるにつれ光の帯は、それぞれが光を湛える荷台を曳《ひ》いた無数の馬車であることがわかった。警備の男の不明瞭な記述と、それを解読した後の研究者の考察とによれば、その数千とも一万とも推定されている。

光を放つ巨大な荷台を曳いて進む馬、後にこれは芝居の馬のように中に人間が入っていたのではないかと推測されたほど非常によく訓練されていた。鼻柱から耳元まで、きつく布を巻き締められ目隠しをつけられている。そのうえ、手綱を引く人間はひとりも乗っていなかった。にもかかわらずすべての馬は両隣と足並みを揃え、美しく無駄のないルートをたどりながら最短距離で町に向かって進んできた。

馬の曳いている荷台部分は、一辺が二メートル強のほぼ完全な形の立方体をしており、前後左右の四面及び上面を、ぴんとはった羊皮紙らしきものが覆っていた。地平線の遠くからも光が届いていたという記録を見るに、中には当時の技術で可能な最大限に強い光源がそなえられていたであろうと考えられる。

極めて奇妙な馬車の群れはほどなくして町にたどり着き、そのまま町じゅうのあらゆる道に広がりながら侵入してきた。古い町であるために建物のあいだを縫う道は整備されているとはいい難《がた》く、複雑に入り組んだとても狭い道だったのにもかかわらず、馬はまごつき暴れるようなこともなく道を進んだ。前足を折り曲げて出し、器用に蹄《ひづめ》で道の表面を探るようにして、注意深く石畳の細道を進む。鼻面を突き出し引っ込め、ときにぶるりと鼻を震わせ音を出し聞き取ることで、近くの馬との距離を測った。目隠しがされているにもかかわらず、背後にある荷台にさえ気を配っているようだったという。

その日の町の光景を上空から見ることができたなら、町というひとつの臓器へ縦横に走る毛細血管が、光る造影剤でゆっくり満たされていくような光景を見ることができただろう。

馬具や車輪に紋章こそ見られなかったが、細部の造りを見るに間違いなくイギリス軍の馬車であったにもかかわらず、この奇妙な乗り物が攻撃を仕掛けてくる気配はみじんもなかった。そのためにこの町のようすについて、報告が遅れたのだろう。馬の手綱を操る馭者《ぎょしゃ》もいなければ、白い幕ですっかり覆われた光る荷台にも、軍隊らしきものが詰め込まれているようすはなかった。

あまりに数が多く、また攻撃してくる気配がないということ、何よりもその状況の異様さから、町の入り口に配されていた警備員も圧倒され、追い払うことができないまま、ただ町の中に入ってくるランタン馬車の群れを見ていることしかできなかった。

かくしてほとんど時間をおかず、さほど広くもない町じゅうの道という道、辻という辻は四角い荷馬車でぎっしりと埋め尽くされ、それらは昼間のような明るさをもたらした。さほど多くない住民のほとんどがその尋常ならざる光景に目を覚まし表へ出て、あるいは閉ざした窓やドアの隙間から息を詰めて注視する中、やがてゆっくりと、それは始まった。

不確定な資料に準ずるならば、作戦名は〝ミトラ〟といった。

当時のイギリス領であったインドに伝わる、神話の太陽戦車を馬に曳かせながら戦う神から名を採ったその作戦は、光源を備えた四角い荷台の中心に映像の投射機を仕込み、荷台の外幕《とまく》をスクリーンにして映像を映し出すという、極めて原始的な初期の映像兵器だった。用いられた映像の内容自体も当然、現在の映像技術から見ると非常に稚拙だっただろうことが想像できる。それでもこういった兵器に対して無防備であった当時の民兵を含む多くの人々の脳に作用する効果は充分過ぎた。

荷台の光源装置に内蔵されていた投影機器に関する操作には、秘密裏《ひみつり》に訓練されたイギリス人の特別技師が当たっていたといわれている。彼らの多くは志願兵でありながら、当時イギリスの国民病であった〝くる病〟の重症者であり、一般的な兵役に就くことが叶わなかった者たちであったらしい。彼らは荷台の底部に設《しつら》えられたごく小さな機械室に、横向きに寝そべるようにうずくまって収まり、厚い目隠しの中で手探りのみによって一晩じゅう装置を操作し続けたのだろう。

彼らの手指の先は非常に器用に動いた。触れることのできる範囲に敷き詰められたレバーやボタンは、すべて大きさ、形状が異なっていた。技師たちは手触りでの判別をはじめ、操作手順をすべて訓練によって記憶していたといわれている。

強い光とそれらを利用した映像による攻撃技術は、制作技術が原始的な最初期のものは特に、敵味方の区別なく見る者の脳に侵入し、作用していた。特別技師である彼らは、牛革で特製された厚い目隠しをもってしても、繰り返しの予行訓練と実地の作戦執行によってその視力の大半を失っていた。体に不自由があり、さらに訓練によって視力までも失った彼らは、作戦が完遂された時点で、文字どおり〝口封じ〟として最後に残った声さえも奪われたのではないか。――というのは後日に付加された根拠のないうわさ話だったとしても、戦後、歴史研究家によって彼ら生存兵の指の動きの記憶から当時の兵器を解析し再現する試みは続いた。しかしそれでも、これらの作戦が完遂された事実として実証されるに至らないため、またその町に住んでいた人たちに証言可能な人間がまったく残っていなかったことからも、結局はこの作戦の存在自体が真偽不明なものとして片づけられている。

当該の戦争において最大の目的であったのは、巨大倉庫に収められた、採掘された膨大なダイヤモンドの原石及びその鉱脈、採掘設備の破壊や焼失を最小限に留《とど》めることであったのだろう。破壊される危険性をどちらもが気づかいながら戦う場所では、それらを避けるためにお互いが銃火器の持ち込み量を控える。そのため敵地の人民の精神のみを破壊することに成功したこの〝ミトラ〟はその後いくつかの、そういった重要な場所で遂行されたと言われている。これらは各地で痕跡を残さず、また記録もほとんど残されていなかったため、あの名もない町で行われた唯一の試験的な運用の不確定な記録でさえ非常に重要視され、こまぎれの資料は多くの研究家によって調査が行われた。

ただこの作戦は、後にイギリスを長い戦いの末に勝利へ導いただけでなく、その後の世界戦争の方法にまで大きく影響を与えたと考える者も多い。

6

Side A

打ちこむべき運動も学ぶべき目標も取りたてて持ちあわせていなかった、輝ける世代のまっただ中にある私たちは、授業が終わりしだいとっとと学校から逃げ出して、きまって街中で過ごした。今みたいにお店でなんてことのない話をして時間をつぶすこともあれば、年ごろの女の子が嗜みでする程度の秘密の悪事をすることもあって、私たちのお気に入りの悪事は、そのどれもが誰のことも傷つけない程度の、平和でささやかなものだった。

一階にカフェがテナントで入っている雑居ビルは、土地面積がものすごく狭い場所に、パズルみたいに無理やり詰めるように建てられている。建物同士の間隔は、野良猫だってちょっとぽっちゃりした子なら両脇腹を擦りながら走らなくちゃいけないような狭さだった。ビルの裏にある外づけの階段から、スカートの裾に軽く気を配りながら跨《また》ぐだけで隣のビルの非常口に取り付けられた踊り場に渡っていけることに気づいたのは私だ。消防法とやらの関係なのかもしれないけれど、古いビルの非常口の扉は、冬場でもほんのすこしだけ開いている。私たちは隙間から、ちょっとした幅をすり抜けてビルに入りこむ。

マンガ喫茶の従業員休憩室はこの時間、たいてい無人だった。そもそも、ワンオペで受付や片づけをこなし、ドリンクベンダーをメンテナンスし、軽食を準備してこのたくさんの本棚や個室群を管理していたら、休憩なんてする暇がないのはあたりまえのことだ。私たちはパイプ椅子に座って、いくつも並んでる防犯カメラの画面にそれぞれ映された個室のようすを眺める。この時間帯は決して混んでいない。半分近くは無人で、お客さんのうちでも、マンガを読んでいる人はあまりいない。たいていは薄明るい光を発している画面に釘づけだった。液晶画面の内容まではこちらからはわからないけれど、その液晶の発光に照らされたそれぞれの顔、魂の抜き取られたような半笑いを見ていれば、その画像が多少は個人的なもので、あまり人に見られたくないものだということがわかる。

「たいしておもしろいものじゃないよね」

私は彼女に確認するみたいにしてつぶやく。モニターの明かりに向かったまま彼女は言う。

「それにしたって、家のリビングで家族と見るしょうもないあんな映像たちよりはずっとまし。嘘がないからね」

「へえ、嘘かどうかなんて、そんなこと気になるんだ」

「そこに全力での嘘があるなら、まだいいけど」

ここで記録された映像が、どんな仕組みでどういうふうに保存されて、集められて分類され、最終的にどんな人たちの手のなかに収まるのか、そうして誰が管理して確認するかなんて、たぶん誰も知らない。ひょっとしたら誰かが楽しんで見てるのかも、なんてことすら、考えにないはずだ。まるで撮っているという事実だけが大切で、そこで生まれた映像のことなんてどうでもいいのではないかと思えるくらいに、誰もいない暗い部屋で無意味に延々と垂れ流されている。私には、街中のすべての、たとえば私たちの持っている端末についているカメラさえ、ただ世界の事実を希釈して、現実の悲劇や喜劇の味わいを他人事《ひとごと》みたいに薄めるためだけに存在している道具に思えた。

そうして実際ほとんどの場合、カメラにはたいしたものなんて映らない。昔から比べればすこしばかり治安が悪くなったらしい、街が汚れた、今の子たちは大変だ――なんていう嘆きは私たちより年上、せいぜい学校の先生くらいの年齢の人たちが主張する言葉のうえだけであって、どうせ彼らが若いころも、そんなふうに昔のほうが人が優しかった、温かかったなんて言われながら育てられたんだろう。

「もしその言葉がほんとうだったら、戦国時代はきっと善人しかいなかったんだろうね」

彼女はそういうひねくれた言いまわしを好んでする。それは彼女が外国ドラマを見すぎているせいだ。

ともかくも私たちの放課後の身の安全は、街にずらりと並ぶあのひとつ目に姿をかじり続けられるのと引き換えにして、ある程度まで保証されている。そうして同時に、ほんの些細《ささい》な悪事を行う自由も、無言のうちに見逃してもらえているんだろう。要は〝おめこぼし〟ってやつ。

あの、ほんの狭い箇所の死角を残したレンズたちは、自由を許すことすらもやってのけていて、それを知っている私たちは、レンズの死角を毎日の暇つぶしにすっかり調べ上げてしまっていた。力のない人間が危険人物としてカウントされにくい、今のこういったシステムから生まれた死角には、私みたいな弱くて小さい人間だけ入ることができた。彼女はそのことを証明するためみたいなかんじで、そのいくつものモニターに向けて端末を掲げ、それから私のほうにレンズを向ける。私の姿は彼女の端末以外に映っていない。画面上に流れる映像が、彼女の持っているカメラで撮られる。これは、彼女が得意にしていて、しょっちゅう使う撮影方法のうちのひとつだ。

彼女と私は、秩序ある（?）平和な（?）美しい（?）街のデバッガーだった。

Side B　一九〇八年・パリ

船と鉄道での旅が長いこと続いて、照はもう脳味噌が豆腐か葛煮《くずに》のようにゆるゆるになってしまった心持ちでいた。

今、やっと動かぬ地面に立てたことに安堵《あんど》しながら、これでまた汽車に乗らなければいけないのかと気を重くする。頭と肩をゆっくり注意ぶかく、ぐるりぐるりと動かした。関節やら軟骨やら、体の奥からさまざまな音が鳴って照の内耳に響く。

照は、幅広く強固なプラットホームに立っていた。人通りは多いが、いちおう照のほうに気づかってか、みな体を傾けながら避けて進んでくれる。父が気張って誂《あつら》えてくれた革のトランクは立派なぶん嵩張って重く、小柄な照が両手でハンドルを摑んでえいやと持ち上げ歩き出すと、体ごと傾いていかにも不恰好な歩き方になった。

ふつうなら希望で何もかもが輝いて見えそうな、新しい生活を迎える異国の風景であるにもかかわらず、頭に木ネジでも締めこまれているのではないかというほどの片頭痛の中、照は湿ったため息を漏らす。

ただでさえ西洋風の立て襟ブラウスと太い腰当てのついたスカートは窮屈で動きにくかった。そのうえ悔しかったのは、照がいま着ている息苦しい服装が、どうやらこのあたりではいささか時代遅れのものであるらしいということがわかったためだった。見た限りこのような窮屈な恰好をしている現地の人間は、照よりいくぶんか年かさの婦人ばかりで、照と同じくらいの若い女性はもうずいぶんゆったりとして活発に動きやすくも見える吊りドレスのようなものに薄い羽織コートをあわせて身につけているのを、照は舌打ちでもしたいような思いで見ていた。あれを着ていたなら、もういくぶんかでも楽な旅ができただろうに。

照は恨めし気な眼差しのままあたりを見回した。どこを見ても人、人。ハマの目抜きでも、これほどの人が溢れているのを照は見たことが無かった。見渡す限り、照以外に日本人はおろか、東洋人らしき姿さえ見当たらない。幼いころから西洋の人間を見慣れている照ですら出くわしたことのないたくさんの西洋人が、見たことのないいろんな恰好をして、照にはとうてい聞き取ることのできないほどの早口で言葉を交し合い、笑ったりしていた。

相手が自分にとって珍しく見える場合、相手も自分のことを珍しく思っているのは無理からぬことだ。照のことを、離れた所からじろじろ見る者や、あからさまに現地の下品な符牒《スラング》じみた言葉で声をかけてからかってくる者もあった。ただ、ふつうの人ならこの状況で胸にさし迫ってくるであろう、見知らぬ場所でたったひとりでいることによる心細さは照の心中にひと粒も存在していなかった。希望だけでなく不安さえも、船と列車に揺さぶられているあいだにすっかりふるい落とされてしまったようだった。どうなったところで、どうせ同じ人間ではないか。ここに住んでいるのと日本に住んでいるだけの違いで、人はそうそう変わりゃしないと、照はこの長い道中ですっかり思い知らされてしまっていた。今となってはもう、気の重い要素はきついスカートや、この荷物をひきずって歩くことの不自由さだけだ。

ただ、たとえば単に景色を眺めているぶんには、この国は優美で新鮮で驚きに満ちたもので溢れている。ハマの都会に慣れている照であっても、建物ひとつ、日本とはまったく違った規模の、西洋にひろがる大きな街の風景には目を見張った。パリの万博にあわせて完成したばかりだという地下鉄道なるものは、線路が地面の中をとおっていることを話には聞いていたが、実際に見るとあまりの存在感に照は驚異のつぶやきを漏らす。

「なんだか、そのまま地底探検にでも連れて行かれそうだ」

真っ暗な線路の先からホームに向かってぬうっと現れる汽車を見ると、照は自分がおとぎ話の主人公にでもなって、どこか遠くへ連れて行かれてしまうのではないかと考え、すぐ後に、そもそも今自分はその〝どこか遠く〟にすでに来てしまっているのだと思い直した。何本かある路線のうち、聞いていた汽車に乗り込めば、希望する場所に勝手に進むのだ。照は父に持たされたメモを眺めながら、大きく書かれた看板のとおりに車両に乗り込み、通路をとおって荷物を横におき、席に着く。

困ったらいつでも換金できるようにという旅の経験豊かな父ならではの機転で、照のブラウスの裾やスカートの腰当てには、換金性の高い黄金や貴石で作られた宝飾品が縫い込まれている。これがなおさら居心地が悪かった。何度も体をもぞもぞ動かして座りなおす。ただ、面倒があれば一方でありがたいこともあるもので、前もって持たされていた当座の紙幣や小銭は一番使い良いようにと両替がされてあった。あまりたくさんをいっぺんに出さないようにと小分けにされた袋からコインを何枚か出して、似た大きさのものを順に並べ手のひらの上で確認する。

思えば照は日本でも、あまり自分で小銭を数えるというようなことをしていなかった。指先に触れる小銭は確かに美しい意匠の凹凸が施されていて、照にとっては珍しいものではあったけれども、こんな小さな金属片を、この区切られた国という地域でだけ大切なものであると決めて、どんな大悪党であってもその約束ごとにのっとって暮らす仕組みというものは、なんとも奇妙な感じがした。

などと考えているうち、目的の駅に到着するところだと気づく。地下を走る鉄道だから景色も見えなければ看板もわからない。また案内にたずねてみても返事は聞き取りづらかった。照は慌てて席を立ち、トランクを持ち上げ扉に向かった。

照が行くことになっていた目的の場所は、パリの中央からすこしばかり離れたところにある、十九区と呼ばれる地域だった。そこに照の勤めることになる職場がある。迎えの人との待ち合わせは、この駅を出たところだった。トランクを引きずるようにして階段をあがって進み、植物の形を模した飾りの丸いゲートをくぐると、急に視界が開け待合の約束をしていた広場に出る。この小さな駅前に多少人の出入りがあったものの、パリ中央の駅のまわりほどには雑多な雰囲気がなく、空は広い。わずかに離れたところに公園のような木の茂った場所も見えた。

〝KANO〟と書かれたボードを持ち待っていた男は、最初照が現れたとき彼女の周囲を見回し、次に訝しげに歪《ゆが》めた表情を見せ、照に声をかける。

「どなたかといっしょではないのですか」

思わず言葉を発した、といったふうな男のフランス語は、日本人である照に対する初めての問いかけにしてはずいぶんと早口でわかりづらかった。照がその言葉を理解しかねて眉根を寄せていると、男は自分の顔の横、頰髭《ほおひげ》のすぐそばに自分の人差し指を上向きに立ててから首を傾げ、日本からひとりで来たのか、と、時間をかけ、はっきりと発音しながらたずねた。照がきっぱり頷いたあと、慣れたようすで膝を曲げ、西洋式の挨拶をしたので、男はしばらく口を縦に開けて目を二度三度瞬《しばたた》かせ、それから慌てて、サテン張りの帽子に手を掛け挨拶の仕草をした。彼はポールと名乗った。これから照が世話になる会社で秘書をしている男だと自己紹介する。

彼が動揺するのも無理ないことだった。照は日本人の中でも小柄で、この国ではなおさら子どもにしか見えないだろうと予想がつく。極東の小国から技術の勉強がてら手伝いにやってくると伝えられていた女性研究者がまさかこの少女だったとは、こんな子どもが親や従者もいない状態で船と汽車でここまでやって来たのか、思いもよらないといった表情をしている。ポールがうろたえているのは、照の目から見ても明らかだった。

「Allons-y《行きましょう》」

ポールはまだ誰かに騙《だま》されてでもいるのかというふうな表情でそう言って、照の持っていたトランクを抱えあげる。荷物のあまりの重さに、何度目かの驚きの表情を見せると、よろけながら車の乗り場に向かった。照も後に続く。広場を出て、花や果物、パンなどを積んで売っている小さな露店の並ぶ脇を抜けた。照くらいの娘が買い物かごを抱え、こちらを珍しそうに見る前をとおり、男は広場の脇の道に待たせていた車のドアを開け照を乗せたあと、荷物を屋根に積んでから自分も車に乗り込み、照の向かいに腰かけた。

車体はボックスの席になった乗りあい状の大型のもので、新型ではあるものの、椅子の革張りやあちこちの意匠が割合に使い込まれているように見えた。あらかじめ乗って待っていたのは運転手で、あとは車内にポールと照のふたりだけだった。運転手がハンドルをゆっくりと切り、車は発進した。

エンジンの振動と、石畳に車輪がはぜるのとが増幅して響き、長旅でくたびれていた照の、背骨の髄から脳味噌にかけて一層の衝撃が走った。照が顔を歪めているのを、ポールは心配そうに見ながらしばらく黙っていたが、再び話を始める。

「ここでの作業のほとんどは、スタジオで行われます。広いスタジオ内の移動では車をたくさん使います。荷物を積んだり、俳優を運んだり」

聞き取りよいようにゆっくり、落ち着いたようすで続けるポールの話を聞くとはなしに聞きながら、照はポールの顔と車窓を交互に眺めていた。銀色の髭が頬を覆う深い灰緑色《はいみどりいろ》の目の大柄な男は、照のことを宇宙人でも見るようにしている。ポールの驚きは照にとって、ここにたどり着くまでにされたどんなことよりも気に掛かった。自分はそれほど奇妙がられるくらいの特殊な姿なのだろうか。照は自分が着ているブラウスの立て襟がおかしくなっていないか、袖口が変になってないか、ひょっとしたら顔が鉄道の煤《すす》で真っ黒なのではないかと心配になった。

駅前の広場を離れるとまもなく、車輪の下の石畳は踏み固められた土の道へと変わり、街路樹が両脇に等間隔で並んでいる風景が広がる。このまっすぐな背の高い木はなんという名前だろうか。名前を聞いたところで日本では馴染《なじ》みのない樹木には違いなかったが、石の道や建物の並ぶ駅前に比べれば、どこか似通ったところのある景色に変わったことで、照は安堵した。パリ中央駅前より道は広く、人も建物の中の店に並ぶ商品も華やかで活気があったし、空が高かった。さらにここには、自動車だけでなく馬が走っているのも照は気に入った。そもそも石畳は馬の蹄を傷める。照は、ハマにある馬車のために作られた、丁寧に手入れされた土の道のことを思い出しながら、煙を土の地べたに吐きちらして走る大型の自動車に揺られていた。

ぼんやりと照は思う。初めての異国、ひとりでやって来たこの場所で、自分はしばらく住まい、働くことになる。見分けのつきにくい硬貨でものを買って食べ、仕事をし、学ぶ。

夢幻楼の館主である照の父と、事実上経営を一手に担っている母ときゑのあいだには、照のほかに三人の娘と、四人の息子がいる。うち男と女のふたりずつは養子縁組した継子《ままこ》のため、父母ともに血のつながりはなかった。しかしどの子も分けへだてなく教育を施してくれたのは、自由平等主義をこじらせ気味の父の気質に加えて、ときゑの持つ、女郎屋の意地の部分が大きかったのではなかろうかと照は考えている。ときゑは自分の子どもたちが実子であってもそうでなくても、勉強に限らず礼節や常識に至るまで、娼館の子どもだからこの程度で充分といったような考えをまわりの人間はもちろん、照やほかの子どもたち自身に持たれることを心底から恐れていたようであった。それにはもちろん、ときゑ自身が希望したように教育を受けてこられなかったことの負い目もあったのだろう。実際、世が世であればときゑはもっと教育を受けてその商才を伸ばせていたかもしれない、あるいは男であれば国を動かすほどの偉業を成し遂げていたかもしれない。このことは、ときゑを知っている者なら誰しも感じていたはずであった。

その負い目を補うようにときゑは、子どもたちには男女の区別なく教育の機会をたっぷり与えた。今現在、照の兄弟のうち三人は外国で勉強をしている。ある者は経済を、またある者はショウ、いわゆる興行学を学んでおり、ふたりがイギリス、ひとりがアメリカにいた。照の姉妹も全員国内で女学校に通わせられていたが、それは女子を何人か持つ家では相当に特殊なことであった。

中でもなお一層珍しかったのは、姉妹のうちで照だけ、日本国内において修めた学問が科学、機械学の専門であるということだった。卒業して働く、あるいは研究を続けるとしても、照の得意分野は日本でも需要がないではなかったがいかにせん相当特殊であり、また技師は男がなるものと相場がきまっていた。加えて兄弟の誰とも専攻を異にしていたため年長者のツテも少なく、よし面倒を見よう、と言ってくれる口は探してもなかなか見つからなかった。

そのおり、ときゑが娼妓の衣装をおろす反物の仕入れ先のつながりから、繊維工場をしている経営者の口利きをとりつけ、フランスの企業に新しくできた技術研究所の働き口を紹介してもらえたのは、照からしても大変に好都合なことであった。身上保証も能力についても、ときゑさんの娘である照さんであればまったく問題ないだろう、と話がすぐ決まった。すべて結局はお天道様の決めた好機だったのだろう。

照の側にしても卒業からの身の振り方などというものをまったく考えていなかったし、かといって嫁の貰《もら》い手はそれ以前の問題で——家事手習いの類、花嫁準備のほうはからっきしでてしまったものだから——正直な話、学校を出てから先は、さてどうしたものだろうと途方に暮れていたところでもあった。それはときゑの側でもよくよく承知していたのだろう。この話をすぐ照に伝え、照は渡りに船、あるいは溺れる者はなんとやら、といった調子で、フランス行きとだけ書かれた泥舟だか藁舟《わらぶね》だかもわからぬまま漂ってきたものに乗っかってしまったのだった。

さすがに娘がひとりで国外に暮らすことについて、いろいろと危惧せぬこともなかった父も、ときゑの恫喝《どうかつ》と言っていいようなやり方で説得させられ、今、照は無事この地にたどり着いているのだから、今のところ首尾はさほど悪くない。

車の中でポールは照に、まずこれから働くことになる場所に行き、会社の人間への紹介とおおまかな仕事の案内をし、それから下宿にお連れします、と説明した。仕事については研究職であるし、業務の内容自体も技師の補佐なのでそれほど過酷ではないものの、現場自体は絶えず戦争のようにあわただしいから見て驚かないように、そしてなんといっても遠くから来たばかりだし、無理をして体を壊さないようにお気をつけ願います、とつけ加えた。

照はポールの話を聞きながら、ずっと気になっていたことをたずねなければならないと考えていた。照は実のところ、口利きで用意してもらった研究所の手伝いとだけ伝えられていたことの仕事がいったいどのような種類のものなのか、働く予定の場所が、じっさいは何をしている施設なのか、まったく知らなかった。いや、ひょっとしたら簡単に聞かされていたのかもしれないが、日本に居た際、その話が来た時点で照には断るという選択が無かったので、話自体をあまりきちんと聞いていなかったのかもしれない。

考えてみれば大変に失礼であるこの質問を、目の前の男、しかもその会社の秘書に誤解のないようきちんと伝わるように、かつ言葉を選んで丁寧にたずねるのは、ずいぶんと骨の折れることである。照はさんざん悩んだ末、どうせのこと自分は言葉も片言にしか理解できない子どものようなものとしか思われていないのだし、結局はふつうにたずねてしまうのが一番なのだと思い至って、口を開いた。

「私が働くのは、いったい、何をする研究所なのでしょうか」

ポールは今日はもう驚き疲れたとでもいったように目を白黒させて、そのあと声をあげて笑った。その笑い声は彼の穏やかな風貌からすると意外なくらい甲高く、照は急に恥ずかしい気持ちがして、まあいずれ嫌でも仕事については知ることになるであろうからと諦め、それ以上聞くことをせず、それからずっとポールが笑い続けるのを眺めながら車にゆられていた。

車が停まり、ポールが降りてドアを開ける。照は足元を注意深く見つめ、車から降りた。地面に立ち顔を上げる照の目の前にあったのは、ほとんど裸の、薄く小さな布を体の要所にだけ張り付けたような服を着た大女だった。女は、粒みたいな照のことなどまるで目に入っていないようすで泰然と、照の前を歩いて横切っていった。幼いころから芸妓の体を見慣れた照もこれには面喰《めんく》らう。見渡すと、広い空間のまわりには倉庫じみた建造物が、どん、どん、と建っていて、その壁面に作り物の背景（それは城郭の書き割りや張りぼての森の木々であったりする）が組んであり、それらの隙間を男も女も奇天烈《きてれつ》な服装と化粧で大股で走っている。獅子《しし》や象などの大きな猛獣を連れた男もいる。

照は車で答えを聞きそびれていた質問を再度、言い間違いのないように注意深く、言葉を選びながらたずねた。

「ここは、何をするための、場所ですか」

ポールは改めて咳払いをひとつして、美しい発音で言った。

「マドモアゼル、ここはわが社の誇るエスパス・プルミエ・スタジオ。パリ最大級の撮影スタジオです」

ああそうか。

照の心の中には明かりが灯《とも》ったような気持ち、あのときの、懐かしく思い出される風景があった。子どものころ三つ辻の祠の前で見た、ひとつ目で四本足、クランクの腕がついた、ビロードをまとった怪物。

照はその場に立ったまま、目の前に広がる光景を見回す。外に並んでいる建物や大きな乗り物は、ほとんどが実際の用をなさない張りぼてだった。すくなくともこのあたりをうろうろしている奇天烈な恰好をした大きな男や女は、とてもこの建物には入ることができないだろう。ただ、この建物たちは実際よりずっと小さいのにうまいこと斜めに作られていて、大きく見せていた。視界にほかの建物や風景も入らないために錯覚の効果を生み、視点を変えるとまったく違った風景に見える偽物の街が、四方に並んでいる。

照は、ここで猛威を振るっているはずのひとつ目の怪物を探した。子どものころ、夕暮れの祠の前で照と銀吉の姿をかじり取ったあの生き物。日本ではもうすっかり娯楽の世界に浸透し、勢いを増しているあの活動写真だとかいうものの製造機が、ここにはきっとあるはずだった。

それは実際照の眼前にあったが、最新のものであるためか当時に見たものと姿も大きさもかなり違っていた。ひとつ目がついた四角い顔でなく、スタジオの中でひときわ存在を誇示していたのは大きな金属製の本体上部と下部に円形のフィルムが置かれ、前面には遠眼鏡とも機銃とも見える単筒の目。足まで含めた全体の巨大さは、さっき目の前をひかれて歩いていった象の頭を思い起こさせた。安定して滑らかに動かすためだろうか、大きな重い本体は台車に載せられて移動させられる仕組みになっている。

自分より何倍も大きく重そうな撮影機に抱きつくようにしてかじりつき、熱心に機械の中を覗きこんで、ときおり撮影機のひとつ目が見ている方向に視線をあわせて顔を寄せ、確認している女性がいた。女性が抱える撮影機の足元を、数人の男がみんなで支えて抱え込んでいる。象に乗った戦いの女神、といったようすだった。

彼女はしばらく覗きこんだ姿勢のまま、機械のまわりを取り囲む人間に早口で何ごとか言った後、照に気がつくと、真剣な顔を一転、浄瑠璃の仕掛け人形のようにクルリと笑顔に変え、照のほうへ近づいてきて、

「マリイ」

とだけ言って、手を差し出してきた。手はあの巨大な機械を抱えていたせいか、ひどく冷たかった。

「彼女は現在の撮影責任者です。そうして社長の秘書もしています」

ポールの言葉を聞きながら照は、差し出した手をしっかり摑んで振るマリイの表情を見た。華やかさのある笑顔はとりわけ男勝り、という感じには見えなかった。体はあたりにいる女優

に比べても小柄だったし（それにしたって照よりは大きいし、何しろここにいる女優たちがとびぬけて大きすぎる）、体力もさほどありそうには思えなかった。活動に便利な男装めいた服を着ているわけでもなく、むしろ女性らしいドレスカートを身につけている。照はときゑのほかにも多くの女事業家や職業婦人を知っていたが、マリイには今まで出会ったどの国のどの婦人とも違った雰囲気があった。

マリイは照の手を握り二、三度振っただけで、たいした挨拶言葉もなしにすぐにまた真剣な表情で機械のほうへ顔を向けた。機械を覗きこみながら彼女の放つ言葉は早口で、ずいぶんと崩れた、訛《なま》りの強いしゃべり方だった。おそらく彼女はどこかからの移民なのだろう。そのまくしたてる話し方は、教科書どおりの言葉を学んできた照にはうまく聞き取ることが難しかったが、彼女の鋭い言葉によって現場にいる大の男が慌てながら右往左往し、照明やら舞台装置やら、機械の操作を行っているようすは、照が見ているだけでも大変に滑稽だった。

「ここでは女性が現場の監督をしているのですか」

照はポールにたずねる。

「ええ、おかしいことですかね」

ポールは微笑んで答えた。

「すくなくとも、日本では滅多《めった》にないことです」

「まあ、こちらでも若干、珍しいケースですけれども」

男は軽く首をゆするふうに振り、肩をすくめて答えた。声がすこしばかり弾んでおどけているところからして、恐らくはこの国の中でも、若干というわけではない程度には珍しいことなのかもしれない。そう思いながら照は言う。

「そもそも日本では、活動写真の監督なんかはもちろん、芝居の女の役も男性が女装して演じるものときまっています」

「嘘でしょう?」

ポールに向けて発したはずの照の言葉に、驚いて振り向きたずねたのはマリイだった。濃い茶のウェーブのかかったボブヘアーの下には、訝しいにもほどがある、と言わんばかりに眉間のしわが生まれている。照は答えた。

「いいえ、ほんとうです」

「小さい女の子は」

「それも男の子が」

「動物も雄ばかりなのですか」

「さあ」

「なぜ男性が女性の役を」

「私にもさっぱりわかりません」

マリイはしばらく、想像をめぐらせるように目をあちこちに泳がせると、みるみる口を歪めて我慢ならないといったふうに噴き出した。今まで真剣な表情で檄《げき》を飛ばしていたボスがいきなり子どものように足を踏み鳴らして笑うので、現場にいたまわりの男たちは、困惑しきりにマリイと照のほうを見ている。

マリイはなお手を叩いて、息が苦しくなるまで体をよじり折りながら笑っていた。あんまりにおかしそうで、照もつられて愉快になってきて笑い出す。

「妙な国ね」

ひとしきり笑いつかれて、浅く呼吸しながら目じりを拭ってマリイがいう。

「そうですね」

と照は答えた。

ポールは照を連れてひととおりスタジオ内を回って説明を終えたあと、今日はきっと長旅でお疲れでしょう、ひとまずここまでで週明けにまた契約のご説明をします。と話し、照を下宿に連れて行った。

スタジオからそれほど離れていない場所に建つ下宿は、建物こそ古いが手入れが行き届いていた。照の父が手配をしてくれたらしきこの場所は、年配の女性が大家として階下に住んでいる。きっと仕事が忙しいだろうし、集中できたほうが良いだろうからという理由で、洗濯や食事の世話をしてくれるという至れり尽くせりの住処《すみか》は、家事や料理の基本もからっきしでやって来た照にとっては大変にありがたい限りだった。その後長らくスープ類の味がすべて驚くほど塩辛いのに閉口することとなった以外は、清潔な部屋で休み、一日スタジオでの仕事に集中できるこの下宿での暮らしはすばらしいものだった。

最初の件があって以来、マリイと照は奇妙に意気投合し、すっかり仲良くなっていた。

照は本来、この会社の研究部門に新しい技術を学ぶついでに、当時の現像技術における感材や乳剤などの準備や撮影素材といったものの手配をする手伝いを兼ねて雇われることになっていた。

このスタジオを持つ会社はもともと、フィルムや機材を作る会社だった。機材のPRのために制作していた宣伝映像が時間を経て高い評価を得たために、映像制作のほうに力を注《そそ》ぎ始める。そういった会社はここのところ増えていた。この会社で作られた撮影機は、他社のものにはない早回しやトリック撮影を可能にするいくつかの新機能が備わっていた。その効果をPRするための作品フィルムは、短い映像の中になるべく特殊な撮影技術を詰め込む必要があった。最初、長く社長秘書をしていたマリイがそのフィルムを制作していたが、彼女はトリック撮影にさまざまな能力を発揮した。妖精や魔法を題材にしたいくつかの短い映像は大きな話題になった。

以降は徐々に会社の業務は撮影と映画の配給に比重を増やしていった。現在ではフィルムなどの素材も別の会社から購入して手配することになっている。フィルムや機材は月ごと日ごとに最新の技術に基づいた新しい製品が開発されているため、照は会社の中で、用途、効果を聞いて調査し、予算をつけて手配をする。視覚効果を存分に利用したマリイの作品は、最新の撮影技術と非常に相性が良かった。彼女の作品の特色や制作の意図を知り、新しい技術がどういうふうに彼女の作品の可能性を高めるのかを考えながら手配することは、照にとって大変な仕事だったが楽しいものであった。

同性という理由もあったのか、ことあるごとにマリイがテルはどこ、テルを寄越《よこ》してと喚くので、照はいつしか撮影所でのこまごました制作助手の仕事までもやりこなすようになってしまった。特に編集作業の大切な場面では、新しく開発された技術を、開発会社から伝えられ、最初に聞き及んでいた照がマリイに説明し、いっしょに効果的な撮影方法を模索するようになった。

マリイが細かな構図や明るさの設定に関していつでも照に意見を求めるものだから、長くスタジオで働く者のうち、おもしろく思わぬ者もないではなかった。ぽんとスタジオに現れ、ずっとマリイのそばに居る小さな東洋人の少女は、いったい彼女になんの魔術を吹き込んでいるのだろう。ふたりがずっとスタジオで、ときには外のカフェなどに出て、いろんな相談事をしているのを、数人の者はそう訝しく見ていた。

ただ、ポールをはじめほとんどの人間は、どちらかというと、現場に照が居てくれてマリイのお守りをしてさえいれば、マリイがほかの者に無茶を言って大騒ぎすることがなくなったために、かえってこれ幸いと思ってもいたようだった。

7

Side A

私と彼女は相変わらず、毎日のように丸い机を挟んで、わざと音を大きく立てて甘いコーヒーを啜《すす》りながら、平和な時間を過ごしている。ひとつ目小僧の群れはやっぱりいつもどおり、そんなふたりを街の姿ごと削り取り続けていた。

いつか、映像にまつわる倫理のものさしが国や年齢だけでなく細かくたくさん生まれたら、〝R－三十代の独身女性〟とか、〝R－不妊治療中の夫婦〟なんていうふうにそれぞれの映像のコードが生まれるのかもしれない。ある一定の神様を信じている人は見ないほうがいいとか、幼い子どもを失った経験のある母親は見るべきでないとか、こういう経験をした人にかぎってはこの映像はショックが強いです、とか。

そういうきめ細かな自主規制から発生して埋め込まれていくたくさんの見えないタグと、思いやり、善意、何人もの人が良かれと思ってつけてくれた【閲覧注意】のスタンプがついたタイトル。私たちの生活はそういったもののサムネイルが詰まったスクリーンや液晶画面に囲まれていて、それらは表示されては次々流れていく。そのまま放っておけば、今までの閲覧履歴から、類似の動画が次々にチョイスされては始まる。合間にひどく安っぽくって下品な広告動画を挟みながら。そうしているうちに私たちは、自分で選んでいるような気になっているだけのランドスケープに囲まれながら、まるきりかぎりなく広がると錯覚できるような加工がされた八方ふさがりになっていっちゃうんだろうな、と考える。

彼女は私の目の前でさっきからずっと、広い手のひらから伸びる長い指の先で、もう片方の手のひらの中にある液晶画面を夢中でなでたり突っついたりしている。何をしているのかは知っている。近ごろはずっとそればっかりだ。

画面上の、何かのカードをドロウして、何かのオーブを引っ張って離し、ぶつけて戦ったりする。背景にたぶん何かの物語があることは間違いがなくて、ただ、その物語はゲーム自体に大した関係はない。私が思うに、こんな特別な才能に溢れた彼女でなくても、彼女の長い指を使わずとも、っていうか、ようはこんなことなら誰にでもできる。

「そんなに楽しいの」

「気になるならやってみたらいいのに」

彼女は画面から目を離すことなく答える。画面からの発光が、彼女の顔を下から照らす。

「やだよ、なんでせっかく平和なのに、わざわざ通信料とか電力とか時間とか使って、戦場で戦わないといけないの」

「戦うんじゃないよ。戦地で民間人を助けるの」

「なおさらじゃない。人助けなら、同じ労力と時間とお金使って、すこしでもほんとうの人助けに役立てたらいいんだ」

「出た。リクツ屋」

「結構」

私は無表情で液晶に集中する彼女（私はこういった行為で彼女が画面に集中しているときの表情があまり好きではないのだけれど）に、自分の持っている端末のレンズを向けた。

〈──・──〉

水の跳ねる音をイメージして作られたみたいな電子音が響いて、私の端末のシャッター音がそれであることを知っている彼女は非難の目を向けた。

「いやだ、撮らないでよ」

「何をいまさら」

「それとこれとは」

どれとどれとが別なのかなんてちっともわからないけれど、彼女は一気に興ざめしたようで、むくれながら端末をカフェテーブルの上に置いた。

しばらくのあいだ、液晶は光を放っていたけれど、彼女がもうその表面に触れることが当面はないだろうと端末自身が気づいたように、やがて音も立てずにブラックアウトする。

Side B　一九一〇年・パリ

仕事から戻った照は、大家の婦人から今日の夕食は白身魚のスープですという知らせとともに、下宿宛《あて》に届いていた手紙を渡される。照は昨日は遅くまでスタジオにいたから、受け取りの日付を確認すると、案の定、昨日届いたもののようだった。表書きに記された大仰で豪胆な筆書きのアルファベット表記をちらりと見るだけで、差出人を見ずともときゑからのものであることがひと目でわかった。

昔からときゑは、海外のあて名など、外に向けたよそ行きの場にこそ筆で勢いよく書いた文字が相応《ふさわ》しいと考えているようなところがあり、アルファベットであっても、文書の類は留《と》めはねを大袈裟にした奇妙な筆文字で書いた。

照にとっては、子どものころからあらゆる学校への届けがまるで決闘状のようだったので、今でもときゑのこの字は若干恥ずかしいのだが、なぜだかこの国の下宿や職場の人間に大変人気があり、そのあて名書きのついた封筒を譲ってくれだとか、自分の名前をああした文字で書いてくれないかなどと頼んでくる者もあった。

ときゑの寄越す手紙は、中身のほうも表書きに負けず劣らず豪胆であった。時候の挨拶や照の体調に対する気づかい等もそこそこに、大事なことをあきれるほどサラリと簡単に書きながすようにしたためてあるので、照はいったん読み流してから、これがほんとうのことかと何度も読み返すことがあった。先月などは、夢幻楼がまたもや焼け、抱えているうちの半分の娼妓が死んだので、再建まで難儀したと二行きりで書かれていた。

照はさて、今度はどんなとんでもないことが書かれているやらと、部屋に戻って入り口のフックに上着とカバンをかけ、サイドテーブルにある水差しからコップに水を注ぎ、ペンスタンドに差したペーパーナイフを手に取ると、ベッドに腰をかけた。矢鱈《やたら》に固く糊付《のりづ》けされた封筒の端にナイフを差し入れ、封を破る。一枚の鳥の子紙に、やはりこれも勢いのよい決闘状のような筆文字で、文章が書かれていた。

照へ

そちらと季節が違う故、時候の挨拶は省く。

両家よく話して、この度銀吉殿と照が結婚をすることになった。年の明けて銀吉殿の此方《こちら》での学業が修まり次第、いったん本人同士で話すこと。貴方は帰れと言っても聞かないだろうから、銀吉殿がそちらに向かう。あとはそちらで祝いをするなり住まいを探すなり、好きにすると良い。此方は此方で手続きをして、生活のできるだけの手伝いはさしてもらうから安心すること。

あと、多磨が子を産み死んだので、どこかその子を見てくれるところを探している。此方は他に変わり無い。安心されたし。以上。

ときゑ

照は短い手紙を三回繰り返して読み終えると、すこしのあいだ考え事をしてからペンを取った。考えてはいくつかの短い走り書きをして、それから再び上着を羽織り部屋を出た。階段を下りて、婦人に今日の夕飯をもし作ってしまっていたら自分であとで温めなおしますから置いておいてくださいと伝えた。車を呼んでスタジオに向かうと、そのまま職場の受付に飛び込んで、事務員に頼み電報の送信をことづけた。事務員の男は日本語がわからないので、そのまま受け取って電報に出す。

Subete uketamahatta gindonoha tamano kowo turetekoraretasi
（全テ　承ッタ　銀殿ハ　多磨ノ　子ヲ　ツレテ来ラレタシ）

しかし結局、あれだけ大慌てで返事を送ったにもかかわらず、その後銀吉がパリへ到着したのは、春を過ぎ、夏を過ぎ、日本では秋に差し掛かるだろうというころだった。

照は、銀吉が到着するのが遅れている理由を、学業についての都合も多少は関係したかも知れないが、何より大きな理由として、さすがに産まれたての赤子を長旅で連れてくるのは難しかったためだろうと考えていた。が、意外なことに多磨が産んだ子というのは、照が考えていたよりもうずっと大きい、聞けば四歳にもなる女の子であった。どうやらときゑの手紙の上では相当に端折《はしょ》られていたようだったが、多磨は子どもを産んですぐに死んだのではなく、数年育ててから肺の流行《はや》り病をこじらせて亡くなったという。

出迎えたパリの駅は、照自身がひとりで降り立ったときと変わらず人があふれていた。ポールが、これが在れば便利だろうと照に貸してくれたのは、〝KANO〟と書かれた、当時、彼が照を出迎えてくれたときの目印の札だった。こんなものを捨てずにとってあったのかと照は驚いたが、その札を掲げずともやはりまだパリでは東洋人の女というものが珍しく、照が立っていればそれ自体が目印になり、銀吉たちはすぐに見つけることができた。

ただどういうわけか、汽車を降りて歩いてきたのは銀吉とその子だけではなく、ワシントンの大学校にいるはずの照の兄も大荷物を持ってその後ろに付き添っていた。兄自身のほうは親の持ってくる縁談をのらくらかわしながら気楽な独り身を謳歌《おうか》しているくせに、婚姻の見届け役だとかなんとか言いながら楽しそうにしている。照は十歳になるころにはもう、この兄にろくすっぽ会っていなかったが、時々送られてくる写真で、兄が恰幅《かっぷく》の良い眼鏡の紳士になっていることは知っていた。

「これまた、一層父上に似てきたんじゃあないですか」

照が言うと、兄はまるで他人事のように、

「ほんとうは父上もこの旅についてくるつもりでいたんだが、このところ母上といっしょになって再建した夢幻楼のいろいろで飛び回っているからな。さすがに今回ばかりは、あの桃色御殿と無関係を決め込むわけにもいかないみたいだ」

と、笑う。

会社の車を出してもらって、ぎゅうぎゅう詰めになりながら兄が照に嘉納家の近況を聞かせているあいだ、多磨の子は兄の膝の上でじいっと座っている。

ハマの家は、火事の後に大きくした夢幻楼や、それにまつわるさまざまな事業のことでてんてこまいなのだという。ときゑからも、あれ以来手紙が来ていなかった。今日着くというのも、銀吉からの便りで知ったくらいだ。夢幻楼の娼妓は相変わらずみんな人気があって元気なのに、なんかの呪《のろ》いみたいにぽんと急に逝ってしまうのだ、という兄のあけすけな言葉に、照は兄の膝の上の多磨の子が怖がらないか、悲しまないかとはらはらするが、当の子のほうは何事もないように外を見ている。聞こえないふりをしているのか、またはほんとうに聞こえていないのかと思えるほど無口だった。

車を兄のしばらく逗留《とうりゅう》するホテルにつけ、大荷物を運びこんだ。豪華ではないが、古いぶん広い部屋だった。恐らく父がかつて何度か利用して、過ごし良かった部屋を取ったのだろう。

部屋に入るなり兄は、

「これを預かって来た」

といって、革張りの、父のものとよく似た大仰な造りのトランクを開ける。ときゑが仕立てに出したものだろう、大袈裟ではないが品の良い正絹《しょうけん》のドレスが入っていた。薄緑なので何かの用があれば今後も使い勝手がよさそうなのが、母らしい心づかいだと照は思う。

「旅のあいだじゅう、この子がしょっちゅうこのドレスを見たがっていたんだ」

兄はそう言ってから、照と銀吉の顔を交互に見やったあと銀吉のほうに向きなおってあらたまり、言った。

「照みたいな跳ねっ返りといってお釣りがくるほどの娘は、まあそうそういないだろうし、いっしょに暮らすとなると大変だろう。けれどもまあ、この旅の最中に聞いた子どものころの話の限りじゃ、銀吉君であれば照のことも、あるいは僕よりも詳しいかもわからん」

照は改めて、自分の横に立った銀吉を見る。相変わらず気弱そうな顔をしてはいるが、身長はしばらく見ないあいだにだいぶん伸びて、照が見上げるくらいにはいっぱしの紳士風情となっている。

「何を話したんですか」

照が銀吉にたずねる。銀吉は子どものころと変わらぬ困り顔で首の後ろを押さえ、ああ、まあ……と言葉尻を小さくする。

「良いんじゃないかネ、おふたりさん」

飄々《ひょうひょう》と言う兄に向けて、照は悪態をついた。

「どうせのこと、父上母上からお目付けの任務を仰せつかったたって理由づけして、パリ観光にでも来たんでしょうよ」

「まあ、そんなところだ。お前さんたちのこと、どうせ夫婦と言っても今までと変わらん生活を送るのだろうとは思うが。ただ、銀吉君の留学先への挨拶や照の仕事場の見学もしたいと思っているからね」

そう言ってから、芝居じみた物々しい調子で声を潜め、

「今、活動写真に関しちゃ、日本ももちろんだけど、世界規模でかなり熱っぽくなっているからな。ロスアンジェルスの田舎町にとんでもなく大きいスタジオができたのは照も知ってるだろうけども、ハマのあたりにもわりかし大きな撮影所ができてね。ここで仕事した経験は照、お前さんが日本に帰ってからも相当の武器になるぜ。なんにせよ、あと数日はここへお邪魔させてもらうよ」

そこまで言うと兄は伸びをひとつして、それから、さあこれでやっと落ち着いた、何処《どこ》かで祝杯を挙げるぞ、ワインの美味《おい》しい店へ連れて行ってくれと言って部屋の出口に向かい、姿見を確認して帽子をかぶる。

「お久しぶりです」

銀吉の言葉に他人行儀のところがあるのは無理もなかった。日本にいたときも含めて十年近くものあいだ、照は銀吉と言葉を交わしていない。ハマにいたころでも見かけることはあっても会釈をする程度の疎遠になっていた。

「……日本は変わりませんか」

照もつられて、銀吉相手には使ったこともないようなへんてこな敬語でたずねる。これはふつうに考えればまともな言いまわしなのかもしれないが、まるでしたことのないような話し方だったので、これには照自身も言った口で、もやもやした気分になった。最近日本語でやりとりをしていないせいかもしれない。

ただ、銀吉がこんなぎくしゃくした受け答えを繰り返す照に対し、いたって丁寧に応えているのは、彼自身の性格が誠実なままで変わらないからだろう。銀吉の日本での活躍については照もときゑの手紙で知っていた。日本の学校では学位を首席で取っていたとか、植物学の若き権威として躍進し、これからの日本の宝だとか、なんとか。

ただ、目の前の銀吉はそういった経歴が疑わしいほどに頼りなく見えた。照の考えでは本草学など野学もやってきただろうとも思えたが、勉強ばかりして日を浴びていないような青白さで、その割に上背のほうは日本人の一般男性に比べてもひょろりと高い。ぱっと見は立派に仕立てられてはいるものの、無理やり身につけさせられたツイードのダブルスーツがいかにも頼りなく、大柄な西洋人の俳優や体力仕事の技術者を日ごろ目にしている照には衣装負けして貧相に映った。着物に袴のほうがまだいくぶん立派に見えそうだ。

「照さんのご家族におかれましては、まったく変わらずお元気であります。ただ、ハマの風景のほうはすっかり変わりました」

「まあ、そうでしょうね」

「夢幻楼もいくつかの大火を経て、ただ、そのたびごとに館を大きく立て直している。あれはときゑ殿のご尽力の賜物《たまもの》でしょう」

「母はそうでもしないと、あの勝気が済まぬでしょうから」

「今回のことも、唐突ではありましたが……」

そう言って銀吉はほんのわずかもごもご言葉を濁し、続けた。

「……いや、このたびのことは私にも誠にありがたい話だったんです。渡航や留学に際しても貴方のお父君に非常に良くしていただいた。あ、いえ、もちろんそのことが今回の、その、婚姻の条件といったそういうわけではなくてですね」

銀吉の慌てたようすに昔の情けない小坊主の面影を見て、照は自然と笑ってしまう。

「わかっています。父は血のつながりのない子でも学問や仕事の面倒を見てやるような人間ですから。今回のことが無くても銀吉さんの優秀なのがわかれば一も二もなく力を貸したでしょう」

「いや、ああ、まあ、そうなんですけれども、そうではなくて」

銀吉はもとより細身で頼りない腕で首の後ろをぽんぽんと押さえながら、

「このような留学のお話をいただいたときすでに、私は日本での研究職の話もいくつか頂戴していたんです……私は、そのう、この留学のお話があってもなくても、フランスに来て、まあ、あなたとお会いしたかったんです」

照は目の前の頼りない紳士が昔の情けない坊主であったこともすべて含めて、なんだか今までの人生が何かよくできた冗談のような気持ちがしてきた。

「あ」

照は突然思い出し、スカートの腰についた腰当ての布をするする解き始める。

「え、ア、ちょっと照さん」

おろおろする銀吉の前で、照は布を両手に掴み勢いよくふたつに引き裂く。澄んだ音を立てて、細工石が嵌まった貴金属がいくつか床に落ちて散らばった。

「父が、旅立ちのときに持たしてくれたものです」

照にとって日本から着てきた服は一張羅であって、デザインは多少時代遅れではあったものの、あまり自分の姿に頓着しない彼女はそのまま、こういうちょっとしたときには相変わらずこれを着ていた。これからは、おそらくその緑のドレスが新しい一張羅になるのだ。

「指輪はこれでいいでしょう。あまり派手なものはきっと……銀吉さんも好まないでしょうから、簡素なものだけ残してほかは、そうですね、引越しの足しにでもしましょうか」

拾った宝飾品や貴石を手のひらに載せて眺めながら照は驚いた表情のままの銀吉を見て笑い、それから兄のほうを見た。兄は連れてきた女の子をバルコニーに連れて行き、あたりのようすを説明しながら相手をしている。泣きもしなければ笑いもしない、子どもらしさが薄く飄々としているのが、かえって多磨の子らしいと照は思った。

あの塩辛い魚のスープも慣れればおいしいものだったが、それにしたって下宿の部屋は三人で暮らすには狭すぎる。兄は、ここにいる数日で銀吉の研究にも環境が良い場所という条件で新たな下宿を探して手配するつもりのようだ。

「あれが多磨の子ですか」

照は銀吉にたずねた。銀吉は慌てて頷き、

「ときゑ殿が、未知江《みちえ》殿と命名されました」

「みちえ?」

「ええ、未《いま》だ知らぬ、さんずいの江、です」

結局、照は銀吉と籍を入れることなく、研究所の人間に知らせることすらせずに、ふたりと兄、未知江とが列席する西洋式の簡略な挙式をした。

下宿も、照が居た同じ下宿所の隣の部屋、もうすこし小さめの居室を追加で借りて、ときおり大家の婦人に未知江の面倒を見てもらいつつ、結局その後またしばらく三人で件《くだん》のスープに辟易《へきえき》することになった。

8

Side A

「今日はこのあとどうする」

「どうせ、うちに来るんでしょう」

そう言っていつも、彼女から先に席を立つ。お店を出てもまだちょっといっしょに居たいな、とお互いが思いあっているとき、店を出て向かうのはきまって彼女の家だった。私がたぶん、いま地球上のあらゆる場所の中で一番好きなところだ。

彼女の家庭は、私の通う学校の生徒の多くがそうであるように、経済的にも環境的にもかなり恵まれている。さらにそこは、このあたりではとても古い、歴史がある家だった。彼女が言うところの〝つまらない母親〟は、まあ、絶世の美女というわけではないし、人より目立って賢かったり愉快だったりはしないけれど、すくなくとも絶えず可愛らしく微笑んでいて優しかったし、出してくれる紅茶と焼き菓子は、正直さっきまでいたカフェで売られているものよりうんとおいしかった。

「いいお母さんだよねえ」

いつものようにしみじみと私が言うと、彼女は〝身内を褒められてうれしい〟といった種類のものとは正反対の笑顔を見せて、

「実の母じゃないからね」

と、これもいつもと同じ、冗談だかホントだかわからなくて、冗談だとしたらまったく笑えないことを言う。

彼女の部屋は彼女が自分の秘密基地としてはイメージが違う、と不服に思っていそうな、子ども部屋のたたずまいが残る部屋だった。出窓のついた一角に、部屋の雰囲気にまるでそぐわない大小のモニターとコードでつながれたいくつかの機材があって、それらはパズルみたいにして、狭くへこんだ壁のなかで、ぴったりお互いが嵌まりあっている。

部屋に入ると彼女は、慣れた手つきで今日使いそうないくつかの機器を見つくろい、長くまっすぐな人差し指の先をちょっとだけ曲げ、トグルスイッチを弾き上げる。ブン、とかピン、とかめいめいの音を立ててそれぞれのマシンが目を覚まし、五個のモニターのうち二個のバッ

クライトが灯った。そこに、私と彼女は自分の手に持っていた小さな画面、つまりはスマートフォン端末をスタンドに立てて、ジャックをつなぐと、大小の液晶画面が各々ふたつずつ並ぶような形になる。

液晶の真ん中に回転する円とインジケータが表示されるしばらくの時間を経て、この数日で私たちが、自らに許された手持ちの武器でかじり取ってきた街のいろんな姿が、サムネイルになってメイン画面のフォルダの中にあらわれる。

彼女はその表示がされきる前からもう、ひととおりの流れで指や手が覚えているままにして、小さなサムネイル画像だけを見ながら器用にそれらをいくつかのフォルダにさばき始めた。

ほんとうならこんな作業自体はいつも手に持っている小さい端末ですべてこと足りた。ただそれでも、このあとの彼女がする作業についてのほとんどは、部屋に並ぶいくつかの古臭い筐《きょう》体《たい》を使って行われる。映像編集のアプリはスマートフォンにあるもので充分なはずだけど、ここにあるマシンにデータを通過させることが、そうして、場合によっては画質を劣化させたり、ノイズを混入させることまでもが、この映像たちに魔法をかける作業にとって大切な呪いじみた儀式になっていた。

Side B レポート「プルシャの目」

「僕よりも母さんのほうがはっきり覚えているんです。まあ、当然でしょうけれど」

古いが狭くはない、国営の共同住宅の中でもここらあたりの地区に建っているのは、どちらかといえば上等な部類の建物だった。取材に訪れたブルーニを出迎えるために階段を下り共同玄関の鉄格子扉を開けてくれた男は、中年と呼ばれる時期を多少過ぎたころといった風貌を持っている。資料にあった年齢よりはいくぶんくたびれ、老けて見えた。ブルーニの持つ資料は数年前の古いものだが、おそらく男はまだ結婚をしておらず、母親とふたりだけで暮らしているのだろう。

「これでもね、さほど大きな不自由はないんですよ」

週に一度は国立病院から回診が来てくれますし、ほかの日も、こまごま面倒を見てくれる民族協会の方に来ていただいているので。男は手すりを摑んで急な階段をあがりながら、そう早口に言った。ブルーニは時折相槌を意識的に大きく打ちながら、男の後ろをついてあがる。男は玄関扉を開け、普段あまり他人と話すことがないので、と楽しそうに笑い声を漏らす。

「まあ、もともとものが少なく散らかさないというのもありますが。案外片づいているでしょう?」

男の言葉尻は疑問符で終わっていた。彼自身も自分の部屋の散らかり具合に自信が持てないのかもしれない。たしかに言うとおり部屋は多少の埃《ほこり》っぽさはあるものの、それは採光をそれほど必要としないせいで窓の開け閉めに頓着しないことから生まれるものであろうとブルーニは考える。それにこれはいわゆるふつうの古い家にある程度はつきものの埃っぽさの範囲であって、部屋は男の言うとおり決してひどく散らかってなどはいなかった。

普段使われることがほとんどないであろうランプによる部屋の暖かな明るさは、ブルーニが来ることを歓迎してのものに違いなかった。さらに男は温かいコーヒーも淹れてくれたので、ブルーニは申し訳なくさえ思う。男は家のどこにぶつかることもなく立ち歩いていて、ブルーニはそのことにもすくなからず感動した。

「取材のお話をいただいたときにもお伝えしたと思いますが、母さんはいま風邪気味で。ですから、ベッドの中でお話しすることをお許しください」

男はその症状に特有らしき、白く濁った瞳にあいまいな笑みを浮かべて詫《わ》びた。ブルーニは答えた。

「とんでもない、こちらこそ、お体の調子が優れない中ご協力いただけることはありがたくはありますが、何より、ほんとうに申し訳なくて」

「いえ、ここのところ母さんも元気に起きていることがあまりなくなったので」

男の言葉尻は、たくさんの意味を含んだ重さによって湿りを帯び、沈んだ。ブルーニが前もって彼に電話で取材の申し入れをした際、健康状態に不都合があるのであれば日を改めたほうがいいかと問うたときに、今を逃しては母さんは話すこともできなくなってしまうと思う、と彼は取材に応じる約束をしてくれた。ブルーニは彼の丸まった背中の後ろへ付いて、彼に〝母さん〟と呼ばれるその人の部屋に入った。

大きくゆったりとしたベッドの真ん中に、小さく細い、年老いた女性が横たわっている。眠ってはいないようだった。息子とよく似た顔立ちに、白く濁った瞳を開いてこちらを向いている。ベッドサイドには、軍服を着た人物の写真。おそらく男の父、つまり女性の夫だろう。加えて、国からの保障が行き届いていることを誇示させるような、立派な造りの車椅子や杖といった装具、最新の看護装置が並んでいる。ブルーニはそんな、この国のやり方を忌々しく思った。この悪気のない親子の人生を左右したのは間違いなく国の勝手な都合なのだ。

「母さん、このあいだ言っていた取材の、記者の方、ええと」

「ロウン出版の、ブルーニです。今日は、よろしくお願いします」

ブルーニはなるたけはっきりと、滑舌よく、音節を区切るようにして話した。母親は笑って、

「そんなふうに話さなくても大丈夫ですよ。私たち親子は、音に関してはきっとあなたたちよりよっぽど敏感ですから」

とかすかに笑った。力はないけれど、息子によく似た笑い方だった。ブルーニはそれならと、リラックスしたふつうに近い話し方で、

「きっとたくさんの人に話していて飽き飽きかと思います。私もある程度の資料は読んでおりますので、ご負担なところは省いてお話ししていただいても。なにより、あなたご自身の口からお伺いできる言葉が大切ですので」

と切り出した。母親はあまり考えず、思い出すような時間も持たずに淀みなく答えた。まるで、つい昨日あったことを子どもに話すかのように。

あの夜、私はこの子を連れて市場にエキメキを買いに出た帰りでした。昼間に行ったときにはまったく店に商品が並んでいなくて、夜焼くから、かなり遅い時間にならないと売ることができないと伝えられたのです。あの時分には、しばしばそういうことがありました。流通も滞りがちで、その日の小麦が夕方にならないと調達できなかったのだそうです。長く営んでいる古いお店ですらそのありさまでした。

戦局は芳《かんば》しくなくて、人々は誰も彼もピリピリしていて。夜、女が出歩くというのもとても危険な状態でしたが、夫は出征していましたし、仕方なく子どもを連れて夜に外出することも、当時はしょっちゅうあったんです。みんな、その日の食事を手に入れることに精いっぱいで、近所の誰かに頼むことだって難しい状況でした。

私は体や頭に布を何重にも巻き、目だけを出して、顔も肌も、強い風でも見えることのないように注意を払い、ええと、あのころは歩き出して間もなくの、この子を抱えて出かけました。家で待たせておくほうが、子どもにとってはより危険だったと思います。まあ、今となってはどちらにしても、ですが。

私はすっかり明かりの減った市場で人ごみにもみくちゃになりながらどうにかエキメキを手に入れて抱えながら、この子は自分で歩きたがってきかなくなってしまったので、不安でしたが手を引いて家に向かいました。

途中、通りに入る数軒手前ぐらいから、この子がしきりに空に向かって、私とつないでいないほうの手を伸ばしているのに気がつきました。この子は私とふたりきりで暮らしていたためか、言葉が遅く、あまりしゃべらない子だったんです。注意して伸ばした手の先をみると、星も月も照らない黒色の空を行くのは一機の飛行船でした。明かりをつけずに飛んでいたのと、道を行く人たちは足元に注意することで精いっぱいというようすでしたので、それに気づいていたのはこの子……私たち親子だけという感じでした。

あ、とこの子が弾んだ声をあげたとき、闇にしみこむように進んでいた飛行船から、何か小さな塊が離れました。斜め後ろのほうに煙とともに流れ落とすというか、クジラが夜の海で子どもを産み落としたのを海底から見上げているみたいな……まあ、クジラの出産など実際に見たことはないですけれども……そういうふうな雰囲気でした。黒雲の隙間を縫って降りてきた小さな落下傘は右に左にゆっくりゆすられながら、それでも間違いなく地面に向かって近づいてきました。

そのとき私は、飛行船が連合軍のものだという考えをまったく持っていませんでした。もし連合軍のものだったなら、海岸近くに軍事施設がたくさんあるのですから、こんな民間人居住区よりも効果的に攻撃できる場所がいくらだってあるはずですし、何よりもこの地域は彼らが持つ宗教のルーツにまつわる重要な文化財建造物や、大理石なんかでできた彫像が多い歴史地区でもあったので、破壊対象にはされることがない、とずっと言われていたからです。

自国の軍、あるいは人道的な団体が何か秘密裏に支援物資を放ったのかもしれないと思いました。たぶん罰が当たったのかもしれませんね……そのとき、私は……、私は、皆が目の前のことに精いっぱいで空を見上げられないのをいいことに、もしあれが私たちの助けになるようなものならば、ここで声を上げずにいたら、こっそり、なるべくたくさん手に入れられるんじゃないかと思ってしまったんです。私は卑しくも、この子にあまり大きな声を上げないようにといい含め、まわりに気づかれぬように、横目で落下傘が闇に溶けつ現れつしながら落ちていくところを注視しながら、落下地点と予測できる場所を早足で目指していました。

黒く塗られていた落下傘の布の部分は、街路樹の高くはない位置の枝に引っかかって外れ、ぶら下がっていた荷物だけが、大通りと路地の交差するあたり、なんというのでしょうか、空き樽《だる》や木箱、要するにガラクタが積んである陰になったあたりにコロンと落ちて転がりました。好奇心に我慢ならなくなったこの子が私の手を振りほどいて駆けて行ったので、私は暗い中でこの子を見逃すまいと思いながらあとを追いました。

足を止めたこの子の肩越しの地面に、金属の球、何か鳥かごのような、何本もの曲線になった金属製の棒が複雑に組み上げられてできている、大人の頭ほどの球体が転がっているのが見えました。隙間から中身が見えていたかどうか……暗がりであまりわからなかったのですが、球のあちこちに、出っ張った、ボタン細工のような、短い足——に見えました——がいくつもくっついていて、それ自体が出っ張ったり引っ込んだりしながら転がって移動しはじめました。この子は当然、追いかけます。そうして私も。

球は石畳の上を、産まれてすぐの鶏《とり》のひな、あるいは酔っ払いの足取りにも似た軌跡をとって、動く馬車の荷台の足元を潜ったりしながら、ちょっとした広場の真ん中までずいずいと転がっていきました。二重になった噴水は、内側のほうの円が芝生になっていて、小さな橋の架かったその植え込みのほうに、球は向かっていきました。ふらついてはいましたが、もう、ある一点の地域を最初から目指していたような動きでした。この子も私も噴水の縁から飛び石を越え、植え込みの縁までいって、止まったそれを近くで見ていました。

しばらくして、まるでオレンジの皮を割ったようにして球体のまわりの枠が上部の中心から割れ、中からひと回り小さな、楕円《だえん》状の塊が出てきました。外側と同じような金属製で、表面にはいくつもの、ガラス製のレンズが埋め込まれていて、中心には——

ここで彼女はかすかに身震いをし、息子に向かって空中に手を差し出し指先を震わせながら、小声で水を求めた。触れられた息子は慌てて水差しからコップに注《つ》いだ水を母に手渡す。

ブルーニは休みましょうかと提案したが、彼女は頭の後ろを息子に支えられながら顎を反らし、口先を尖らせて注意深く水を二口飲むと、首を振って続けた。

——その塊の中心には、連合軍の紋章がついていたんです。私は見て、反射的に、塊に触れようと手を伸ばしていたこの子の後ろから縋《すが》りついて、覆いかぶさりました。きっとあのとき、私は、叫んでいたと思います。その、おそらくほんのわずか前に塊のすべてのレンズから、強い、とても強い光が、すべての方向に向かって——。私の目の前は真っ白になって、直後に熱く、圧倒的な痛みを感じました。目玉の中に焼けた火箸を突き立てられて、脳の中をかき混ぜられる、そんな痛みでした。この子も同じだったと思います。この子が泣いていたかどうかはわかりません。私自身さえ、耳鳴りと混ざってどれだけの声で叫んでいたのか、あいまいだったので。

私は痛みの中でこの子だけは離すまいと蹲《うずくま》っていました。正直に申しますと、その後、町がどれほど恐ろしい目にあっているのかについてはあまり把握していないのです。何しろ私は景色が見えませんでしたから。見えていなかったのが痛みのためか恐怖のためか、また怪我のせいであるのかさえ、はっきりわかっていませんでした。

そのときはもう、あれが新型の大きな爆弾で、私たちは黒焦げになってしまったと信じて疑いませんでした。脳が痛いのも、全身が痛いのも区別などつきませんし、視界はすべて真っ白で、音も聞こえませんでした。

しばらく経って、自分がすくなくとも生きていること、そうして大きな怪我をしていないことに気がついた私はこの子を抱いて立ち上がりました。相変わらず何も見えず、なんの音も聞こえていませんでした。この子は泣くこともできずにただ喘《あえ》いでいて、私は必死に、それからどうやって帰宅したものか……おそらくは手探りで、あちこちぶつかりながら記憶の中の道をたどって家に向かって進みました。

あとになって、おかしいなと思ったのは……途中、何度も何かにぶつかりましたが、今思えば、きっと人間であったのだろうあれは、まるで柱のようにびくとも、いえ、ぶつかったときにゆらりとゆれ、私の当たった力をそのまま流して傾くばかりで、まるで体温と柔らかさがあるだけの細長い塊でした。通りにいた周囲の人々だったのでしょう、逃げまどって動いているふうでなく、ときが止まって誰ひとり動くことができていないように思えました。犬や馬、鶏だけが時折ぐるる、ころろと音を立てていたのがかすかに聞こえ、人の立てたらしき音はほんのかすかにも耳に入ってきませんでした。まあ、あんな状況でしたので記憶もあやふやですが。家にたどり着いて、この子が大声を上げて泣き始めてやっと、ああ助かったのだと思いました。

この子に触れ、また自分の体に触れ、帰る際に慌ててぶつけた擦《す》り傷以外には大きな怪我がないことを確かめました。それであれは、私たちが知っている、自分たちの体を吹き飛ばすような爆弾ではないとわかって安心した途端、倒れこみ、寝室でもない部屋の床で気を失ってしまったと思われました。

再びこの子の泣き声で起きたとき、外の通りは軍の人間でごった返しているようでした。そこでやっと、私は、まったくものが見えなくなっていることに気づいたのです。手探りで表に出るとすぐに誰かがやってきて、支えられるまま軍の病院へ向かう荷台に乗せられました。それから半年ほどのあいだ、私たち親子は病院で暮らし治療や手術をいくつも受けましたが、私たちの目が元に戻ることはありませんでした。

でも、あとから聞いたところ、町にいたほかの人たちは、私たちよりもずっとひどい目にあっていました。……その後のことは、記者さんのほうが、よくご存じでしょうけれど。何しろ私たちはそのときの状況をしるした写真やなんかの資料を見ることはできないのですから。

母親は話を終えた。きっと親子は、こういった取材に何度も応じてきたのだろうとブルーニは思った。話すことによって記憶が定着したような、慣れた話しぶりというのも感じられたし、そもそもこの親子はあのできごとの唯一といっていい証言可能な生存者だった。恐らく想像もできないほどひどい経験だったであろうにもかかわらず、それでも息子は、

「最近はあのときのことを調べる方々も、もういないようで。希望される方には、お話しできるあいだはずっとお話ししていこうと思っていますので、もし何かあったら、またいらっしゃってください」

と言ってブルーニをねぎらった。ブルーニは何度も礼を言って、母子の家を後にした。

〝プルシャの目〟と呼称されるこの兵器を使った作戦は、映像による戦いの歴史を語る上で、重要なできごとのひとつだった。

当時、空から自動式の映写機を落とすという方法は、かつては大理石の白壁輝く建物群を持っていた、この古都に対して攻撃をするために計画されたものだと考えられている。

建物の壁をスクリーンとして利用し、町全体を無数の映像の再生機に仕立て上げて民間人の脳を攻撃する。このおぞましい作戦は、当初の想像をはるかに超えた効果を発揮した。当時家の外に出ていた民間人のほとんどが、この映像兵器の犠牲者となった。情勢的に、市民の夜の生活活動が昼より活発だったことも後おししたのだろう。このときは、明るい日中よりも日没後に、みな灯りをつけることなく買い物や食事をしていた。皮肉なことに、映像ではなくその兵器自体の発する光を直接目撃したこの親子だけが、強い光量によって視力を失ったために映

像による被害を受けずに済んだという。町じゅうに浮かんだ無数の映像に囲まれた人間は、命にこそ別状はなかったものの、誰ひとりとしてその後正常な生活を送ることはできなかった。

町の人々が何を見たのか、どのような映像だったのかといった資料はほとんど残っていない。何より作った当のイタリア軍映像兵器特別研究班でさえその映像をすべて把握してはいなかった。映像の制作は作業者の安全を考え、多くの手順を踏んで分業し、それらの作品を一括で見ることのないよう配慮されていたからだった。

事前に動物でその威力を確かめる手段がないため、考えてみれば当然だった。映像兵器はこの町への攻撃により初めて、破壊力が大きく悲劇的なものであると決定づけることができた。〝プルシャの目〟は、ただその後、ほとんど実戦で活用されることが無かった。白壁の都市という特殊な環境にあわせて作られた兵器であったこと、暗くなければ効果がないこと、あれだけ守らねばならないと考えていた白い建築群が、結局、映像兵器の被害を恐れる人々の手によってあらゆる複雑な模様に塗り替えられ、或《ある》いは取り崩されて、今のような高層住宅団地になった。この兵器を使用する意味はまったくなくなってしまったからだった。

CAMERA

1

Side A

私たちが今まで撮ってきたものはすべて、私たちの世界の範囲内にあるものだった。ほとんどは学校と家の往復の路上とか、せいぜいでも隣の町の景色とか、たまに電車で数駅よけいに行った先とか、そんな場所にあるものばっかり。

私たちはラッキーなことに、そうすることをわりと許されている。まったく妙ないでたちで妙な場所を撮りさえしなければ、女子学生というものはときどき端末をかざしながら、街の中を能天気なゾンビみたいにうろうろできた。若い女の子の感性で思い出を切り取っているんだね、なんていうのんびりした感覚を持ったまわりの人たちのやさしさによって、もしくは今まで妙なことをしてこなかった多くの先人の女の子たち、ようするに彼女のお母さんみたいな良い人たちの行いの貯金によって、私たちはある程度、大目に見てもらえている。

たとえば駅のホームのはしっこでふみ潰された甲虫《こうちゅう》だとか、庭先に置かれた深緑色の水槽《すいそう》の中で、柔らかくぼやけたオレンジ色だけを揺らして存在を示す金魚。ときには街中で私たちを無意識に見つめる無数のレンズにだって、私たちは自分が持っている小さなレンズを向けたりもした。そんなふうに集めてまわった私たちの映像は、はっきりとした像を結ばないことも多かった。あるときはモアレめいた揺らぎの中にただよう影、かと思えば次の瞬間は、ひとりひとりの表情や視線まで鮮明なモブシーンにもなった。

ちょっとした暇つぶしで撮ってみた、というのがきっかけだったとは思わない。私たちは最初の一秒から、明確な意志をもってあらゆるものを撮影していた……と、思う。撮りためたものは日常の風景を切り取るなんていう生易しいものではなくて、ずっと見ていると、ひょっとしたら私たちは世界のすべてを撮り潰そうとしているんじゃないかって、怖くなってしまうほどだった。

幸運なことに、私のお母さんやおばあちゃんたちみたいな昔の人があんなに大事にしていたフィルムの価値を、今の私たちはあまり気にしなくて良くなっていた。端末や、それに差し込むメディア記録用の媒体はデータ総量のインフレーションを起こしていて、私たちの産まれるほんのちょっと前には、ひとかかえにもなる大きな平べったい円盤状の缶に入っていた長い映像が、今はネイルチップほどの欠片に収まってしまう。さらにオンラインのサーバにデータを自動同期させて保存の設定をした上に、画素数やビットレートさえさまざまに調整すれば、私たちはデータの容量を気にすることなく一日中だって撮影を続けていられた。静止画か動画かだって私たちには大した問題じゃあなかった。あとから静止画に切り取ることも簡単だったし、そうして一度静止画にばらしたものを組みあわせてから動画の素材にすることもとっても簡単だ。

私たちはそうやって、映像を作っていた。

これでひと儲けするつもりなんてもちろんないし、承認欲求を満たすための道具にするつもりもない。撮りためたものは表現というより、周囲を記録することで自分の形を確認する作業に近い。だから、今まで彼女も私も、自分たちが撮ってきたものをどこかに発表するなんて考えたこともなかった。

部屋に置かれたいくつかの液晶画面に現れたサムネイルを、彼女はあちこち引っ張りまわして振り分け、ちぎり、こね回し、つなぎあわせる。それは子どものやっている粘土細工と同じで、フィジカルなうえにセンシティブなものだった。作業は、一般的に〝映像編集〟という言葉から連想するものとはまったく違ったやり方だった。デジタルなのに手作業的で、この時代でないとできないように見えて、実はずっと昔からほとんど同じようなことをしているんじゃないかとも思えるような。

私はこれを、おばあちゃんの遺《のこ》した〝あれ〟ととても似ていると感じている。リールに巻かれたフィルムをたぐり、手で引っぱって掲げ、透かして、眺めたあとカッター台のクリップに挟み、ハンドルを落として切ったあと、セロファン製のテープでつなぐ。使う道具がちょっと違うだけで、方法は昔から変わらない。ときどき彼女がやる、いくつかの撮影した映像をいったん画面に映してそれを撮影するというやり方も、おばあちゃんがよく使っていたという技術ととても似ているように思えた。というか、たぶん彼女のほうが私のおばあちゃんについて詳しかったから、私のおばあちゃんの技術を彼女が研究した結果なんだろう。彼女はたぶん、私のお母さんやおばあちゃんのかつての手順をどうやったらマネできるか、いま自分が手に入れられる機械や技術を使って近い効果を出せないか、そうとう悩んで考えたんだろう。

　私たちはそうして、その日までに撮ったすべての映像のすべてのコマに目をとおし、ほんの数百ぶんのひとフレームずつを選び取る。希釈してきた世界の一部から、ふたたび一滴を濃縮して、彼女の部屋でまた一度同じ世界をつくりあげるという、たぶんそうとう手間がかかってむだの多い手順を踏んでいる。何十時間もの自分の世界を映した映像から、数秒つくりだせるかどうかかっていうくらいの。

　私の手伝いが必要だと言ってきたのは、彼女からだった。実際のところ私自身は、ほとんど何もしていない。今も彼女の作業を眺めているだけだ。最初、私の偶然に手にしていた知識が必要だと彼女は主張していた。これが、あながち彼女の思いこみからくるせっかちなこじつけというわけでもなさそうだと気がついたのは、つい最近のことだ。私の知っているこのやり方は、私が知っていてもあんまり意味のあるものじゃなかったけれど、彼女にとってはものすごく必要なものだった。

　私は撮影や編集作業を手伝うこともあるけれど、ほとんどは、彼女の作業を見守りながらお菓子を食べているだけだった。それで充分、といつも彼女は言う。

　二時間以上かけて数分の映像を作り終え、保存する。いくつかある私たちのささやかな企みの中で、一番大切だと思えるものは、ずっと変わることなく、これだった。

Side B　一九一〇年・パリ

　その日仕事場にいた誰もが、照の姿を興味深く眺めていた。──正確にいえば、皆の視線に晒されているのは照ではなくて、背中に負《お》ぶわれた子どもだった。

　恋愛や結婚をするような年ごろでさえないと見えていた日本人の娘が、突然にそこそこ大きな子どもを背負って出勤してきたのだから、驚くのもしかたのないことだった。とはいえ、当の照本人はまるでいつもより若干重い荷物が背中にへばりついているだけといったなんでもないようすで、構わず仕事をこなしている。フィルムの整理と記録。スクリプターとしての照は、ここしばらくでずいぶん仕事の腕を上げ、三人分くらいの作業を昼までに終えてしまっていた。

　負ぶわれた子どものほうも、産まれたばかりの赤子には見えないどころか負ぶわれるにも若干大きすぎる年恰好に見えるにもかかわらず、まるで人形か何かのようにじっと目を瞑《つむ》って寝ているか、たまに目を開け肩越しに照の仕事ぶりを観察しているかで、くくりつけられている照がどんなに駆けずり回ってもウンでもなければスンでもない。声を上げないだけでなく気配さえもほとんど感じさせない子であったため、仕事仲間が用事で照に声をかけ、近づいて初めて子どもが背中にいることに気がつき、最初は何か小道具の人形でも担いでいるのかと思ったら本物の子どもだったので驚きの声を上げるものの、子は一向に意に介さず、寝息を立てているといった具合だった。

　皆がまるで騙されてでもいるかのような思いで遠巻きに見やるだけで、照に何もたずねることができないでいるなか、好奇心を隠そうともせず、照へ直接背中の子についての話題を積極的にふるのはマリイだけであった。彼女は照を見るなり、この子はテルの子どもか、なんという名前だ、撮影に出してみるつもりはないかなどと仕事中の照を質問攻めにした。照は、この子は日本の友人が産んだ子で、名前は未知江という。産んだ友人はすでに他界している。未知江は日本人だが、事情あって恐らくは西洋人の血が入っている。母親譲りの変わりもので、あまり話したり笑ったりしないものだから、撮影には向いていないと思う、とマリイにいってきかした。マリイは相槌をうちながらも、視線は未知江に釘づけだった。日本人である照から見たら、未知江は西洋人の血が入っていることが明らかな白く光る肌と、丸い目を持っていた。また同じくらいの年の日本人の子どもよりふた回りほど身体が大きい。ただ、生粋の西洋人のマリイからみたら、黒みの強い髪と小さな鼻口は東洋の人形のように思えたのだろう。東洋の子どもというものを、それこそシネマトグラフなどの記録映像でしか見たことがなかったマリイはしきりに、笑わぬでも話さぬでもいいから、日本風の子どもの衣装を着けて撮影をしようと照を熱心にかきくどいてくる。

　照は、未知江を家にひとり置いておくわけにいかないという状況で、いくら未知江が大人しい子だとはいえ、やはりここに負ぶってくるのは失敗だったかと後悔した。父や兄からは、夫婦ともに忙しくしているのだから現地で子守り手伝いを頼むようにと言われていたが、大家の婦人も今日は何かの勉強会だと言って出て行ってしまっていた。ふだん未知江のことは銀吉が見て、世話をしている。研究者とはいえ研究室での実験が頻繁にあるわけでない銀吉は家で書き物をしていることが多いので、手伝いの者が家に入るよりは物言わぬ未知江とふたりのほうがかえって気が落ち着くらしい。未知江殿は手のかからぬ子なので大丈夫ですと言って普段から背中に負ぶって実地検分やら、ときには学校やらへも連れて行っている。だが今日ばかりは学会の大事なものがあって出席せねばならず、かといって手伝いも急には頼めずで、一日きりだからなんとかなるだろうと照が負ぶって出るはめになったのだった。

未知江といえばこれはほんとうに変わった子であった。日本語で話しかける者がほとんどいない環境であるため言葉が遅れるのはある程度は無理のないことと理解はできても、ここまで無口で、またここまでむずかることのない子どもというのは、育児に明るくない照にもいささか奇妙に感じられた。

日本では見たことのない食べものも好き嫌い無く食べたし、腹を壊すことも熱を出すこともない。たまの粗相はしたものの、それも勝手にひとりで手洗いへ行って片づけを済ましてしまうために照は未知江に対してほとんど生活で必要な躾《しつけ》というものをせずに済んでいた。

照は、ひょっとしたら銀吉と未知江の渡仏が遅れたのは、未知江に最低限の生活の躾をしてからこちらに寄越すのに時間がかかったためかもしれぬと考えた。そうしてみると、いっこうに手応えの無い未知江に対してあれやこれやと叩き込む手伝いの子守りや、ときゑの苦心惨憺《くしんさんたん》のようすが思い浮かんでおかしく思った。この若干ぼうっとした娘をここまで躾けるのは、自分に置き換えてみても気が遠くなる。せっかち屋のときゑにいたっては尚更だったろう。

マリイが熱望した未知江の撮影は結局、銀吉の固辞によって叶わなかった。未知江と照は養子縁組で親子関係にあり、他方、銀吉の側は照と正式に入籍を果たしていなかったため銀吉と未知江はまったくの他人であった。にもかかわらず、銀吉はともに過ごした時間が照より長いぶん、親としての思い入れが強かったのだろう。照は、特にこまかな理由を聞かないまま、銀吉の意思を尊重してマリイの申し出を断った。マリイは大変に残念がったがしぶしぶ了解し、それから照は未知江を撮影所に連れて行くことはしなかった。


照の母、ときゑが他界したと連絡があったのは未知江が十歳の誕生日を迎えてしばらく経ったときのことだった。

あまりに急だったため、遠くに暮らす親族には相当あとになっての連絡になってしまい申し訳ないことです、という詫びの言葉から始まった妹からの手紙によると、ときゑの最期はまったく突然であっけないものだったらしく、死に目という意味では照のような遠くにいる者だけでなく、いっしょに暮らしていたほかの家族の誰ひとり居あわせることができなかったという。死の床についた後医者が調べた限りでは、動いていたことさえ奇跡に近いというほど心臓が弱り切っていたときゑは、しかし前日の夜までまったく問題なく仕事をしていたようで、その晩は仕事を終えたあとに会食に出て大いに食事をとり酒まで飲んでいた。同席した紳士によると、ときゑは囃子方《はやし》の三味にあわせて踊り、『紺屋高尾《こうやたかお》』を唄《うた》ったりさえもしたらしい。上機嫌で邸《やしき》へ戻り寝間着に着替え、侍女に持たせて煙草を一服付けてから床につき、その日まわりにいた誰もが見ている限り、ふだんとなんの変わりもなく、それでいて寝ているあいだに声ひとつ上げず息を引き取ったのだという。

父はそのとき長崎に出かけていたのをすっ飛んで戻り、ほかの親族もあちこちに散らばっているゆえ遠方にいる者にはまた別の機会を設けるとして、ひとまず店をあげての葬儀をとり行うことになった。

長いことハマの一帯に暮らしていて、夢幻楼の建物を見上げたことのない者、嘉納ときゑの名前を知らぬ者などいないというほどの大店である。この知らせは街のすみずみまですぐに広がった。ときゑの葬儀の日ばかりは、街の遊郭が皆看板を下ろして娼妓も客もなく振舞い酒を飲み、遊郭のどの店のこの店のと区別なく誰もが夢幻楼に出入りし大騒ぎに騒いでいた。

よそからたまたま来た事情を知らぬ旅人は、恐らく伎芸天《ぎげいてん》だか戎天《えびすてん》、また基督《キリスト》の何か大きな祭りだとでも思ったに違いなかっただろう。

娼妓もその数日だけは商売を畳んで、気に入らぬ男が店に寄れば叩き出したし、人気のある優男《やさおとこ》の客は、両手両足を各店の娼妓にがんじがらめにされ、金を払うからいっしょに酒を飲もうと大人気になった。

ハマの女や子どもも、ふだんは入ることのできない遊郭の門をくぐることを許され、眩《まぶ》しい出店を楽しんだ。店の前の広場では提灯が鈴なりに下がり、給仕が太樽からワインを注ぎ道行く人に配る。野天に即席でこしらえたダンスホールの演奏は、ブラスバンドにチャンチキの三味線、チンドン太鼓というごちゃ混ぜであったが、皆若い頃からときゑに世話になっていたベテランのプロフェッショナルであったため、おもしろいように次から次へと即興披露する。

どんなレコードを買って混ぜてもこんなにぎやかな演奏は聞かれないというくらいに愉快な音楽の響く中、レビュウのダンサーが並んで羽飾りを振りながら踊り、アメリカから来た者も清国から入った者も印度《インド》からの者も、みんないっしょになって上等の酒を飲んで踊った。

なんと、こんな調子が七日も続いたのだという。照は手紙を読みながら呆れるほかなかった。

父はまわりの予想どおり、妻ときゑの存在が生きる上での縋り場所、精神的な頼みの綱だったのだろう。あれだけときゑを放ったらかしにしてふらふら旅をしていたにもかかわらず、いざ居なくなると大層しょげて、こうなったらもう夢幻楼を畳むしかないと言い出して聞かなかったところを、兄弟親戚ほか出入りの業者から商売敵であるはずの同業者にまで必死に説得され(ここでも父は、ときゑが同業者にまで信頼される商売をしていたということをつくづく思い知って一層悲しんだ)、結果的には父を形式上だけの館主とするのは今までと変わらず、照の兄弟姉妹を共同経営にして固めた新しい体制を整えることでなんとか踏みとどまるにいたった。

父は子どもたちに今までどおり風来坊でも構わないから気晴らしにどこか旅をしてきたらと言われてはいたものの、どうやらときゑが居なくなってはその張あいもないようで、しぶしぶ経営の一端を担いながらぼんやりとした毎日を過ごしているようであった。兄弟姉妹のうちには嘉納家の血筋とはまるで関係ない者もいたが、照としたって血筋が兄弟の絆《きずな》や仕事の信頼に関係するなどとも思ってはいない。血のつながったぼんくらなんかより、赤の他人でも賢い者が多くいたほうが、家が傾く不安はずっと少ないだろう。この時世、大きな事業を一から起こしたり、着服や乗っ取りといった悪知恵を働くよりは、慣れた場所で優れた者同士で寄り集まって活躍したほうがずっと都合がいいのだと照だけでなくみんなが知っていた。

照と銀吉そして未知江のいるフランスでは、もうじき銀吉が進めている学校の仕事がひと区切りつくというので、日本で世話になった先生へお礼がてら、いっとき日本に戻る必要があろうと話していたところだった。

照の仕事のほうも撮影所の作業のなかで任されるものが増えてきていたため、もし長いこと休みを取るのに不都合があれば、未知江を短期間でもどこかに預け、銀吉だけで戻るのがいいのではないか。いま、未知江は銀吉が書きものの片手間に勉強を見てやっているが、就学も考えていい年ごろだった。短期でも学校に通わせ寮に入れるという選択もある。

そう話していた矢先の、ときゑの訃報であった。

照と銀吉は、訃報を知らせてきた手紙を机の真ん中に置いて向かいあい、椅子に座っている。茶を入れるのはたいてい大家の婦人であるけれど、近ごろはふとしたときに銀吉も湯を沸かして茶を淹れることがある。銀吉の淹れる茶は、薄くて照の好みだった。

銀吉は照を見ていう。

「照さんがご存じのように、私はもうすぐ留学期間がいったん終わります。ひとりで日本に戻るつもりでおりましたが、こうなってしまったのであれば、照さんも撮影所の方にご理解いただいていっしょに日本に行き、あちらのようすを見に向かわれたらどうでしょう。むろん未知江もいったんともに日本へ連れ帰り、照さんの仕事に差し障るようであれば、私がしばらく日本でも、またフランスに戻ってでも面倒を見られます。幸い私はどちらにいても仕事先を見つけることができますし、日本で学校に行かせれば未知江も日本語の学習が足りないのを補えるのではないでしょうか」

恐らくは銀吉なりに懸命に考えて身の振り方を算段したのだろうと、照には感じられた。選択の余地を残しながら、照に一番負担の無いようにと気遣う銀吉の言葉をすべて聞いてから、ほんのしばらくのあいだ思案して、照はきっぱり言った。

「いえ、私ももう、日本に戻ります」

スタジオではもちろんマリイも含めた大勢が照の帰国を大変に残念がったものの、家庭の事情ならとしぶしぶながら理解して見送ってくれた。

パリのスタジオは、カメラやフィルムの製作販売をやめて活動写真の制作に集中するようになった、照が来た当初から世界有数の大規模な会社ではあったが、照が居るあいだの十年ばかりで一層大きくなっていて、国内で作られる映像作品の大部分を担うほどであった。ごく短期間で技術者も段違いに増え、マリイのようなスタジオ立ち上げの最初期の監督から、才能を持った新しい人たちが何人も誕生していた。イギリスにも撮影所を新設しようという計画がもち上がっているときであったので、知識や能力のある人材に需要があることに変わりはなかったが、技術者の補助に近い仕事をする照ひとりがいなくなったところで立ち行かないということはなさそうだった。

「テル、いつかは戻ってくるんでしょうね」

極端に感情的な性格のマリイは、照に何度も約束を求め、ときに涙さえこぼした。ただ照の側では、むしろこの才能あふれる映画人の女性のほうがこの国にずっといることなく、近いうちにどこか違う国に行ってしまうのではないかと考えていた。世界は機械技術の発展に伴い、劇場での上映も報道記録も日増しに複雑な技術が必要になり、また作品自体も長編化している。彼女のように、ここまで技術と才能があって人気の高い映像の制作者はいま世界にもほかに数えるほどしかいない。これからスタジオは世界中にでき、撮影も東洋西洋のほか、密林や極地など世界のあらゆる場所で行われることだろう。マリイのような人はどんなところでも必要とされ、また、彼女自身も動き回りたくてしかたなくなるだろう。照には確信があった。照の兄が言ったように、照の手に入れた技術やマリイの中に見た才能は、これから非常に強い影響力を持つようになるだろう。照にはこれが、世界を飛び回りながら振りかざしてもいい力なのか、まだうまく理解できないでいた。

そんなこともあって照は、日本に戻ってから映像に関する一切の仕事を辞めてしまった。嘉納家の持つ住宅に住まいながら、未知江の面倒と銀吉の身の回りの世話に専心する照のまったくきっぱりしたやり方はたいへんに潔かった。ただ、兄弟はそんな照を大変じれったく思っているようで、特に銀吉と照の見届け人としてフランスに来た兄にいたっては、ことあるごとに、またパリのスタジオへ戻りはしないのか、資金は出すから向こうでの知識を活かしてこちらで何かしてみないかと照をかき口説いた。

「みんな、照はいったい向こうで何をしていたのか、と噂しとるよ」

「まあ、そうでしょうねえ」

「パリで魔女の訓練でもうけていたのではないのかと訝しがって」

「すくなくとも大間違いではないですね」

アメリカ留学を終えてから戻ってきた兄は、嘉納家の次男であったが、嘉納家の子どもの中では一番父に考えが似ていた。そのうえ母ときゑとも相性がよく、経済家としておおいに尊敬していた。ときゑに対しての尊敬の度合いさえも父譲りと言われている。

「兄上は夢幻楼を大きくすることに何より興味を持っているんだと思っていました」

照が言うのに、兄は真剣に答える。

「いいか照、これから日本の娼館は、国の制度も変わりつつあって変化をしいられるようになる。海外からの考えが浸透して、どんどん規制が厳しくなって……夢幻楼も、今までどおり一部の男の愉《たの》しみを考えてやっていくだけでは先細りになる。大きくなるには、ここでひとつ娯楽や興行の世界を変えるようなやり方が必要になるのだ」

兄は、これから夢幻楼が娯楽の世界、興行の世界に参入し、大成功することを強く希望している。服装や建物を張りぼてでも愉快なものに演出して、その時間だけでも男に夢を見せる夢幻楼の経営者らしい考え方だった。

「娯楽の質がどんどん変わっていっているのは、照、お前さんも思い知っているだろう」

「ええ……まあ」

「アメリカでも、プロテスタント教会が娯楽の考え方に大きな影響を与え始めている。芝居の服装や、言葉づかいが子どもに悪い影響を与えると」

「まあ、でも、制限をかけたくなる側の気持ちもわからないでもありません。あれは魔法ですし、西洋の社会は魔女を何よりも怖がります」

と答える照に、かすかに兄は驚いた表情を見せてから、続ける。

「ただ、こういう娯楽の変化について窮屈だと思うこともほんのしばらくのあいだだけで、あとになって慣れてくれれば、なんでもないことだと思えてしまうだろうね」

「日本でも、きっともう女性を活動写真に出すでしょう。世界にはすでにたくさんの女優が映画に出ています。人形じみた女形《おやま》を出すことも、また活弁で女言葉の声色をがなりたてることも無くなるでしょう」

「まあそうだろうなあ。彼女らはその国すべての男たちの恋人であり、妻であり、母となりうる。今後は男と女がふつうに関係を結ぶということにも、大きな変化が訪れるのではないかと思っている。これからは、変わっていく娯楽で夢幻楼を仕切り直すときであるとも考えているんだよ」

こんな折にときゑが死に、アメリカから帰ってきた兄も含め共同で夢幻楼を引き継ぐことになった。そして照が戻ってきたのだ。兄としてみればこれは夢幻楼の危機であると同時に、好機でもあると強く信じているようだった。

これから世界がどのように動こうが、活動写真という娯楽技術が衰退することなどないのは兄だけでなく世の中にいる誰の目にも明らかであった。国内においても、撮影や上映、興行に関する知識さえあるならいくらでも需要がある。日本では当代、主立った活動写真の製造所がトラストを結成し初の大規模な映画会社が誕生しつつあり、東京と京都とに大規模な撮影所を作るというのもきまっていた。世界の先端とも言われる大規模なスタジオで現場を体験していた照であれば、今のようなときこそ活躍する大きなチャンスなのではないか、なんとかして夢幻楼の新しい道を模索するに当たり力を貸してほしいのだと訴える兄に対して、照は、

「日本に帰ってきた時点で、活動写真の仕事はひとまずお休みです。気が向いたら戻るかもしれませんけれども」

とのんびりとしたものだった。

横浜に戻ってからの照は、父や兄弟からはどうしてもと言われたので住まいだけ世話を受けたものの、ほかに助けをほとんど必要とせず、衣食住基本の生活において実家に頼ることがなかった。

照は、そもそもが服装や各種の道楽をはじめとする贅沢《ぜいたく》なことにはいまひとつ頓着をすることがない性質だった。そのうえ外で働くための入用なことがなくなってからは、なおさら必要外の出費をしなかったので、銀吉の収入と照のわずかなたくわえで充分やっていけた。

銀吉は地方を回って何月も戻らないことが度々あったが、かえって照にとっては未知江と向

きあって暮らす良い時間となった。照自身は、子どものころに母親であるときゑと一般的な親子関係を築いていたとは言い難かったが、その割にはまわりの目から見てもまあまあおかしくないという程度の母親ぶりで、これはときゑであったなら二日と持たずに家を飛び出してしまうであろう、刺激のないおだやかな親子の生活であった。

銀吉のほうは、フランスで未知江といっしょに家にこもりきりだったあいだにも、照が想像していたよりずっと精力的に研究活動をしていたようだった。日本に戻ってからは、その成果を日本であらゆる後進に役立ててもらおうと、全国各地の大学にある生物学研究所を忙しく飛び回っている。父母揃って家族であると思えば、フランスでは父とばかりいっしょにいて、日本では母とばかり暮らすこの状況を、ふつうの子なら寂しがるものなのかもしれない。ただ未知江に関してはまったく気に病んでいるようすはなかった。

未知江という子が、まわりには若干変わり者に過ぎる娘として見られていたのは、フランスで育ったためというよりは恐らく生まれついてのもので、この子がたとえ世界のどこに居たって同じように変わり者として扱われるのに違いはなく、三つ子の魂、と言っても照のもとに来たときはすでに四歳を過ぎていて、このことについては今更どうにかできそうなものでもなかった。言語に関してはもちろんのこと、性質的にも日本の学校に向いていないようで、悪気はないながら集団生活を乱しに乱すため、まわりに相当以上の迷惑をかけてしまうらしい。これが未知江のためにも良くないということは照にもわかり切っていた。照が学校に呼び出される回数が三十を超えたのをきっかけにして（照は暦にその回数を正の字で記録していた）、現在未知江が使用しているふたつの言語の混乱を理由に、役所で申請を行い、未知江の自宅学習の許可を得た。ありがたいことに、そこでも銀吉の仕事や、教師の免状が役に立った。おそらくこれで両親のどちらも学問に暗かったならば、ひょっとしたらこのような特別の許可は下りなかったかもしれない。未知江は学校を追い出されずに済み、たまに学校へきて試験を受けることで修業の証書も手に入れることが可能になった。照は変わり者の未知江を学校にやらずに家に置いて、一切の学習の面倒を照自身で見ることになった。

照は細くまっすぐに育った未知江の姿を見た。ほとんど動き回らずにじっとしているくせに、背丈だけならすでに小柄な照と変わらないくらいに育っている。照の知る多磨よりはさすがに肉付きもずいぶん華奢《きゃしゃ》だったが、未知江は間違いなく多磨の子だった。さらに多磨と、おそらくその客の西洋人の遺伝からくるものなのか、目鼻もはっきりとした美しい造作であるのにもかかわらず、その体のほうに詰まった中身はひどくうすぼんやりとして、はっきりとしたところのない、茫洋《ぼうよう》とした精神を持っているように思えた。ただそれもまた多磨を思い起こさせ、おもしろいものだと照はつくづく思う。

未知江は、幼いころにしばらくのあいだいたフランスの言葉を、今も簡単にではあるが理解することができていた。あの当時まったく言葉を話さずほとんど家の中にいた未知江が、まわりが口にしていた音声を、人の意思を疎通させる言葉として聴き、理解していたのだということに奇妙な気持ちがしたが、こうなったうえは未知江にフランス語を今以上にきちんとした勉強で補習させ、忘れないようにしてやる必要があるだろうと考えた。日本語も充分理解できているのかどうかいまひとつわからない未知江のこと、ひとまずでも理解しているフランス語を無駄にするのはもったいないように、照には思えた。

「これはなんですお母様」

未知江が、その大きな瞳をいつものように半開きにして疑《うたぐ》るようにその重い塊を両手に抱える。

「本です」

「見たらわかりますが」

「ではなぜたずねるのです」

「なんの本かと」

未知江は、あらゆるときでも、眉間にしわを寄せて、大きな目を細めるのが癖だった。黙っていれば美しい少女と見てもらえそうなものを、そういったことを拒否するような表情をいつもしていた。

「題くらいは読めませんか」

「L'Odyssée《ロデュッセ》……?」

「読めるのならなぜたずねるのです」

「いや、どのような思惑で、と」

「フランス語を忘れないように、日にすこしでも読み進めてもらいたい」

「なぜ、この本を」

「今、手に入るのがこれしかないというだけのことです。声に出さず、黙って読むということにだけ注意して、まずは終《しま》いまで読んでください」

　未知江は、フランスの言葉を主に耳だけで理解していたらしい。これは若干時間のかかる作業だった。朝起床してから三時間、昼食を挟んで午後には二時間かけて、照は日本語の読み書きと算数を未知江に教えた。あいだに午睡の時間を一時間ほど取り、残り一時間から二時間ほどを、未知江はただ厚い本を読むことに費やしていた。

　照が木箱をひっくり返してこしらえた書見台は、大きく重い羊皮紙の表紙判型にまるで誂えたようにぴったりとはまった。小さな指で頁《ページ》を繰り、熱心に古びたインクの活字を追い、指を止めて、口を開かずにもごもごと何か言うようにしたり、考えごとをしているときの未知江は家が燃えていても気づくことなく座ったままであろうと思われるほどに集中して見えた。

　忙しく飛び回っている銀吉が家に帰ってきて時間のあるときは、照も未知江の読書時間を融通して、未知江と銀吉の、ふたりの時間をとるようにしていた。そもそもフランスでは、照よりも銀吉とすごしていた時間のほうが長かったのだし、照と未知江は今、ほぼ一日中いっしょにいる。未知江は大声を出して会話をしたり笑うようなことはないものの、久しぶりに会う銀吉とふたりで菓子を食べたり遊んだりするのがなかなか楽しいようだった。

　あるときなど、ふたりで考えました、とすごろくめいた戦争という遊びを、未知江が照に教えてみせた。

「まず母上、この将棋盤の上に自分の透明の駒をひとつ載せるのです」

「透明」

「はい。自分の頭の中で、です。そうして相手の透明の駒の場所の見当をつけ、それを自分の透明の駒から弾を発して攻撃します。相手と交代で一回ずつ移動と攻撃をします。移動の方向とマスの数はお互い伝え、移動をした後にそこからいくつかの弾を撃って攻撃ができます。弾を撃つにはさいころを振り、出目の数だけの弾で攻撃ができます。たとえば三が出たら、自分から三マスぶん遠いところに一発か、もしくは一マスぶん遠い三マスに一発ずつ。あるいは二マスぶん遠いところに一発と、一マスぶんに一発でも。さいころの目と攻撃するマスは当然公開しますが、その内訳は明かしません。相手の弾が自分の透明の駒に当たったら宣言をしますが、どの弾に当たったのかも内密です。先に三発当てたほうの勝ちです」

「自分のまわりに弾をばらまいたら、自分の居る場所がすぐにばれてしまう」

と照が声をあげた。

「はい。かといって遠ければ場所は明かされにくいとも限りませんが」

と銀吉が説明したあと、未知江が続けた。

「この遊びの良いのは、長く遊べるうえに、究極的には、要りようなものはさいころひとつだけで、あとはお互いの頭の中だけで済んでしまうところです」

「マスに番号が割り振られていれば、盤も駒も透明で済みますね」

照の言葉に、未知江が答えた。

「戦いなど、さいころ以外は人の脳の中だけで充分ですから、母上」

未知江は言い終わると立ち上がり、自分専用の木箱の書見台の前に座ると重い本を開いた。

銀吉がいる日は本を読む時間を取る必要はないと決めていたが、未知江は毎日すこしでも読み進めないと気持ちが悪いのか、遊んでいてもふと思いつくと書見台に座って本を開くことが当然であるようにそうした。銀吉は、

「まだ十歳を過ぎたばかりじゃないですか。なのに、もうそんな本を読んでいるのですか」

と驚きをとおり越して半ば心配顔でたずねる。未知江がこのようすだから無理もないが、銀吉はフランスでも日本でも、絶えず未知江について心配をしているようだった。

「ご安心なすってください。おそらくはほとんど意味のわからないままに目で追っているだけですから」

照は銀吉の心配をよそに、けろりと言ってのける。

「それでも最初のうちは、言葉のひとつひとつに関してこれはどういうことですかなどと聞いてきたりもしたんですけれど、それもあんまりたくさんありすぎて、聞くのもまどろっこしくなってしまったんでしょう。近頃は、日に一度もたずねてこないときさえありますから」

「ですが、あれは」

じいと見つめる銀吉の視線の先、未知江が瞬《まばた》きもせず書見台に向かっている横顔の、小さな頬にぱらぱら涙がこぼれた。

「あれは、物語の中に入り込んでしまっているのではないだろうか」

銀吉が真剣に言うのを、照はあっけにとられた表情で聞いたあとに、フフ、と声に出して笑い、

「何を言うかと思ったら。あれは、瞬《まばた》きを忘れてしまっているから出た涙でしょう」

と言うと手のひらをぱちん、とあわせて鳴らす。はっと気づいた未知江はふたりの方を振り向き静かに笑いながら、手の甲で頬を拭った。

こんなようすで、照と未知江の親子関係は、ほかから見ていて変わってはいるものの、至って平和なものであった。多少の口喧嘩《くちげんか》、皮肉の言いあいなどのこともあったともいえぬほどであった。どちらもわれ関せずなところがある一方で、妙なところで尊びあい、言いつけは大意では破らずという信頼関係は愛情というより家族という契約をしあった個人同士というような、それは血がつながっているかそうでないかといったことなどまったく問題としないつながりに感じられた。

照のすぐ上の姉は、銀吉と照を訪ねてやって来たときに未知江と照のようすを見て、

「照ちゃんと未知江ちゃんは、まるで昔の照ちゃんと多磨ちゃんみたい」

と言った。

照本人に思い当たる節はあまりなかったが、かつて照が少女だったころ、他者から見るとどうやら多磨と照とはそこそこ仲が良く見えたらしい。大女の多磨ちゃんとちび照のふたり組と言って皆陰で話の種にしていたという。

「まあ、しょっちゅういっしょにいて遊んでいるという感じではなかったし、私たち、楼の女

の人とは必要以上に仲良くしちゃあいけないって言われていたし。でも照ちゃんと多磨ちゃんはなんだか馬があったんでしょう。だから多磨ちゃんの子の未知江ちゃんを呼び寄せたんだろうって、母さんも話してたから」

照にはそこまで強く印象に残る多磨との思い出はなかったが、なんとなく覚えている断片によって、ああ、だから自分はこういうふうに未知江と接しているのだ、と納得したことがあった。照が未知江に躾をするうえで指針めいたものはほとんどない。照自身がされた母からの躾はかなり特殊であっただろうし、何より未知江は自分の子どものころよりは確実に手がかからぬ子だった。ただ、照は未知江を育てるにあたって活動写真の類は一切見せていなかった。娯楽と記録の別はなく、一切の活動写真を未知江の目に触れることを良しとせず、これには大概の不都合を気に掛けぬ照であっても実に頑《かたく》なに徹底した。

時代の趨勢《すうせい》で考えても照の住む横浜には活弁士のついた大きな劇場がたくさんあり、活動写真を大いに流していたが、どんな記録や科学映画など教育のためになるものであっても、照は未知江に見せなかった。学校に行くでもない未知江は、当然その方針になんの疑問も持たず従っていた。

あれだけ海外における最先端の映像技術を学び仕事をしていた照のこうした拘《こだわ》りは、親族などのまわりの者にはずいぶんと奇妙に思えたのだろう。ひょっとしたら照は向こうで何か活動写真にまつわる重要な問題を知って、それがゆえにフランスでの仕事から退避したのではないのかと考える者もあった。それだけ、今の、この国に暮らす人々のあいだでは活動写真の影響力というのは巨大なものになっていた。煽情的《せんじょう》なものが流行れば痴情の縺れの事件が多数発生し、喧嘩ものが流行れば暴漢は目に見えて増えた。

照の記憶の中の多磨は、活動写真を見るために脱走ばかりしていた。活動写真のことを話しているときの多磨の常軌を逸したようすを、遺伝に由来する性質だとだけ考えているわけでない照であっても、どこかしら未知江に多磨の面影を見ていたのかもしれない。

照は未知江を十五の年まではすっかり家の中だけで育て上げ、そのころには未知江も読み書きと算盤のほか、照がひどく不得手にしていた、ごく簡単な家事料理と生きるためのたいていのことまでもなぜかできる娘になった。これはたまに戻ってくる銀吉の手柄だろう。そのときの照と未知江の間柄は、母娘というよりは若干年の離れた友人というような感じであって、お互いどこか他人行儀な言葉づかいで会話をするのも、ふたりのあいだでは当然といったふうになっていた。

十七歳になって未知江は、銀吉や照の助けを借りながらヨーロッパの各種印刷物の翻訳を自宅で請け負う仕事をはじめた。当然ながら正式な論文や文献の類を翻訳するには実績や肩書きが必要だったために、未知江の行うのはもっぱら簡単な学会誌の情報や、各種申し込み資料の記入箇所の案内及び記入代行といったものだったが、そのころになると未知江は英語・フランス語だけでなくラテン語を中心とした西洋諸外国語の簡単な意味を把握し、辞書に当たりながら訳せるようになっていた。

これは、海外の情報をいち早く得たいが能力のある人が不足している時代の需要に合致した。銀吉の紹介で請け負っていた学術系翻訳の会社からだけでなく、夢幻楼を継いだ、照の兄弟である嘉納家の一族にもずいぶんと重宝がられた。

彼らは外国から届く芝居や踊りの小冊子《リベレ》やビラ、加えて向こうで大人気を博した台本や、芝居の評論なんかを持って照の家へやってきては、やれ未知江に訳させろ、この女性はなんという役だなどと聞いて、小遣いだの、取り寄せた衣装や資料の荷に入っていたちょっとしたブローチといった細工物なんかを、割高な手間賃として置いていった。未知江は美しいものに執着のあるほうではなく、照譲りで物欲もなかったのでいつまでも木箱の上で仕事をし続け、研究、娯楽どちらの翻訳仕事も気持ちよくこなした。

現在、活動写真は映画という名称で呼ばれることが多くなって、横浜に上映館だけでなく大規模な撮影所もできていた。未知江は相変わらず母親の照から映画を見ることを禁じられているため、海外の劇作に関する情報が叔父たちの口から聞けるのが楽しかった。講談師の口上を翻訳する仕事から、徐々に演者自身の話す言葉の翻訳に変わっていく。映画フィルムと別の録音ではあったが、見ている者からしたら映画の人物が直接しゃべっているのと同じようにしか見えない。翻訳の文章も、ひとりの者がしゃべるように作るのとは違って、同時に多くの者がしゃべる場合があり、また同じようなことも賛同や強調の意をもって繰り返し唱《とな》えられることもあるので、同じ上映時間でもセリフは増え、逆に場面説明の言葉は減る。

学術記事と娯楽の情報資料を同じ時期に請け負うと、両方で使われている単語がまったく違うようでいて変なところで似通っていたり、かと思えば完全に別の言語のように思われるほどに違う単語で構成されていたりすることに気づいた。違う単語の連なりにもかかわらず、訳してみると同じようにしか読めない文章もある。それらを毎日交互に読んで訳すというのは、体を右左うまく鍛錬するような、脳の中の均衡が取れるような気持ちがして未知江にとっては非常に心地が良かった。

当然、仕事を通じて理解できる言葉の数も増えていった。専門的な科学用語から、日本語に直すのが若干憚《はばか》られる品性に欠ける罵倒まで。あるいはお互いの専門家同士ではわかりえない言葉を、未知江は両方とも理解しつつあった。このままいけば、科学論文を見世物芝居の呼び込み口上風に訳すこともできるのではないかしら、と考えては、ひとり忍び笑いをしたりもした。

雑多な翻訳仕事も数をこなし慣れてきたころになって、銀吉がひとりの身なりのすっきりした小男を未知江の元に連れてきた。映画の仕事をしているというわりに派手なところはなく、清潔で言葉づかいもきちんとしていた男は、佐伯《さえき》と名乗った。今のところ日本では、まだ映画というものがごろつきの寄り付く仕事という印象が強い。銀吉にどういうわけで映画の関係者に知りあいがいたのか、照は思い当たるところがなかった。といっても佐伯はもともと研究者の出で、かつて学校で先輩である銀吉にも大変世話になったのだという。銀吉にとっても、学生時代から非常に真面目で印象の良い後輩だったらしい。

「照さんの考えを伝え、難しいと申したのですが。どうしても、話だけでも聞いてほしいと懇願されたので連れてまいりました」

と銀吉は申し訳なさそうに小声で言う。照も佐伯には誠実な印象を受けていた。佐伯は小柄だが気のしっかりした性格が話しぶりにも顕《あらわ》れていて、そのうえ頑固なところも透けて見えた。というよりも、かなりの覚悟を持ってここに来ているような、心の強さを端々に漂わせていた。未知江も警戒心なく話を聞こうとしているようだった。

照の想像していたとおり、佐伯の話は今までの仕事の依頼といくぶんか違っていた。

この度、佐伯の会社は政府の要請を受け、文化教育映像の制作部門を立ち上げることになった。もともと佐伯は児童教育の研究をしている所で働いており、そこに在った制作部門がわかれて名を変えこのたびの発足となったという。ただ、佐伯は教育畑の人間のため、映画制作には明るくない。そこで幾人か専門家に助太刀を頼んだものの、映画制作の畑にいる御仁は、逆に子ども向けの科学や教育にはとんと興味がない、という有様なのだという。佐伯の言いぶんはこうだった。

科学映像、記録映像の制作においては、諸外国の、やや専門的な資料にあたる必要性が生まれる。専門的なものに関してだけは翻訳をしっかりつけるとしても、小さいものそれぞれにいちいち翻訳者を依頼しては時間も費用も掛かるので、複数の言語に明るい人間がいると心強い。

「ましてや未知江殿の母上、照殿においてはフランスで映像技術を学んだ専門家だし、夢幻楼では最新の活動写真の類も積極的に振興されていると伺っては、ぜひともお力添えをお願いしたいと思っておるのです」

　佐伯は無理な依頼とは重々理解しているうえで、こちらに来ているのだそうだ。

「先生からも、受けてもらえる可能性は少ないと言われておりました。ただ、これは無理を言いませんがもし気が向いたら、というような依頼ではないのです。必ず、必ず、未知江さんの力が必要になる。ほんとうに、どのような形でも宜《よろ》しいのです。私どもにお力添え願いたい。外で働くのが難儀というのでありましたら、在宅ででもいい」

　直接返事を聞くまではてこでも動かないといったようすの佐伯をなんとかいったん帰したあと、銀吉は、

「ああは言っていましたが、義理で受ける必要はまったくない。照さんや未知江が嫌だと思えば気にしないで断っていただけたら」

　と前置きしたあと、

「彼があんなに強く希望するのは意外な気もしますが……」

　と言った。ただ、にもかかわらず照は、

「未知江の良いようにしたら良いです。ここまで未知江ががんばって学び、働いてきて、もう充分自分でやりたいこと、やるべきでないことを判断できるでしょう。私のほうからは、何も言うようなことはありませんよ」

　とけろりと答え、さらに、

「もし未知江が映画について知識を得たいのであれば、若干古いものではありますが、私の知

っていることはいくらでも伝えます」

と言い添えた。未知江は相変わらず、何を考えているのか家族にすらわからない態度でふたりの話を聞いていた。


半月ほどのあいだ、佐伯はたびたび家を訪れ、雪の中であっても玄関前に立っていた。未知江のほうもこれを気にかけるふうでもなく黙って見ているだけであった。未知江の性格からも情熱にほだされることはまずありませんので、逆効果だと思います、と照が言っても、佐伯はゆずらずに、ぜひ、ぜひと何度も申し入れてきた。

未知江は、あるとき突然佐伯からの話を受け、文化科学映画社の制作部門である文化撮影所に勤めることを選んだ。しかも未知江からの条件は、翻訳者として働きながら、並行して映画の撮影や制作にもたずさわりたい、ということだった。

「作ることにはまったくのど素人で、足手まといにならぬようにしますが、教わらねばならぬことも多いと思います。でも、音はあげません。同じ裏方であれば現場の仕事を。なるべく物語を作る側に回してほしいのです」

これには、佐伯も驚いた。どんな些細な形でもいいから手伝ってほしいと懇願していた相手、家からもほとんど出ることなく暮らしていた未知江が、自分から撮影所の中心でこき使ってくれというのだ。

「むしろ、こちらとしては願ってもないことでありますが」

佐伯は喜びながらも、何かに担がれでもしたような態度でそれを受け、帰っていった。銀吉も、人馴染みのしない変わり者の未知江が現場でうまくやっていけるのかと心配しないでもなかったが、未知江の決心が特別に固いということがわかったので、照とともにこれを認め、後押しをすると未知江に伝えた。

2

Side A

私がいま、喫茶店で向かいあっているのは彼女じゃなくオオシタ先輩で、私の隣にいるのはいつも私の向かいに座っているはずの彼女だった。喫茶店は、私と彼女がふだんいっしょにいるフランチャイズカフェとはちょうど正反対の雰囲気を持った、ちょっと古くさい店だった。重々しい四角いテーブルと飾り彫りのついた木の大きな椅子席があって、今日先輩と会うための場所に、ここを指定したのは彼女だ。

先輩は私の二学年上だった男の人で、いまはもう卒業してしまっているので学校には通っていない。たいして仲良くもなかったのに頼みごとがあると呼び出されたから、私は迷うことなく彼女を連れてきた。私は、彼女がいなきゃとてもじゃないけど先輩に会いに来るなんて気分になれなかった。

彼女はそりゃもう楽しそうに、にやにやしながら私についてきて、いまでも隣の席で薄笑いを浮かべながら先輩のことを眺めている。もちろん、いつもの端末をかざして。逆に先輩は、怯《おび》えた顔で私たちの顔を交互に見ていた。先輩のようすを見て、私はかえって大袈裟に警戒しすぎてしまったかな、と申し訳なくなる。先輩は、彼女が端末をかざしているのを見て、

「え、撮るんだ」

って、力のない声でつぶやいたけど、私たちがさも当然みたいに無視したので、そのまま黙ってしまった。だいいち唐突に呼び出したのは先輩のほうだったんだし、もし先輩が彼女をとがめたら、かえってなんか変なことを企んでいるんじゃないかって言いがかりをつけられるのは先輩自身のほうだと思ったのかもしれない。まあ、こんな古くてしょぼくれた喫茶店にさえ例のひとつ目は天井に貼りついているんだから、どっちにしたって悪だくみができないように監視されていることに変わりはないんだけど。

来なきゃよかった、っていう考えが若干よぎったけれど、彼女を連れてこなきゃよかったなんて後悔はほんのちょっともなかった。私にとっては、たいして顔も覚えていない先輩なんかより、彼女の横顔を見ているほうがずっと楽しかった。いつも向かいに座って、ストローをくわえて頰を膨らませたりへこませたりしながら、わざとらしく音を立ててラテを啜りふざけている彼女が、今日は金の飾り縁がついたソーサーに載っているカップの取っ手をつまんで、ク

リームがのったコーヒーを飲んでいる。

先輩は美術部の部長だった。といったって私は美術部じゃなかったから、先輩と特別に仲が良かったわけじゃない。先輩は在学中、私とはほとんど映画の話ばかりをしていたと思う。先輩が高校を卒業したあとはほんとうになんの接点もなかった。学校にいるときはちょっとだけ軽口を言いあったり、SNSの連絡先を知っているくらいではあったけど、それでもこんなふうに呼び出されることにまったく心当たりがなかった。だから、私は余計に警戒しすぎてしまったんだと思う。たしか先輩は映画の専門学校に行くときまっていたのを、直前で気が変わったとかで、

「占い師養成のカルチャースクールに通ってるんでしたっけ」

というところまでは知っていた。けれど先輩は首を振って答える。

「占いじゃない、メンタリズムリーディングだよ。学会なんかでは超心理学のカテゴリで扱われていることもある」

彼女が、そんなことマンガでもやんないでしょっていうくらいのタイミングでコーヒーをみごとな霧にして噴く。お店にいた何人かがびっくりしてこっちを見た。先輩はちょうど彼女の掲げた端末に守られて、彼女が噴いたコーヒーのシャワーを顔面に浴びずに済んだ。彼女は顔を顰めて、カップとかざしていた端末を置き、厚手のタオル生地でできたおしぼりで液晶画面を拭った。嫌そうに、ウェイトレスのお姉さんが新しいおしぼりを彼女の前のテーブルに置く。

「そんなこと本気でやってんの」

「いや、学校はもう辞めた」

「じゃあ、いま何してんの」

彼女が先輩にひどく無遠慮に聞くのを、私ははらはらした気持ちで聞いていた。先輩がたとえば、あのマンガ喫茶で働いている従業員だったり、常連客だったりして、私たちのいたずらみたいなものがばれたとか、もしくはそれとはまったく関係ない何かの勧誘とか、そういったものだったら面倒だ。そんなふうに警戒している私に対して、一方の彼女は私の心配よりももうちょっと能天気な好奇心、この子に声をかけてくるなんてどんな物好きな男子だろう、みたいな感じで先輩を見ていた。

「これから、映像を使ったエンバーミングの事業を始めようと思ってるんだよね」

「ん？」

先輩の言葉は、私たちの予想していたどれともけっこう違っていた。私たちが揃って聞き返す。

先輩が説明したのはこういうことだ。死んだ人を映像によってその場によみがえらせる。生前の映像とか画像、音声やテキスト、人づてにきいたエピソードといった周辺の情報をできるだけ集めて、そこから、あくまで故人の記録にとどまるものではない映像を作るらしい。独立した情報としての映像は、簡単な会話もでき、いつでも呼び出したり保存したりができるものらしい。

「それ、つまり、ふつうにメモリアルムービーじゃん」

彼女が、懸命な先輩の説明をなんとなくで聞いていたとしか思えない、すごく乱暴なまとめ方で結論を出す。

「いや、だから……。なんていうのかな、それは勝手に動くんだよ。その人の映像とか画像をもとにして、まわりの人が見たことがある映像が繰り返されるんじゃなくて、自由に動く……いや、違うな」

『あんた誰だか知らないけど、頼みごとしたいなら要点まとめてくりゃいいのに」

「あんた……って。きみに頼みに来たんじゃないんだけどな。それにこれは頼みごととは関係ないし。ていうか僕もきみのこと知らないし」

彼女と先輩は変なところでなんか似ていて、たぶん気があう。だからしばらくしゃべったら仲良くなるんじゃないかと思う。ただ、そんなことを言ったら先輩はともかく彼女はすごく不機嫌になるかもしれない。

「映像とかのデータは腐らないから、それを使って死んだ人のデータもろもろを混ぜて残しておくっていうか、いろんな情報をつなぎあわせて、家族が思いもよらないような……」

「一個の人格みたいなものをでっちあげることができるんじゃないかって？」

彼女の言葉に、先輩はとてもびっくりしたみたいに見えた。

「なんか、きみ、言い方がやたら大袈裟だな」

「あんたのほうがよっぽどだと思うけど」

「まあ、映像はさ、腐らないし新しいものをいくつも作り出せるんだよ。どうしたって古いものが色あせちゃうことがあるだろ、昔はプリクラみたいな小さい写真でも鮮明だった、ていうか、最近の写真を知ってしまうまではあんなにかすんで見えないはずで、携帯で撮った写真も、今スマホで見ると小さくてぼやけてる。それをもとある情報から新しい映像にし続けることができる」

「そんなこと言ったらきりがないんじゃない？　だって、今作ってる映像も十年後に見たら見れたものじゃないことだって」

「ミイラだって、その当時はきっと科学の一番先端の技術だったはずで、最近ならクローンとか冷凍睡眠とかもまあ、同じようなものだけど、映像の隙間を埋めるのに、その人の情報の別の部分をちょっとだけ使うことができれば、たぶん適当なものをつなげるよりずっと違和感が少ないんじゃないかって思うんだよね。要は、移植手術みたいな感じで、足りない部分を継ぎ足すみたいにして増やしてく。最初はキメラみたいに気持ち悪くなってしまうかもしれないけど、人間の場合、組織の断片だけでも寄せ集めて残しておければ、ずっと経った後にでも、そこから組織培養みたいに再現ができるってのとおんなじで」

「占い師がそんなことしたって胡散臭《うさんくさ》がられるでしょ」

「占いだって技術だから。ていうか、もう占いやめたし」

「で、相談とかってなんだったの」

「そこに置くおみくじを作ってもらおうと思って」

「あんたさっきから言ってることめちゃめちゃでおもしろいね」

「あれ、一回引くのに三百円くらいするんだよ。原価もほとんど無いみたいなもんだし、だからぼろい商売だし、書いてもらいたいと思って。変な文章書くのやたらうまかったじゃん」

私はおみくじを作れと言われたことよりも、先輩に文章がうまいという印象を持たれていたことにびっくりした。先輩に何か文章を書いて送ったことなんてあったっけ、と思い返して、SNSでも通信アプリでも、人は文字でやりとりするケースがとっても多くて、しゃべる言葉よりも入力した文字で会話するほうが多い日なんていくらでもあるんだ、ということを思い出した。

「消費期限とかないから腐んないし、いい商売だなって」

「どんだけ腐んないもんが好きなのあんた」

彼女がまた楽しそうに笑う。私といるときよりも楽しそうに思えて、ちょっとだけ悔しくなった。結局、先輩はまったく会話の結果に納得いかないまま、喫茶店から先に出て行ってしまった。がっかりというよりも、ポカンとしている。私は先輩の相談ごとをただ聞いただけで、結局特に何かを引き受けたりはしなかったし、アドバイスもしなかった。帰り際、先輩に向かって彼女が、

「なんで私たちを選んだのかは知らないけど、この相談を私たちにしてくるってことに関してだけ、あんたのセンスはまんざらでもないって気がする」

「私たちって、だから、きみには頼んでないんだけど」

先輩は最後の最後、店を出るまで困っていたけれど、私はその彼女の言葉をずっと、心の中

で繰り返していた。先輩が帰っていってから、

「絶対失敗するよね、あの新規事業とかいうの」

と、ふたりで笑う。

「私たちのほうが、ずっとうまくできるよ、あれ」

「おみくじ？」

「まさか！」

彼女は続けた。

「あの、エンバーミングってやつ。私たちだけでやってみようか」

Side B　記録映画について

映画の誕生初期から、ドキュメンタリーや記録映画は、世界中で重要視されていた。にもかかわらず、国内ではごく初期から長いこと記録映画の類は長編化されることはなく、もっぱら子ども向けの教育的な短編映像に終始していた。

その理由としては、日本では長く物語を楽しむ文化が深く根付いていたため、劇映画のほうが黎明期《れいめいき》から人気があったことに加えて、活弁、配給会社など興行の仕組みに、従来の芝居興業によるシステムをそのまま流用できたことが大きいのだろう。ただ、この些細にも思えるこ

とが、その後長きにわたり記録映画にくらべて劇映画のほうが武器としての攻撃性が高く効果的である、という国内での誤解を生むきっかけとなったと考えられている。

フィクションと呼ばれる物語映画と、ノンフィクションあるいはドキュメンタリーと名づけられた記録映画とは、まったく違った攻撃の特性を持つ武器としてそれぞれ進化していた。

初期のフィクション映画は、主に資本主義諸国、具体的にはアメリカにおいて大きく発展した。個人的な幸福を中心に構成される「物語」という形式は、わかりやすく、消費しやすい。フィクションは、事実に多くあるノイズを調整できるため人が取りこむことが容易な娯楽として、経済活動の流れにうまく乗った。そのためごく初期でも短期間で予算の多寡を問わず多くの作品が生まれた。資本経済の社会のなかで消費物が発展していくときの常として、それらはより刺激の強いものへと進化していく。物語映画においては多幸感の強いものへ、急速に進化を遂げていった。かつて人々が胸をときめかせ涙を流していた男女のダンス映像は、十年もすればよりセクシュアルな描写に富んだものへと取って代わられた。シンプルな勧善懲悪のストーリーは、やがて複雑な葛藤を抱え、鮮やかなカタルシスへと至るものになり、一層鑑賞者の心を激しく動かしていくようになった。

刺激的な映像体験に彩られた物語は、見る者の目に入り脳を満たし、鑑賞者が何か現実世界で行動を起こす際、脳内に仕掛けられていたトリガーとなって発動する。効果について、世界の側には一切の仕掛けが必要ないことも、映画の利点だった。たとえば為政者などが、町や自然に何も手を加えることなく、たった一本の映画だけでまったく別の姿に見せることができる。

映画を見る前と見た後で、人の意識をまったく変えることができる。あらゆるものに意味を持たせたり、美しくも醜くもできたりするのが、映画の初期からの利点だった。

表向き、当時の映像兵器の主な効果は意欲の向上や発揚だったが、やがて技術の発展を経て、発揚に至らぬ鑑賞者に大きな挫折感や倦怠《けんたい》感といったものをもたらし、さらにそのことによって大衆の選別を図ることも可能になっていった。

初期に作られた物語映画が、兵器として効果を持つのは、もっぱらシーンに隠されたメタファーの部分による。これはラストを見るまでこの映画が兵器だということに気づかせないための工夫だった。冒頭からそれらは周到に意味を隠され、あちこちに仕掛けが埋めこまれていた。ほとんどはストーリーと一見関係ないと思える各所に設置された。時代が進むにつれてより一層、他者によって取り除かれる危険がない場所に隠されていくうちに複雑に進化し、複層的にぼかされ、一見表立ってわかりやすい、あるいは多少探して見つかる場所に隠されたものが実は囮《おとり》の仕掛けであり、ほんとうに効果を発揮するものはまったく違う場所に存在するというケースもよくあった。

近年注目されたひとつの古典映画がある。各国のリマスタリングによってタイトルが数種類に分かれていて、そのどれもほぼ現在では知られていないので、これを『α《アルファ》』とする。もとは湿地帯の領地を持つ国に住まう、肺魚の姫君の恋物語という南方の神話を題材にとった映画だった。自分の呪われた生まれに悩む姫と、力強く自分の信じる正義を謳《うた》う漁師の関係は、心を動かす映像体験であり、また物語自体は人生の教訓に満ちている。しかし実際そのテーマの中心に作り手の暗喩は存在せず、画面の空中に絶えずあらわれる小鳥の動きや鳴き声、目線やくちばしの動きにそれは隠されていた。目で追うことによって、受け手の心にある卑しさを増長し冷静な思考を翻弄していくということが最近になってわかった。この作品を見る者の多くは、その攻撃性や残忍性にまったく気づくことなく物語を楽しみ、後になってその蓄積により、ときに混乱し、またむやみに高揚した。

一見正義に満ちたものの中に、ひどく野蛮なものを潜ませる作品は、世界戦争の不穏な足音が迫る時期になると劇的にその数を増やしていった。戦時中の資本主義諸国では、この手法を活用して子ども向けの冒険ファンタジー映画やアニメーション作品の優れたものが次々に生まれている。それが脳への直接的な武器となり、次の世代に兵士になるべき人々に影響を与えていたとわかったのは、ずっと後になってからのことだった。やがてアニメーション作品は大人向けのものも作られる。兵士が戦場の慰安所で楽しんだそれらは、子どもへの教育的配慮を廃した野蛮で下品なものが多く、なんの思索をしなくとも気軽に笑うことができた。戦争が終わった後になって、やはり兵士はこれらのアニメーションを思い出し、長く苦しみが続いた。

もっと直接的に、映像それ自体が恐怖を与えるべきだという作品も多く存在する。これは資本主義国家においては主に〝低予算映画〟〝B級〟と呼ばれていた、大量生産された娯楽作品に魅力的なものが多く残る。これらの作品は当初、相手国への攻撃として作られたという説もあったが、にもかかわらず、主にその制作された国内においてはもっぱら非精神主義的鑑賞者のネガティブエネルギーを担保するものとして享楽的に消費されていった。

シネコーク（映画的コカイン）とも呼ばれる常習性の高いこれらの作品は、コカインが治療にも使われうるのと同じで、狙わずしてその国の内部にある病巣の治療に役立った。これらの映像を見て犯罪に走るといった動きをする者もいないではなかったものの、それはスポーツや小説などといった、ほかの文化に没頭する者に混ざりこむ割合とさほど変わりがなかったし、映画によって恐怖の惨劇がでっち上げられていることによって見る者の陶酔あるいは恐怖を喚起させ、現実の世界のほうが平和なものに保たれていたのではないか、という考えを持った過激な研究者さえいた。

対し、欧州に在る社会主義の国々においてはドキュメンタリー映画が大きく発展した。初めは民衆への教育やニュースのための資料として流されたこれらの記録映像は、プロパガンダ、民意発揚に絶大な効果をもたらしていた。これらが効果的に用いられるための要素として、何より〝事実の記録であること〟が重要な条件となる。事実の反映であることが、人々を映像に共感させ、結束や同化に導く。映像は人々の体験と融合することで、人々の感情に一層大きな威力を発揮する。その補強のため、タイトルのすぐ後、また映像最後のクレジットに「これは事実だ」「事実に基づいて」としつこいほどに表記された。

ただ撮影技術の未熟な初期においてはもちろん、機材の進化した現代に至っても、完全な事実を作為のないまま撮影し、映像化することは不可能である。撮影という行為には演出があり、被写体を切り取る際には多少なりとも操作がある。そして、記録映画の中においてはその真意はさておいて、どれだけの演出が作品に存在するか計測し数値化して表すことはできない。それをよいことにして、これらは専ら〝ノンフィクション〟であることを執拗《しつよう》に繰り返し謳い上げ、見る者への働きかけを高めようとした。

記録映画に高く注目が置かれ続けていた国ではしかたのないことではあったが、他方ではフィクションの映像制作に関しては稚拙なものが目立った。アニメーションの技術や特撮映像、またストーリーの構成などが、本家フィクション映画の大制作所の真似事でしかなく、二番煎じ的に作られたものも多い。

ただその中でも、国難に見舞われ続けた社会主義の小国などで、数少ない天才によって撮られた短編映画は、小規模な市場ではあったものの一部の人々に高い評価と好意を持って受け入れられていた。投入される資金も少なく、また娯楽的には刺激に欠けるところが多いという批判もあったが、後年になってそれらの作品の中に、現代の最新鋭の映像兵器に匹敵する破壊力を持っているものが含まれているということがわかるにつれ、重要視されていった。

一方、同時期の日本における映画産業はといえば、情報の行き届きにくい島国の中、かつての大衆娯楽であった歌舞伎や芝居、または見世物小屋といった若干下世話な娯楽文脈の延長上で独自のユニークな発展を遂げていた。まったくの偶然ではあったが、映画の先達《せんだつ》であった欧米諸国の、大量生産されていた低予算娯楽映画の発展といくつかの点において奇妙なシンクロをなしているものも多かった。極東では化け物小屋から飛び出して動く魑魅魍魎《ちみもうりょう》の姿を、太平洋の反対側に住む映画人は吸血鬼や包帯だらけの人造人間を、同時期に同じようにでっちあげ、大衆の好奇心を満足させていた。

その後ほどなくして、日本の映画はいくつかの転機を迎える（事実、映画史というのは生まれて以降、絶えず転機に直面している）。日本が同盟を結び、立法、政治の立場で参考とした当時のドイツ帝国は記録映画の発展に力を入れていた。このことが日本で知られ、さらに手法が学ばれるにいたり、日本の中でも〝文化映画〟〝教育映画〟といった言葉が急速にその影響力を高めつつあった。かつて日本では、海外の記録映像すらも見世物として消費されていたが、以降は徐々に劇映画とはまったく別の、事実の記録を基にして大勢の人間に作用することを本旨とした映画作りをしていかねばならぬと考えられ始めていった。

その頃ドイツでは、映画の発展とともに官式の啓蒙《けいもう》教育色の強い映像制作を強固に推し進めていた。潤沢な国家の資金と才能豊かな人材をつぎ込まれたため、世界的にも非常に質の高い文化映画が多く誕生した。

レントゲンの発明、郵便の行方を詳細に追跡した記録、夜の猛禽《もうきん》の捕食活動を撮影するなどした何本かのフィルムは、日本にも輸入された。これらの作品は最初、当然のように見世物的に消費されていたが、間もなく日本の映画制作全体に大きな影響を与えた。多くの国内にいる映像制作者が事実――厳密に言えば、この内容が事実であると知ったうえで人間が映像を見ること――の持つ、娯楽映画とは別のある強さを、ドイツからやって来た一連の映像をとおして知ったのだった。

しばらくののち、日本では娯楽映画にまつわるいくつかの事件が起こった。都市部に住む子どものあいだで、国産の劇映画で行われた特撮に影響を受けて鉄骨の塔に昇る、走る電車を素手で停めようとする、手当たり次第に構造物のネジを緩めて歩く、などの奇行をする事例が散発したのだ。世論は、行き過ぎた娯楽性の追求による劇映画の中の過激な映像を危険視し、子どもに見せるのに適切な教育的映画制作への気運が高まった。

文化映画の分野では、政府が主導で制作を行う官式のものだけでなく、企業の出資による広告映画も作られるようになった。これは主に国内企業の研究や最新式の製品機械の仕組みなどのほか、繊維会社であれば石油繊維、自動車会社であればガソリンやエンジンに関する解説付きの記録映像で、映画会社に積極的に作らせていた。どれも短いものではあったが、景気の良い大企業はこぞって映像制作に手を出し始めた。これらは企業への好印象を啓蒙するとともに商品への信頼感にも訴える効果があった。さらには企業内部の権威発揚や、新入社員の教育などといったもの、あるいは子どもたちへの社会学習にも利用された。

もともとヨーロッパにおいて記録映画の発展は著しかったが、中でも特に国家社会主義ドイツ労働者党においては、武器としての映像コンテンツ制作は何をおいても優先される事項だった。その発展は労働者党の初代国民啓蒙・宣伝大臣、ヨゼフ・ゲッベルスの奨励によりさらに強固なものとなり、国力を注ぎ込まれたドイツの映像技術は当時、世界でも屈指の高度なものだった。後に優れた科学文化映画が数多く生まれたのは、人類の創造物のうち、ある意味では負の遺産と言われるものであったとしても、その評価はゆるがなかった。

そもそも、世界の優れた発明のうち、戦争や殺戮《さつりく》の副産物でないものがいったいいくつあるのだろうか。

ただ問題だったのが、世界のあらゆる所で映画制作にたずさわっていた才能ある人間の多くは、労働党が排除の対象としていた信仰を持つ者たちであったことだ。彼らの多くは、高い教育水準を持ち、映画以外にもいくつかの、当時最先端の技術を用いた産業の中心にいた。

映画という力強いコンテンツやその制作者に対しては相当に優遇し、保護に力を入れていたゲッベルスでさえ、才能ある映画人の流出を止めることはできなかった。後にほかの資本主義諸国には、ドイツから流出した有能な人々の手による名作が数多く生まれることとなる。特に当時、ヒイラギさえ生えないと言われるほど荒れていたアメリカ南西部、映画スタジオしかないような一帯では、世界のあらゆる地域で一般的に弱者とされた多くの人間が集まって才能を発揮し「この町で生まれる映画の脚本は、女とユダヤ人によって作られている」と言われるほどだった。

ドイツのUFA（Universum Film AG）社によって政府主導のもと制作された当時の映像作品の多くは、表向きには記録映画と呼ばれる啓蒙映画であったが、それらはいくつかの手順を経てシーンの組みあわせや見せ方を変えることによって、見る者に思いもよらない効果を与えることが可能なものでもあった。

走る人間の映像がある。それだけを見るなら競技者として受け止められるかもしれない。そこに、殺しあいの映像を接続すると、見る人間にとって走る映像には、逃走あるいは追跡という意味が生まれる。さらにふたつの映像の間に潰れた蟹《かに》の映像を挿入すると、そこには一層不穏な、しかし多様な物語が生まれうる。元来映像というものの特性は、静止画の連続の隙間を人の目や脳が補完することにある。政府の持つ膨大なアーカイブからいくつもの動画を組みあわせれば、その狭間《はざま》にいくらでも見る者の脳へダメージを与える武器を仕込むことができた。

こういった政府主導で生まれた作品においては、映像を撮ることよりも、編集手腕によってその威力が増すと考えられていた。優れた作り手たちは、イギリスの匿名小説家が当時書いた怪奇物語に出てくる怪物とそれを生み出した科学者から名を借りて、フランケンシュタイン・フィルムメーカーと呼ばれていた。彼らは、映像の断片をつぎはぎすることによって映像の狭間にいる怪物を生み出すドクターと畏敬をもって呼ばれ、重用されていたという。

これら恐ろしい武器の威力を測るには、動物では用をなさず、人間に見せることでしかその効果を確認できないため、その後彼らの国では、人間の脳に対する大規模な映像実験が行われることになる。

3

Side A

私と彼女が作ったふたりだけの場所は、広い雑草だらけの空き地にぽつんと置いてある〝やぐら〟みたいなものだった。

ヨーロッパの片隅、私はその国の首都さえ知らない寒い国にある小規模なゲーム制作会社が、外部でのキャンペーンだったか自社の内部で運用するのだったか、動画のポータルアーカイブを作ってそのまま放置している場所だった。サーバーの容量とセキュリティはオーバーなくらい立派なのに、ユーザーインターフェイスなんていう概念がないんじゃないかってくらい、びっくりするほど使い勝手が悪かった。セキュリティの強度なんて、ユーザーが集まらなければあんまり意味がない。

たいして景色もよくない広いだけの場所に、登りにくい屋根つきのやぐらをいくら立てたって誰も踊りになんか来ない。そこに東アジアの女の子がふたり、こっそりやってきて旗を立てて、そのまわりで踊りを始めたと言ったら、ちょっとは興味深い話になるだろうか。

これは、オオシタ先輩の話していた「エンバーミング」だった。私たちなりの鎮魂で、礼拝の行い。ただその対象はいったい誰なのか、あいまいだった。おばあちゃんや、もっとさらにおばあちゃんだったり。当然彼女は、このことに私よりもずっと熱心だった。私のほうが自分の来歴に興味がなくて、先祖なんて知ったこっちゃない、せいぜい安らかにって思うくらいだけど、彼女のほうは私の先祖をこの世によみがえらせようとしているんじゃないかっていうくらいの情熱でこれに取り組んでいた。まんま、エジプトのピラミッドに描かれたアレだ。

Side B　一九二四年・日本〜

硬い鞘翅《しょうし》が持ち上がり、薄く畳まれた薄飴《うすあめ》色に輝く翅が下から膨らんでくるのが見えた。こうなるのをどれだけ待っただろうか。いよいよ、と皆が息を呑《の》んだ瞬間、足先の鉤爪《かぎづめ》を踏ん張り損ねた甲虫がころりと枝から落ちた。皆の落胆の声が漏れる。

「ああ、だめだだめだ。こいつは何回試しても巧《うま》く飛ばない。代わりの虫を持って来い」

監督が手のひらで自分の腿《もも》のあたりを何度も叩きながら首を振った。

「でも、これほど大きく光沢の良いのはもう森のどこを探したっておりませんよ。繰り返し代わりを求められるから、もう大きな甲虫はとりつくしました。大きくて重いから転がるのでしょう。支えの枝を太くしては」

「だめだ。枝を太くしちゃあ虫に当たる下からの光が弱る。甲虫の記録をするのに翅の質感がうまく出ないでどうする。未知江、おまえは馬鹿か」

もう数えきれないほどのテイクを失敗して機嫌の悪い監督は、声を荒らげて未知江をなじる。未知江は無言で、腹を上にしてしまいきれない後翅をはみ出させながら緩慢にばたつく甲虫をつまみ、籠に戻した。

「ああだめだめ。休憩が終わったら次のシーンから先に行くぞ。キャメラと照明、準備でき次第だ」

監督は図体に似合わない神経質な甲高い声を張り上げて休憩所に引っ込む。

「次にだめだったら、監督のあの変に気取った靴の踵でぺしゃんこにされてしまうよ」

籠に向かって口を尖らせ、未知江は小声で甲虫に話しかけた。甲虫は、それを聞いているかのように、じいっと未知江のほうを向いて動かない。

口癖のだめだを連発しはじめると、この臍《へそ》曲がりで有名な監督は休憩の合図をしたまま今日の撮影を終えて帰ってしまうことも多い。それでも皆ため息混じりで機材の整備にかかる。

未知江の映画制作への参加は文化撮影所の立ち上げの初年、銀吉の知りあいの紹介によって実に唐突に始まった。

未知江はまず沖縄の西方にある離島群の中の小さな島で、十年に一度の大祭に臨む巫女《みこ》集団と生活をともにしてその始まりから終わりまでを三か月にわたり記録した。これが第一本目の撮影だった。

その小さな祀《まつ》りの島は巫女島と呼ばれ、大祭が終わるまで男性の立ち入りが一切許されていなかった。そのため撮影班は女性のみ、そのうえ巫女と暮らすのは未婚者に限るというのが条件だと言って島の人たちは頑なに譲らなかった。撮影班は透明、とは言ったって記録に際し、掟を捻《ね》じ曲げるわけにはいかない。

ただでさえ立ち上げ直後の撮影所は技術を持った女性が極端に少ない環境で、そのうえ今回の祀りを恐ろしがって参加をためらう者も多かった。困惑の末、班は結局数人のスクリプタや記録係の女性をもかき集めて、最低限のノウハウだけをもって挑んだ。急ごしらえの班には入社間もない未知江も参加させられた。機材の操作や記録のイロハを短期間で叩き込まれ即現場に投入され活躍の場が与えられたのも、ふつうに考えれば早すぎはしたが、未知江自身はついていると思っていた。未知江ののんびりした物腰は、他人には度胸の据わった態度にも映りこでは良いように作用した。

撮影班の監督はこの時、近隣の島にある町に待機し、緊急時に備えるとともに、外部からの記録、撮影も行っていた。彼は撮影に向かう未知江にこう言った。

「こういう離島は、今後戦争があったときに前哨《ぜんしょう》基地や戦場になりやすい。戦争が終わって一から文化を再構築する際に、映像は大事な足がかりになる。祭祀に関わる建物でも食べ物でも、一見くだらない子どもの手遊《てあそ》びのように見えるものでもすべて撮って帰るように」

このときに記録されたいくつかのフィルムは、撮影の技術にも芸術的な要素にしても未熟な部分が目立ち、そのために決して作品として賞賛に値する質のものとはいえなかった。ただ、この撮影は祀りを執り行う大巫女がもう年齢的に次の大祭には役目を担えそうにないということから、十年に一度、次に大祭を行う際に新しい大巫女が祀りの概要をなるたけ詳細に把握するためにも、島の側からだけでなく文化の保護と継承を望む学者からも要請があったもので、その目的においては非常に重要なものになった。

翌年に八甲田《はっこうだ》の登山隊に同行し厳冬期の撮影をした際の未知江は、登山を行わない別働班に所属し、副班長の体調が優れないごく短期間ではあったがその代理まで務めた。

八甲田は大正の時代に入っても、きちんとした登山路はおろか測量観測に関してもまともな数値を算出することが難しい状態であった。明治中期の青森の第五連隊による悲劇で多くの人が知るところとなったものの、それでも、あるいはそれゆえに、特に厳寒期、公的な記録としては未踏とされている箇所ばかりだった。

有名な第五連隊の悲劇が起こった大きな理由として、山についての情報が外部の人と共有されなかったことなどが挙げられる。地元の人々の中には山中のようすに詳しい者も多かったが、このあたりの人がそもそも文字に残す文化を持たずに主に口伝によって情報をやりとりしていたことで、引き継がれている情報が公には信憑性が薄いものだと判断されていたのかもしれない。それによって言葉による情報を支える共通認識においても、ほとんどが彼らの経験則によるものだった。そのため今回の撮影は第一に、地形や気候にまつわる知恵、その土地ならではの生き延びる方法を残すことによって第五連隊のような過ちを繰り返さぬようにとの意図があった。

　文字はもちろんのこと、地図や図像記録の類も残されていない状況の中、文化撮影所の記録班は人の言葉、経験からくる知恵や知識ごとすべてを映像に残すべく撮影に臨んでいた。土地の知識をまとめ、その地域での生き方を記録した。

　未知江の班は登山と別働して、マタギ連、農家、樵《きこり》とその家族の生活に一定期間寄り添いながら麓の生活における八甲田の存在、生活上の知識を記録する役割を負って撮影作業を行うことになっていた。未知江たちはまず、長い厳冬期のあいだずっとマタギ連の長《おさ》の母にあたる老女と寄り添い暮らした。未知江は執拗に、かつ誠実に彼女にカメラを向け続けた。記録映像制作の定石として、〝失われやすいもの〟から先にフィルムに収める。話を聞くのはまず年寄りから、ついで女。これは未知江が記録映画にたずさわった最初に叩き込まれたやり方だった。生活上の些細なことなど、さほど重要でなく後でいいと言われながら記録しなかったものは、その本人が失われた後ではどうにもできない。

　執拗な調査、設定、撮影は、相手にカメラに慣れてもらうのはもちろん、何より後になってこちらが聞きなおせるという利点があった。土地を離れたことのない老女の訛りはひどく、年老いたことにより滑舌も不明瞭で、聴き取るのが難しかったから。寒さをしのぐための知恵や限られた食材を使って栄養価の高い食事を作る方法、保存食の製造方法、さらに上の世代から受け継いだ伝説や説話の類。山の神は醜い女の姿をしており、そのためマタギは妻がいるようなことがわかるもの、妻の姿がわかるものをなるたけ身につけないで入山する。嫉妬深い山の神の機嫌を損ねると、山での危険度が上がると言われているというのも、女たちが撮影時に語ったことだった。

未知江が得意としていたのは、こういった対象との会話や聴き取り取材であった。特別話し上手というわけではなく、社交性というものを人並みに持ちあわせていないと長いこと自覚していた未知江だったが、相手から注意深くひとつの事柄を聞いていくうちに、一見関係のないものに見えながら実は深くつながっているものごとを、相手の記憶の中からいっしょにまとめて引き出してくるところがあった。

質問に答えるようすを撮影するといった取材の場合、フィルムを使える時の長さが限られているため、会話での脱線は良しとされないことも多かった。しかし未知江はなるたけ対象の人人が持つ情報を、広く深く、しかも自然な流れで問いと答えを展開させて引き出すことが得意だった。さらに未知江の取材のやり方は、相手も知らずのうちに、応えることによって自身の記憶の中の整理まで促したり、過去を手繰りつつ答えをともに探り当てたりといったことをもやってのける、極めて自由なものであった。

未知江のこうした能力は、短期間の実践でさらに上達した。おそらくもともと向いていたのだろう。もちろん取材を多くこなすことで磨かれていった部分もあったが、何より彼女自身の元来の性質に、尋常ならざる好奇心があったためだろう。記録対象の人物から話を聞いているとき、撮影する映像の中に未知江が写りこむことはまずなかったが、対象の人物はきまって、まるで画面の見えないところで小さな子どもが熱心に聞いていて、その子に対して懸命に話してやっているような表情をしていた。相手の存在を認め、それに向かって伝えようと言葉を発した途端に人の言葉の温度は変化する。未知江は発話者をそういった状態にさせることが抜群にうまかった。

作物がうまく育たず綿などの素材が容易に手に入らなかった北の地で、暖をとるために身につける一番手に入りやすいものは、野生動物の毛皮、そうして雑穀を採取した後の藁だった。藁は囲炉裏《いろり》に湯を沸かして蒸し上げることでやわらかくしてから長い時間丁寧に揉《も》み、水気を取って並べ念入りに乾燥させる。水分が残っていると藁が凍り、身につけているうちに凍傷になってしまうためだった。こうして作った藁草は、靴や蓑《みの》、傘の素材にするほか服と体の隙間に入れたり、指のあいだや腋窩《えきか》に挟んで温度を保つ。汗をかいたら取り外して交換することもできるし、油を塗ることで簡易に防水性を持たせることも可能だった。都市部では塵《ちり》として捨てているような藁屑でも、みな器用に加工し活用していた。

女性たちはささくれた太く短い指先で器用に藁をしごいたり編んだりしていた。未知江は息をつめて見守りながら、手の影で藁の編み方が隠れないよう、表情が映えるよう気を配っていた。

しかしどれだけ神経を張って作業にあたっても、機材の突発的な問題で撮影が滞ることは避けられなかった。そんなとき未知江はひどく落胆した表情で、暗く沈んだ声で言った。

「すみません、もう一度だけお願いできませんか」

未知江はこの言葉を使うのが堪《たま》らなく厭《いや》だった。いくら取材相手がべつにかまわん、そんなに申し訳なさそうにすることはないと言っても、この言葉を使うたび、背中から悪寒がした。自分の存在が、この人たちが暮らしていくうえで途轍《とてつ》もなく邪魔で、意味のないものであるような思いがするのだった。

未知江が撮影にたずさわった文化映画作品の評判はおおむね上々だった。南国の巫女島における撮影で作られた映像は、主に祀りの次第を解説し記録したものを保存する上で役に立ったし、さらに八甲田の生活の記録映画に至っては、研究者以外の多くの人間にも観られ、教育的にも映像技術の観点でも、評価が高いものになった。

記録映画の制作は、娯楽映画のそれと比べると体力的にも精神的にもさほど厳しいものではないと言われている。実際未知江の周囲には、娯楽映画の世界に比べて女性が多かった。それでも女がこういった世界で働くことを阻む局面はいくらかあった。しかし女だてらにこれが務まったのは、未知江の何を言われても意に介さない、一見暢気《のんき》にみえる性格のせいでもあるらしかった。女の癖に、と言われることで反発するような男勝りであれば怒りを抱いたり傷ついたりするところを、逆に未知江はあまり気にしないで受け止めることができ、困難と感じることが少なかったのだろう。未知江自身、女であるか男であるか以前に、自分が何者なのかにすらあまり興味がなかった。それよりも昆虫や地衣類、雪山、自分の与《あずか》り知らぬ世界に暮らす人人の驚くべき生活のほうにより興味があった。

周囲の、特に劇映画の制作で経験が長い映画人たちとは衝突が無いわけではなかった。たとえば記録映画の対象物との距離感や撮る側の在り方について、未知江は記録映画の撮影班は対象物に最大限まで近づいて寄り添い、それでいて撮影対象の姿は自分の主張に利用してはならないと考えているところがあった。もちろん、日光と照明、音声など機材の精度によっていくつかの作意、演出が必要であることは、未知江自身もよく知っている。ただ制作側が記録の対象を利用して何かを主張するようなやり方を好まないでいたために、劇映画からやってきた制作者の一部では、未知江とそりがあわないとしばしば衝突が生じた。ただそれらは、未知江にとっていつでも前向きで建設的な教訓となっていた。

八甲田での撮影と映画制作の成功を受けて未知江は次に、通訳を兼ねてユーラシア中央部の遊牧民の元に身を寄せ、九か月という今までで最も長い期間にわたってともに生活をしながら撮影を行う隊に同行した。そのうちの一定期間は、日本政府からの要請で、ドイツの制作会社の撮影隊と同行し、日本の撮影指導をしてもらうことになった。その記録映画は表向きは日独共同制作という形ではあったものの、実際は記録映画の分野では世界的に評価の高いドイツの撮影隊に帯同することで、技術指導を受けるようにという日本側の思惑は明らかだった。

ドイツ側の撮影班は小さな分隊で合流すると聞いていたが、ふたを開けてみると彼らは八台ものトラックを並べ、多くの機材や人員を率いてやって来た。日本の記録映画では通常使用しないような、大がかりなカメラも積んでいた。

中でも未知江が驚いたのは、あちらの国の中でも大変に力のある映画人であると聞き及んでいた撮影隊の監督が、美しい女性であったことだった。自己紹介をしあうまでは、彼女が制作者や裏方ではなく主演女優か何かに違いないと思われるような、未知江よりはいくぶん年かさでかなり小柄な、立ち居振る舞いの隅々まで華やかな女性だった。

彼女はリリという名前だった。同性であるうえ、若干のドイツ語を理解する未知江とリリは帯同していた班の中でも比較的早く打ち解けた。撮影が終わるとリリはしばしば撮影班とは別に張った自分用の小さなテントに未知江を呼んで、たいていは今日の撮影のどこそこが良かっただとか、誰それの考えは改めるべきだというような、ほとんどは愚痴にも満たないとりとめのない話をした。

リリはもともとダンサーだったと話した。俳優として映画にたずさわるうち、そのやり方を自分の中に蓄え、自分で演じながら撮影を手伝う頻度も増え、そのまま映画を制作する側に回ったらしい。子どものころからずっと家に閉じこもっていた未知江とは対照的なリリの奇妙で派手な半生の話を聞きながら、撮影をしていく生活は未知江にとって刺激的で楽しいものだった。リリはテントでは煙草をくわえながら蒸留酒を飲み、自分の若いころ立った舞台や出入りした撮影所のことをつらつらと話した。彼女が撮影で行く場所はどこも都市から遠く離れていて、バーや劇場もなく退屈なのだけど、その静けさや孤独が今、制作をするうえでとても大切な要素なのだとも思う、と言う。

リリのこの言葉は、未知江にはあまりぴんとこないものだった。未知江は人生のうちで今が一番刺激的で、この撮影隊での活動に退屈なところはひとつもないと思っている。未知江が、自分は子どものころから今まで、ほとんど劇映画を見ていないのだとリリに伝えると、リリは大袈裟に目をむいて驚き、それから楽しそうに笑った。

「私が初めて作った劇映画は、山でロケーション撮影をした山岳映画だった」

さらに彼女が俳優として最初に出た映画も山岳映画だったという。その作品を監督していたのはドイツでは間違いなく一番に力のある山岳映画の作り手だった。監督の名前は未知江にも聞き覚えがあるほどだった。当時ドイツでは山岳映画がひとつの分野として確立していたことは、日本でもよく知られていた。工業地帯であるドイツの都市部には、豊かな自然への憧憬を持つ人々が多く、山岳映画は人気が高い。

「鑑賞者たちは安全な都市部にいながら山頂の風景を楽しむなど、山に登っているような気分になれる。記録映画と、体験型の愉しみとがいっしょに必要とされているから」

リリはスイスのティツィーノや、サレンティーネ・アルプスで撮影を行った自身の制作映画で主演もした。

ティツィーノはスイスの国内でイタリア語が話され、一方でサレンティーネはイタリアの中でドイツ語が使用されている。どちらも山がちな土地だということもあるかもしれないが、未知江は八甲田のときのことを思い出し、また、それ以上の困難をともなったであろうリリのかつての作品のことを考えた。

「ミチエの国では、別の言葉で表現される芝居を、どうやって自国の言葉で観客に楽しませる?」

　未知江はしばらくのあいだ考え、答える。

「恐らくは活弁による翻訳か、または日本語の文字を表示します」

「では、映画の中でふたりの人物が、お互いの言葉がわからない状態で手探りしながら会話をしているときは、どちらの言語を表示する?」

「恐らくは、より重要な、その目線で見てほしいと思われるほうのセリフを訳す——」

　そう答えてから、未知江ははたと、自分の言っていることがおかしいような気がして言葉を止める。リリはふふと笑って、

「この場合、映画はどちらの人物の視点であるべきでもない。ここで撮りたいのは、お互いが、お互いの言葉をまったく理解しないことの困惑であり、静電気のような反発でもある」

　リリが指に煙草をつまんだほうの手でグラスを持ち、ひとくち蒸留酒を呷った後に、グラスの縁をくわえるように唇で挟んで笑ったのを、未知江はどぎまぎしながら見た。


　ドイツの撮影隊とともに撮影を行うことによって国内撮影隊が高い技術を実地で学びとれるようにという日本政府のもくろみは、すくなくとも未知江にとっては成功だったので、美しい女性監督リリとの短期間の撮影行は、非常に大きな意味を持った。

　ドイツのやり方、というよりもそれはむしろリリ独特の撮影方法といえるだろう、人の心を湧き立たせるような手法は、未知江の見知っていた記録映画とはまったく違ったもので、未知

江はすっかり、彼女の手法に慄《おのの》き、魅了され、覚えようとした。

記録映画にとって大きな問題のひとつに、情報としての正確さと映像演出とのディレンマというものがあり、未知江も以前からそのことに心を悩ませていた。文化科学映画社においても二方向の考え方の折りあいをどうつけるか、制作班どころか個人間でも意見の分かれるところであった。未知江は技術面においてひととおりの機材の知識を持ち、また編集や演出面でも撮影班の中では誰よりも把握しているほどになっていたが、技術だけでなく意識の面で、リリとの撮影によって大きく変わっていった。

リリは未知江に対して特別に技術指導といった真似はしなかったが、彼女の、映像に感情を表出させながら、それでいて映像に写る人物やもの、すべてに自分の意見を大声で主張させるのではない映像記録のやり方を、未知江のそばで繰り返しやって見せた。帯同した期間は短かったが、未知江にとってはそれでも充分だった。すくなくとも未知江は六歳になるころには、照や周囲の人間たちが使う早口の言葉を黙って見ていただけですっかり覚えてしまうほどだったので、特に聞き返すようなこともなしに彼女の手法をなんとなく覚えた。

リリを筆頭とするドイツの撮影班が帰国し、共同撮影は終わった。未知江たちは引き続き遊牧生活を追う形で記録撮影を続けた。

撮影隊間のやりとりではともかく、撮影班と遊牧民のあいだでの意思疎通に関して、未知江も通訳と言えるほど明確な役割をこなすことはできなかった。彼らの言語はずいぶんと癖があったし、遊牧民同士のやりとりをその場で即座に理解することは難しかった。ただ、その不都合がかえって撮影班と対象との距離を適正に保つことになった。撮影班は撮影対象に寄り添いながら、それでも対象自体と同じひと塊にならないよう距離を保つことに注意を払った。共有物を作らぬよう、生活感を共有する範囲の重複を最小限に留めるという約束ごとはドイツの撮影隊に倣ったもので、彼らはそのために大きな荷物、自分たちの生活に必要な住居までもを運び入れていた。このことは映画の撮影とまったく関係ないようでいて、文化科学映画社の今後の撮影指針に深く影響を及ぼし、それによって制作する映像の質が想像以上に変わった。記録と演出のディレンマの解消に、一見不必要に思える〝対象との適切な距離〟が必要だということ、そうして自分が知らずのうちにそれを学び、行っていたことに未知江はドイツの撮影班との共同制作によって気づかされた。

未知江は、あらゆる演出を消し去ることが不可能であると思い知った後であっても、その事実を肝に銘じながら一層慎重に〝作意〟を消すことに注意を払った。未知江は映画制作の仕事をかなり長く続けたが、新人の指導をするようになってからはことあるごとに、

「物語は私たちがこしらえるんではありません」

と話していた。撮影者が作るのではなく、また俳優や記録対象が作るのでもなく、見る側が作るのでもない。物語はそうしたすべての隙間から、望みもせず生まれてしまう火花のようなものだ、と映画人になるべき若者に対し、言って聞かせていた。

4

Side A

彼女は私と出会う前から、授業時間以外はたいていレンズと液晶画面を備えた小さな通信端末をかざして、何かしらの映像を撮っていた。私も彼女ほどではないけれどもすこしずつ、雨粒を溜めるような気持ちでそれをしてきた。

私たちが自分自身のカメラで撮ったいくつかの動画をこっそり——まるで骨のない鬼の子どもを産み捨てる夫婦みたいに——絶望の世界に自分の希望をたくしてオンライン上の動画ポータルサイトに流した最初の時点ではほんの数十だった閲覧数が、数週間、数か月と気づけば桁違いに増加していった。

初めはたぶんちょっと変わった動画だな、とか、なんか意味わかんないけど心に引っかかるかも、みたいなあいまいな評価だったんじゃないかと思う。でもそれらが、だんだんまた次の閲覧者を呼ぶともなしに呼んできた。

ポータルのインターフェイスはほとんどテキストだけで構成されたどうしようもないデザイ

ンだった。あんまりにもひどかったから、どこかの誰かが個人で勝手にビューワーアプリを作ったりしていた。そういうものは最近見られた動画とかアクセス数の多いものをページのトップに持っていくシステムになっていて、たいてい自動的に私たちの動画が最初に表示されるようになっていた。いくつかあるサムネイルの中で私たちのものだけアクセス数が見間違いみたいに多いもんだから、注目タグ、急上昇タグみたいなものが数字だけのタイトルの横にどんどん追加されていった。やがてそのポータルは私たちの撮ったもので埋めつくされていった。

私たちが完成品を慎重に世界の網の上に載せる。閲覧数の上昇にダイレクトに反映されて、オススメみたいなものが循環する。これは、とても速いサイクルで行われていた。一度手を離れたら、私たちはそれを修整することも、止めることもできない。

速くなってしまった回転数をいきなり止めることは難しい。そもそも私たち自身が回転盤の上に乗っかってしまっていて流れに乗り続けているのだから、どんなに力を入れて回転盤を摑んで押さえたとしても、勢いを止めることなんてできなかった。

直接聞いてはいないけど、このことについてはたぶん彼女もかなりおびえていたと思う。

映像を見てくれていたのは、てんでばらばらの国に住んでいる、いろんな種類の人たちだった。一方で制作者である私たちの国籍や年齢、職業は非公開の設定で登録をしていたにもかかわらず、すぐにアカウント主の私たちが日本の学生だということがばれた。理由はとても単純で、私たちの制作した映像の素材が、自分の身の回りのすべてを撮りためたものだったからだ。

「私が何の皆さんにこの映画のためにあなたへしたい」

という、たぶん拙《つたな》い翻訳ソフトでしたためられた、歪んで意味をなさないがゆえに、その温かみだけが残ったとでもいうような閲覧者の評価メッセージは毎日のように動画の下に書き残されて、ぶら下がっていった。

動画がいろんな国の人に見られるようになってしばらく経ったころ、日本の閲覧者が増え始めた。そうなって初めて、私たちは今までの些細なものからは比較にもならないほどの怖さを味わった。毎日を過ごす場所を共有する人に動画を見られるときにだけ起こる種類の恐怖。海外の人たちにはいくら背景のあるものを見られて平気だったとしても、国内では顔を隠して歩きたくなるような。暮らしの痕跡を探られることを避け、カメラに映るいろんなものを意図的にフィルタやスタンプでぼかしたりさえせざるを得なくなるような。そんなことをせずにいられないほど私たちは、はっきりと恐怖を感じたんだと思う。

Side B　レポート「輝く箱、そしてパンザリヒト」

彼らは、大人数でひと塊の荷物と同様に処理される手続きを経て、こごえるほどの収容所からさらに底冷えのする貨車に詰め込まれる。貨車は割り振られた伝票どおりの行先へ分岐した線路の上を進んで行った。車内の痩せた人々は犇《ひし》めきあっていてもなお寒々しく、すでに体臭さえも涸れ果てて、車両の内部は人いきれというものの不快さとは別の重苦しさで満ち溢れている。この貨車が果たして埃臭い労働所に向かうのか、またそのまま焼き窯に突っ込んでいくのか、その絶望の種類にさえも、千年帝国の線路の上をひた走る貨車に詰まった乗客たちは無関心であるようだった。しかし実際のところは、その多くの乗客のほとんどにさえ想像の及ばぬほどの凄惨で醜悪な独創性に満ちた場所が彼らを待っていた。

収容所の管理官に、鉄路の分岐するルートが到着する先をすべて把握している者はいなかった。当時、収容所の管理官は細かな分担制がしかれていたし、その膨大な業務内容を統括するはずの上層部は、すでに別の多くの深刻な事案に煩わされており、そのため管理官たちの仕事のそれぞれは、末端の者であっても、ある程度個人の裁量に任されていることが多かった。中には、毎日捌《さば》かれる夥《おびただ》しい枚数の伝票、ときにそのエラーを指摘されることなく多くの運命が歪み狂ってしまうという例も頻繁に起きていた。それでも処刑の凄惨さの種類が多少異なる程度の違いではあったので、収容されている人々が実際にたどり着く運命にさほど変わりはなかった。

それぞれの計画について運営管理していた担当者さえもが、その施設の恐ろしさを戦後に自身が告発され断罪されるに至って初めて思い知るというような、信じがたいことが起こり続けていた。

そういった明らかになり続ける数々の悲劇の中にあっても、ある一本の分岐路線は、それがどのようなものなのか当時でもほとんど人に知られることなく、そのため滅多に使われることもなかった。すべての行先で生まれ続けるあらゆる独創的な悲劇も聞きなれて、感情を瘡蓋《かさぶた》で厚く覆われた担当者であっても、その特別な分岐先を記した伝票を目にすると帳簿を繰る手がふと止まり、困惑と違和感をもって紙面にサインをし、憐《あわ》れみの眼差しで貨車を送り出す。そんな路線であった。

伝票には〝輝く箱〟という文字が記されていたということが後に明らかになってはいるものの、それが示すのが行先の施設の名称であるのか、またそこで行われていた行為のコードネームであるのか、あるいは武器の名前であるのかははっきりとしていない。現在は便宜上、当時行われた作戦名を〝輝く箱〟と仮称している。

背の高い針葉樹の大きな森をひとつ、小さな分岐路を三箇所抜けた先、鉄路が吸い込まれていく果ての施設は、ほかのどの終着点にあったそれよりも、見た目だけは清潔で新しく、それだけにやけに寒々しい、無機質なそら恐ろしさを感じる建物であったという。

施設は大きいにもかかわらず窓のひとつも見あたらなかった。飾り気のない外壁が四方をぐるりと囲む建物に設けられた、たったひとつの入り口へそのまま線路が差し入っていて、貨車の中にいた者だけが内部へと運ばれる（当然ながら、出口や、再び貨車に乗りこむための仕組みは無かった）。

建物内部についての正式な資料は設計図の一枚も現存せず、管理を託されていた少数の係官のうち、数人の担当者が見た断片的な部分を、朧《おぼろ》げな記憶でつなぎあわせた証言によって伝えられるのみであった。

彼らによれば内部はまず、いくつかの大きな部屋に沿って細い廊下があった。ふたりと並べないその路《みち》をとおって前室に入る。そこから本室への入り口は劇場を思わせる両開きの重い二重扉になっており、大きな本室の床はひとつの壁面に向かって下る階段状になっている。一段は六十センチほどの奥行で、部屋の幅いっぱいに階段ができていて、運ばれて来た者は列を作り、床の段差を利用して座るよう促される。自然と一方向、傾斜のあるほうに向かって座ることになった。皆の頭の向く先は一面の白い塗り壁で、人々は緊張のまま、なめらかな壁を見つめ続けさせられる。

窓のない暗い部屋の中、何が行われていたのか。それについてはどれだけの資料及び歴史学者による現地での周辺の調査に拠《よ》ってもなお、詳細は明らかになっていない。

攻撃を目的とした映像コンテンツを豊富に持っていた当時の帝国は、主に映画のみをもってその戦いに終始していた。主に侵略と領土の拡大が目的である戦争では、物理的な兵器による建物破壊や、生物、放射線兵器による占領地の荒廃は可能な限り避けたい事態であるため、帝国において映画兵器の開発には、何よりも資金や人力を注がれていた。

中でも注目すべき特徴は、映像の再生装置よりも映像内容の拡充及び多様化による武力の増大で、そのために当時、帝国の軍事施設に設置されていた映像兵器の制作部門とは実質そのまま映像の撮影および編集部隊だった。

元首の直接的な命令で活動していた映像部隊は、攻撃用の映像のみならず国内に向けての戦意高揚映像も無数に制作した。帝国は映像兵器に対してはほぼ無尽蔵と言っていいほどに（決して潤沢に軍資を持っていたとは言えなかった終戦間際でさえも）資金を補充したため、破壊力を持った強力な映像が数多く作られた。

中でも数人の作製した映像は現在でもその価値を大いに認められ、多少の改造を加えられた後に今日多くの人々が見ることのできるものとして残されている。改造、といってもこの場合には技術の進歩による改良ではなく、当時のままの映像では敵味方関係なく見るものすべての精神に深く影響を与え、あまりにも危険すぎるため、いくつかのシーンにマスクをほどこし、威力を軽減させてあるものがほとんどであった。

ちなみに、映像兵器を製作した人物は、当時帝国の映像兵器部門の直属ではなかったにもかかわらず大いにその脅威に貢献した、当時まだ年若く美しいひとりの女性であったとされている。俳優業から転身し映像の制作をするようになった彼女は、力強い映像コンテンツによって国力の増強に尽力した。

こういった才能のある人物を擁し強力な映像兵器を豊富に所有、生産していた帝国であっても、誰のためであれ、その身を守る防御装置の開発は積極的に行っていなかったと言われている。具体的には個人で身につける簡単な光線防御、それも現在いうところのサングラスのような、ごく原始的なものぐらいだった。

〝パンザリヒト〟は一般的に〝対映画砲〟と説明されることが多かったが、その作製された狙いを考えるに、武器ではなく防御装置であったと考えられる。当時、開発されていたこの装置は、ごく一部の研究者のあいだでしか知られていなかった。明らかになっていることはそれが抗映画を目的とした砲銃《ほうじゅう》であるということと、〝パンザリヒト〟という、仮称とも取れる特徴のない平凡な名称だけであった。その詳細が広く知られていないのは、とてつもなく残虐であるがゆえに倫理的な観点から秘匿とされたというよりは、むしろそのあまりの見た目の粗末さや何の効果もないことによって、日本の竹槍《たけやり》部隊のように、国や研究機関の恥となることを避けるため、積極的に忘れ去られたとも考えられている。それゆえこの兵器に関しての情報は、最近まで生存していたわずかな使用者の記憶による証言から臆測していくよりほかはなかった。

　その装置は、戦局に陰りが出始めたころ、映画砲から身を守るためにとして開発されたものだった。これは実際、戦局が悪くなる一方の帝国においてはほんの一時期だけで姿を消し去ってしまったようで、しかもこの兵器を手にとって使用するのは兵士ではなく民間人であった。故郷市街地に残された女性や子ども、あるいは病人や老人が玩具のような兵器を持たされて、故郷を守るのはあなた方だと鼓舞される。戦局が最悪の状態に至った後であれば、どこでも起こりうる現象だった。女性や子どもにも扱えるよう軽量化された砲身は、見た目についてもまるきりおもちゃのようであったと、当時手にした者は誰もが証言した。ほかのさまざまな軍需装備と同様、軽量化という言葉は資材不足を言い繕う体のいい言いわけだったのではないのかと、その当時多くの大人たちが噂をしていた、と、当時少女だった者は笑う。

　こういった場合、実際に使うことができるのか、効果的な兵器なのかは、たいていどうでも良かった。新型の兵器と呼ぶものを渡して、あなたたちも大切な国の力の一部ですと言い続ける事が大切だった。

わずかに残った資料（これも民間人のメモ書き程度のものであった）や伝聞からの推察によると、パンザリヒトは光によって映像を相殺させる光砲であったようだ。名前によって砲身は鋼鉄のような印象を与えてはいたものの、実際はセルロイドのように薄く、力強く抱えるとその部分がへこんだようになり、また暖炉やストウブのそばに置くとくにゃりと縮んだように変形し、その形が卑猥《ひわい》だと女たちのあいだで笑いの種になったといわれている。

光源はマグネシウム砲の要素に近いもので、映像の濃淡、強弱にあわせてその光量の調節も可能であったようだが、調節は手動で手順もマニュアルで複雑なものであったために、指導にあたった軍人でも投影された映像を完全に相殺するほどには操作できなかった。

ただ、映像兵器が、最後まで見て初めて兵器だと気がつくという特徴を持っている以上、目を背けるのではなく、一瞬で視界のものを消す必要がある。映像が主に光の濃淡によって表されるものであるところから、強い光でもって映像の、目から脳に入る衝撃をほとんど無害の状態にまで弱めることができるという狙いの元に製造されたものであったにもかかわらず、実際はパンザリヒトの光で使用者自身が目にダメージを負うというケースさえあったという。

当然のこと、パンザリヒトについての信頼できる実験データは残っていない。正式に残しておけるデータを蓄積するほど、当時の軍には時間も力もなかったのだろう。使用方法や効果、利用目的についても、当時説明書などまったくないまま口頭での説明会が各地方で行われていたのを戦後参加者を追跡し、調べた専門家もいたようであったが、当然ながらまともなマニュアルの統一もされていない状態であったためにある程度の系統は見られるもののそれらはあまりにもばらついた、いい加減な指導でしかなかったようだ。

ついには終戦間際になってそれらも軍需資源という名目でさっさと回収され、このどうしようもなくごっこ遊びめいた防御装置は、本体はもちろん、文書や資料の類もほとんど残っていない状況になった。

この方式の防御装置は、以後ほとんど発展することがなかった。視界を遮ることなく過剰な光のみを遮断する新素材のヘッドシールドや、映像兵器の種類を自動で瞬時に判断し、対抗する別の映像を脳に送り込むことによってイメージを相殺し防御するゴーグル型スクリーンなどといったものまでが開発されたが、さらに鼬《いたち》ごっこで判別機能を潜《くぐ》り抜ける映像も制作された。どれが映像兵器であるのか判別する方法があいまいな状況になることも多く、結局映像だけでなくすべての目に入る光やものを締めだし、見ないようにするしかなくなってしまう。また外の天候や昼夜に左右されない映像兵器も多数開発されたため、物理的な光線による防御機器開発は早々に頓挫してしまったと考えられる。

5

Side A

私たちの映像を見たり集めたりする国内の人たちは、映像そのものよりも、それを作っている私たちのほうに興味を向けた。そのころにはすでに私たちの映像は世界各地に散らばって人人のモニター上で暴れ散らかしていたのだから無理もないことだけど。

「私たちはこの監督や、ＣＧディレクターに影響を受けているらしいよ」

彼女が、日本語で作られた個人の検証サイトをさも楽しそうに私に見せてきた。彼女はこれを的外れな指摘だと笑った。そもそも名前が挙がった作品のどれよりも、私たちの映像のほうが先に撮られていたし、もし酷似していたのなら、それは何らかの形で彼らが目にして影響を受けたんだろうと思うほど、私たちのやり方はそれまでに見た何とも違っている自信があった。

ただ、そうなってからの私たちはと言えば、ウェブ上で別人格の制作者みたいにふるまうことで、よりごっこ遊びに近づいたはずの制作に、今までにない種類の緊張を強いられるようになった。作ったものによって、見知らぬ誰かを不用意に傷つけることのないようにとか、傷ついた人とはまったく別の誰かが私たちをやたらに憎むことの無いように、という緊張感だった。私たちは注目が集まるほどに緊張が増して、一層注意深く映像を作っていくようになったけれど、窮屈なものだと感じなかったのは、私のお母さんやおばあちゃんがやってきたことへの信頼がとても強かったからだ。強いものは、ちょっとした制約で形が歪んでしまっても、その本質が届かなくなることはないと私たちは信じていたし、もしそんなことで本質が消えてしまうなら、それは私たちがその強さを表現することができなかっただけのことだ。

いや、正確には、その強さを、彼女が信じる力の強さが尋常ではなかった、っていうほうが正しい気がする。

情報を巧くマスクしながら私たちの居場所をわかりにくくすることは比較的簡単にできたのだけど、繊細で洞察力の高い国内のオーディエンスたちは、過去の私たちの作品を逐一見つけ出してくることも楽しんだし、その、当時まだすこし不注意に作られていた映像の細部に残る私たちの影を〝発掘〟さえし始めた。そうして映像の制作主がどうやら年端もいかない子どもなのではないかと思われるや、その推理ごっこには一層火がついたようになって、かえって作品自体よりもそっちに熱中する人たちが増えつつあった。

見せる映像さえすばらしければ興味は作品自体に移ってくれるだろうと考えて、作るものの質を上げようとすればするほど、それは逆効果になった。なにか心にひっかかるものを見たら、どうやら人はそれを作った人を知りたくなるらしい。結局私たちはすっかり諦めて、自由に今までと同じような作業を続けるようになった。

でもそれからほんとうに皮肉なことに、オーディエンスの中で勝手に自制や自治や、自重や自粛を促す声（促された時点でもうそれは自粛では無いようにも思うけれども）が自然発生し、つかず離れずの緊張感を持ってピリピリした不文律が、どこからともなく生まれでてきてすっかり定着してしまった。

ただ、注意深く距離を保ったオーディエンスは、驚くほどの執念深さで私たちの揚げた足を取り、さらっていきそうな気もしている。

Side B　一九二八年・日本

未知江が二十歳を過ぎしばらくして、ある男と結婚をしたこと、のちにその男との子を産んだことを照と銀吉が知ったのは、未知江から送られてきた短い手紙によってであった。いやにあっさりとした書きようで、読んだ照は、

「ときゑといい、うちの家系の女は誰もがそうやって大切なことほどあっさり伝えるのが遺伝であるのか」

と驚き、すこし考えて微笑んだ。そもそも未知江はときゑと血がつながってはいなかった。

未知江はそのころ、すでにもう何か国目かわからぬほどに撮影隊を巡行させていた。たまに日本に送ってよこされる手紙の中にいるのはもうすでに過去の国に存在する過去の未知江で、

届いた手紙を読む時点ではどこやらわかりもしない場所にいる。どうやって生きているかさえわからない。これを、手紙の中では未知江自身、星の光線のようだと喩《たと》えていた。

さてこの手紙に書かれている時点の話では、未知江の夫となった男はドイツの人間で、植物、特に藻類の研究において国内ではかなり成果を上げているようであった。

未知江のほうは現在——とはいえそれも手紙の開封された今よりは遠く過去であるけれども——、その国の考古学者と学生たちによる調査隊に帯同し、発掘の作業を追う映画制作にたずさわっているという。

手紙の内容で一番文字数を割いていたのが、それもやはり未知江らしいと言うべきか、記録映画の進捗についてであった。

彼女が現在行っている発掘の記録映画を制作するにあたり、非常に気を使うのは、発掘現場に研究者以外足を踏み入れてはならぬ場所が多いために、どうやって映像を撮るかという点にあるらしい。当然撮影隊はかなりの範囲にまで踏みこむことのできる許可を得てはいるが、それでも最終的に部外者、つまり専門的な知識のない者は立ち入れない場所がどうしても存在する。また、撮影者はファインダーのほうに集中し自分の視界を失いがちになるため、足元が覚《おぼ》束《つか》なくなり思わぬ事故も起きてしまう。

撮影隊はわずかな持ち物（軽量化のため機材以外のものは生活必需品であっても必要があればその都度買い、いらなくなれば積極的に捨てて歩くような旅路であった）を使って工夫し、無人撮影に関して試せるものはすべて試した。

気球で浮かせるのは一度機材と同等の重さの石を詰めた木箱で試験的に飛ばしたところ、紐を手繰って動かす操作が大変に難しく、そのため次は人が木箱を抱えて気球を背負い飛ぶところまで試みようとしたが、失敗した場合の発掘現場の損傷を懸念した調査隊の反対にあい、結局断念せざるを得なかった。

初期のうちに比較的うまくいったのは、木々で組んだ足場のあいだに蜘蛛《くも》の巣状に綱を張って、座標を割り当てそこから鏡を吊《つ》り、光の加減ごとに角度を調整して映しあって偶数分の鏡面を経た図像の撮影を行う方法だった。

ただ光の当たる角度の調整にひどく時間がかかったということで、この手法は短時間の固定カットのみに限られた。また、発掘場所を取り囲むように数人の撮影隊員が立ち、中心から等距離のロープをつなげて体に巻きつけ、その中心に機材を吊るすという方法もとられた。カメラを移動させるときは各ロープの長さを変える。重量が分散されるぶん、撮影機材は安定するが、発掘者が意識して体の移動を妨げられるというのが大きな理由となって、結局は撮影班で一番小柄であった未知江が小型のカメラから照明機材までをひとりで抱え、発掘者のそばにピタリとついて撮影を行うというシンプルな方法がとられた。

この手法が最適なのか、未知江はずっとはっきりとした答えが出せないようだった。これではどうしても撮影者の影などが写りこんでしまうことがある。未知江にとっては発掘者が操作を強いられ発掘作業以外の仕事が増えることよりも、撮影者が被撮影者となることに、より問題があるという。

そういった調子で未知江は出産のぎりぎりまで撮影を行い、そのため若干の早産で、しかしなんの問題もなく男女の双子を産んだという。

またすぐ仕事に戻るが、夫の助けもあるのでこちらはいたって順調です。しばらくはドイツを拠点として記録映画を作るつもりです。そちらもお元気で、といつものように素っ気なく締めくくられた手紙を照は畳んで、封筒に戻す。

そばで見ていても銀吉の狼狽《ろうばい》ぶりは相当なもので、その姿は誰の目からも滑稽であった。手紙に書かれたできごとはとうの昔に済んでしまったことなのに、午前中に郵便が届いてからずっと、銀吉は国内外のツテを当たって血眼《ちまなこ》で未知江の夫の論文を探しあて、自分と相反する考えの逐一に指摘を入れてみたり、また同じ答えが導き出せれば一転この男は今に世界に名だたる研究者となりうるなどと声高に言い放ったりした。身重で撮影機材を抱えさせるなんて、第一に鏡を吊るすならばそこにカメラを吊るせばいいじゃないかと文句を言い続け、そのうちに胃が痛いと言いだして医者に行き、なんでもないと言われて帰ってきてから、あの藪めと悪態をつきながら茶を啜ってふて寝をした。

そもそも銀吉は照と仲こそよかったが、フランスで簡素な式を挙げ、日本に戻っても届け出を出さぬまま日本中を飛び回っていたものだから、お互いに四十過ぎの年になるまで籍は入れていなかった。照とだけ養子縁組をしていた未知江にとって銀吉は戸籍上は依然、何ひとつ関係ない赤の他人だった。にもかかわらず、銀吉の焦燥とも落胆ともいえるようすは娘の結婚に動揺する父親の姿そのもので、照は声を立てて笑い、そうして諭すように言った。

「未知江はもう大丈夫ですよ。すくなくとも私たちよりはずっといろんな国でいろんなものを見ていて、そこで知りあった相手ですから未知江の信頼できる人に違いありません」

「しかし照さんあなたもご存じでしょう。未知江はあのような変わり者だ」

もういっぱしの教授職に就いている銀吉が、ふて腐れて言う。照は呆れて、

「もう子どもだって産まれているんです。しかもずっと前に。とうの昔にこの子が親になったという報告をたった今知った私たちに、いったい何ができるんです」

と応えた。銀吉がなおも口をとがらせて、

「とうの昔ではあっても、我々が知ったのは今日です」

と反論するので、照はきっぱりと言いきった。

「どうしたってあの子の人生において、私たちが気をもむ時期は、とうの昔に終わっているんです。ですから私たちもまた、このことはもうお終いにしましょう」

照の言葉は、険のある嫌味なものでも、また諦めからくる無気力なものでもなく、ただただ穏やかで、銀吉はそれを聞いて、

「そうですか」

と、すっかり面喰らって、まるで魔法にかかったふうに納得をしてしまった。

その後、照と銀吉は財産や家族に関するいくつかの相談をして、役所に申し出て正式に夫婦となった。銀吉と未知江の親子関係を確実にするための手続きではあったが、ふたりはまるで

今までとは違って若い恋人同士に逆戻りしてしまったような（実際には、恋人同士のようであった時代などは一切なかったが）暮らしを送るようになった。

未知江は、子どもを産んだ後も各地で精力的に撮影にたずさわっていた。夫の協力も当然あったが、加えて文化撮影所のほうで未知江の働きを高く評価する者が多かったのも理由であった。

文化撮影所は世界各地での記録映像の撮影に関して、ヒマラヤの曲芸師寺院の集団生活を撮り終えたのをひと区切りにして、満州《まんしゅう》に拠点を移すべく準備段階に入っており、撮影所長には、未知江が横浜にいたときに声をかけてきた男、佐伯が就いていた。

この移転は映画会社だけのことではなかった。出版、教育さまざまな分野において国が満州移住を積極的に推奨していたことをうけてあらゆる機関が移転を行った。撮影所移転への政府からの各種手当はもちろん、満州の人々の生活、農業工業の各種産業、自然気候など海を越えた自国のようすを記録して日本本土で上映するという仕事が多く見込める。

統治下にある満州での生活を記録して本土の人間に伝えることが、日本全土の理解と和合につながるという大義が掲げられてはいるものの、実際は戦局思わしくない折、教育映画においても一層の国民意識高揚に努めるべしとの政府の方針転換があったのだろうと撮影所の者は皆、察しがついていた。

記録映画の制作者としては士気を高揚させるための映像だけを撮り続けるのは本意でない者

もいたが、撮影のための物資も足りなくなる現状、国からの補助を打ち切られては撮影自体立ち行かないことは明らかであった。そうして、それが戦争に使われるかそうでないかはさておいて、今、自分たちの頭上を行き過ぎていく現在を撮り留めなければならないとやきもきしていた。何より皆、映画を撮りたかったのだ。

こういった場合、心情としては記録映画の制作者のほうがまだ良い立場であるのかもしれない。誠実に事実を記録さえできれば大きな苦労はなく、劇映画のほうがかえって制約も多く大変なのではないか。未知江だけでなく多くの撮影者がそう考えていた。

未知江は繰り返し、所長である佐伯と話しあいの場を持ち、また夫とも長く対話をした。未知江もほかの映画人たちと同じく満州に移り、記録映画を撮り続けることを考えてはいたが、夫は自分自身が研究を続けるために満州に渡ることを拒み、また未知江が子どもを連れて満州に渡ることも嫌がった。今回の移動は今までの撮影行と違い、長くその地を拠点とすることになる。一方で未知江は、なるべく家族とともに居たいと望んでいて、佐伯のほうは当然、未知江の能力を評価しているので満州に来てほしいと考えている。

佐伯が撮影所の映写室に未知江と夫を招きいくつかの映画を見せたのは、未知江の夫を説得するためだった。佐伯には、未知江の夫を説き伏せる自信があったのだろう。日本でいくつも作られた満州に移住する希望者を募るための啓蒙映画は、どれも日本国内で非常に高い効果をあげたもので、映像を見た者は皆こぞって移住の申し出をした。文化が違っても、映像に大きな効果の違いはないはずだ。佐伯はその確信があった。

未知江と夫が暗闇の中で見せられた映像は、東洋風にも西洋風にも思える白い屋敷の様子を映した場面から始まった。棕櫚《しゅろ》の低木が生える庭には池があって、周りでは子どもが遊んでいる。大きな犬がゆっくりと池を横切るようにして泳いでいく。水を切って泳ぐ犬が生んだ水紋のゆらぎを長く、消えるまで長く撮ったシーン。しばらくして口に大きな鯉《こい》または鮒《ふな》をくわえて陸に上がった犬の後を追って、褌姿に晒《さらし》を巻いた女が池からざばりと姿を現す。水をしたたらせながら女は陸に立ち犬を撫《な》で、犬の口から鯉または鮒、いずれかの、のたうつ魚を取りあげる。犬はおとなしく女に魚をわたす。まだときおり活きてぴちぴち跳ねる鯉または鮒を抱えた女は、子どもの遊ぶ輪の中に入り、皆で微笑みながら歌を歌う。

歌詞の意味はわからない。というか、この映像にある一連の流れの意味が、未知江の夫にはまったくわからなかった。スクリーンの映像は短く、これで終わる。

「というわけで満州は建物もかように近代的であり、人柄もよいです」

所長は芝居がかった口調で映像の終わりを締めくくった。

「近代的かどうかはともかくとして、人柄はこの映画からはまったくわかりません」

未知江の夫は研究者らしい疑り深さを持っていた。

「子どもにも犬にも、魚にも優しい、すばらしい女性ではないですか。しかも美しい」

「いや、むしろ怖い」

「なぜ」

「まず、狼《おおかみ》のように大きな犬が怖いし、鯉だか鮒だかわかりませんが、あれでは庭に飼っている魚を勝手に襲ってくわえる凶暴な獣だ」

「歌もうまい」

「それは関係ないのでは」

その性格は別としても夫の他国への渡航に対する危機意識は非常に高く、所長が説得をすればするほど、国を離れるつもりはないと主張した。しかし結局夫は、家族すべてドイツに残るべきだという主張を若干やわらげ、結局は未知江が単身、満州へ渡ることになった。


満州の文化撮影所において未知江のいる制作班の活動は、徹底して現地の生活の記録に集中することになった。本土に暮らしていては知り得ないさまざまな生活のようすは、ただ撮っているだけでも充分本土向けの劇場映画となった。赤ん坊を負ぶって買い物をする小学生の姉弟、駅で電車を待っている大荷物の行商と荷物の上に留まった鳩《はと》、といったなんでもない風景でさえ、切り取るでもなくその色のまま、つなぎあわせることすらせずにそれらは一本の映画として送り出されていった。

本土や世界の各地で制作していたときの検閲の厳しさとうって変わったそのあまりにも鷹揚《おうよう》な対応に、未知江は訝しさを感じることもあった。

満州には未知江の所属する文化撮影所のほかにも撮影会社、配給会社が移動してきたり、また現地の日本人によって新しく設立されたりしていて、劇映画の撮影所も、看板女優を使いつつ日本の文化を紹介する教育映画や啓蒙的な映画を作っていた。ただ、これらは満州ではあまり大きく成功していないようだった。一方で日本本土の生活を写した、多少時期遅れの記録映画は、海を渡った満州の開拓者の人々に郷愁を抱かせて喜ばせ、かえってそこそこ興行として成立しているようだった。

　自分たちの撮った映像は、いったい日本で何に使われ、どのような場所で上映されて、どのように受け取られているのだろうか。そうして、人々にどういう文脈で受け入れられているのか。未知江たちが知らされているのは本土で多くの人に見られている、人気があるというような、あいまいな情報だけで、実際どんな人たちに人気であるのかもわからなかった。

　考えてみれば気になって当然のこの疑問は、今まで長いこと撮影を続けてきた未知江自身、あまり真剣に考えたことがなかった。それは未知江が物心ついてから先、この仕事をするようになってからもずっと映画を見る側ではなかったことが理由かもしれない。

　スクリーンの向こう側で、自分が撮ったものを無垢《むく》な子どもが見ようが、残虐な猛獣が見ようが、自分自身は関心がなかったことに、未知江は気がついた。

　友人同士で、あるいは子どもが親と、映画に行って暗い劇場で銀幕を見る。そこで皆が何を受け入れて帰るのか、自分が撮ったものがどう受容されて人々の中で消費されていくのか。劇映画の制作にあたっては不可欠であるこの視点、価値観の在《あ》り処《か》の問題に、未知江はまったく独自の方向から気がついた。

戦況はゆっくりと、悲観的な考え方を持ったある一定数の人々の予想よりも深刻化していた。日本国内では子どもや年寄りのための食糧や、薬が減るというささいなことから始まって、戦地での武器や軍の備蓄の困窮すらも進んだので、腹の膨れぬ映画の制作などといったものはそのような中で縮小傾向になるのも無理はなかった。

人の世に、撮らねばならぬような困難や、撮り残さなければ崩れ去ってしまいそうな自然や施設が増えていけばいくほど、物質的な資本の問題がのしかかり、カメラを回す機会が減っていった。戦地で使われる武器でさえ古い型のものを大破覚悟で使いまわしている現状で、未知江だけでなく多くの記録映画の制作者が焦燥感を募らせていた。そんな中で満州はまだ、ある程度子どもが飢えるようなことはなく、撮影も頻繁に行っていた。未知江はこの映像が国での力になるならと、精力的に撮影して本土に送った。

双子の子どもといっしょにドイツで暮らす夫から、満州にいる未知江のところに便りが届いたのは、そんな折だった。

未知江の夫も長引く緊迫した世の中の状況にくたびれ果てていた。満州での未知江の生活を気づかう文面の中にも、彼自身の置かれた状況が、以前よりずっと緊迫してきていることが読み取れた。ドイツ政府も疲弊の色が見えていて、彼のように国の補助が無ければ立ち行かない学者にとって、どう転ぶかわからない情勢では、明日にも政府が転覆し、仕事を失うばかりか御用学者のレッテルを貼られ断罪され追放されるか、ひどくすれば命まで落としかねない不安が付きまとう。未知江は一層、戦争に対する恐怖は何も人が殺しあうだけのことではなく、こういった多くの思想や学問が行きづまってくることにも表れるのだろうと考えるようになった。

未知江にとってほかにも気がかりなことがあった。夫の手紙には、双子のうちのひとり、ひかりと名づけた娘のようすがおかしい、ということが綴《つづ》られていた。

未知江には心当たりがあった。双子というので元来どちらも華奢に生まれついてはいたが、特に女の子のほうは、産まれ落ちてから泣くこともほとんどなかったかわりに、あまり活発に動くこともなく食も細かった。夫によるとひかりは体が小柄なのもあるが、加えて学校に入れる際、知能の発達に問題ありと診断をされたという。ドイツでは発達段階の基準に照らしあわせて未熟な子どもに向けたプログラムが充実しているため、ひかりをその専門の学校に入れたいと夫は考えているようであった。

手紙を読み終えた未知江はほとんど考えこむことなく、取るものもとりあえずの支度だけをし、渡航の申請手続きにしても有無を言わせぬ手際で、使えるツテは自分の映画会社をとおしてでもなんでも使って、ひとり、夫と子どもの元へ向かった。念のためにとあのユーラシアでの撮影以来手紙の一通もやりとりしなかったリリにまで便りを送って、そのためにこんな大変な時期にもかかわらず異例の速さで出入国許可を取りつけることができた。

急なことで、夫はこれが自分が死ぬ直前で幻を見ているのかと驚きはしたものの、子どもと三人、未知江が来たことを心から喜んだ。撮影所長に相談して得たひと月余りという休みのあいだで、未知江は夫や子どもたちと、自由とは言えなかったがひとまずの穏やかな休息を得ながら、一方で多くの煩雑な手続きを踏みつつひかりを満州に連れ出す許可を得るために短い期間を奔走した。

ドイツでは時期的に、実りが豊かでキノコ狩りにもうってつけのシーズンだった。夫たちが住む場所は都市部の集合住宅だったが、この国では、森や山はそんな所にも広がっていた。

未知江はリリの言葉を思い出した。ドイツでは、山岳映画というジャンルがあって、それは人生や青春の暗喩であるということらしい。森に迷い込むということが人生の挫折や大きな事故を表現していて、山に登頂することが目的の達成を表現している。未知江は日本で記録映画を作り始めたときに行った雪の山で暮らす人々を思いながら、森を眺めていた。

未知江が家族でいるこの森は、本来的にはそうではないのかもしれないが、表面上は安全で恵み豊かだった。水辺にはたくさんの滋養に満ちた野草が生え、暑すぎもせず、暗すぎもしない。子どもの喚声はこだまをうっすらとだけ残して苔《こけ》の壁に吸い込まれていく。未知江自身の中で、今まであまりにも流動的で形を定めていなかった、この〝家族〟という一個の人間集団の単位が、森の中で奇跡的なバランスを保ちつつ、強固な存在であるように感じられた。

夫は自分の研究に基づいた得意分野で子どもたちを大変に喜ばせていた。水辺に木の根の瘤がすこし浸《つ》かる場所では多くのキノコが採れた。夫の能力の中で、直接食べるための役に立つものはこれしかなかったようで、夫は比較的味の良いキノコを厳選して採り、近所の人に卵や牛乳などと交換してもらっていた。未知江は、日本には飢饉《ききん》のときにその場所でだけたくさんキノコが採れ、村人を飢えから救ったと言われて祀られている『菌神社《くさびら》』があるという話を

した。夫は、

「キノコでは、そこまで多くの人間の飢えはしのげない。なぜならば体内でほとんど燃料にならないからだ」

と、大きく傘の開いた松茸《まつたけ》を握りしめながら真面目な顔で言った。

「なぜ、不安定な、生まれたての国の、しかも治安も心配な都市部に子どもを住まわせる必要がある。未知江ひとりでさえ、私は反対したのに」

夫には、未知江の焦りが理解できていなかった。当然、未知江がひかりを連れて戻ろうとするのに反対していて、未知江の計画を子どもたちにも秘密にしていたし、未知江がひとりで戻ろうとすることにさえ不満を感じているようだった。

「ひかりだけでも連れ帰ります。これは譲りません」

この決断に、未知江は確固とした信念を持っていた。

「満州は現状、すくなくとも私の所属している会社とそのまわりの都市部に関しては子どもを守れないような不安定な状況ではありません。撮影所では今までより一層記録映画の仕事がありますし、物資も教育も足りています。食べ物も、なんなら外食も、選択肢の制限があるものの、可能ではあります。状況に応じ日本のほうが安全と判断すればすぐにでも帰り、横浜に戻って嘉納の家に身を寄せることも考えています。もちろん、こちらに戻ったほうがいいと判断した場合にはそうします。私はひかりだけでも、世界で一番安全な場所に移すことに全力を注ぐつもりです」

子どもたちが遠く、鮮やかな色のキノコを持ち、かざしながらこちらに見せてくる。遠くから見ても透きとおって光るように青い。夫は、

「それを触るならあっちの沢で手をしっかり洗いなさい」

と子どもたちに声をかけてから、また、さっきと同じように下を向いて未知江の話の続きに聞き入る。

「不安なのです。どちらの国もすっかり疲弊しているこのような時期に、まず自国の中でおろそかにされてしまうのは、弱い者にまつわる機関です。いくつかの国を見てきた中で、政情不安定な国が発育の遅れた子どもを保護する施設を運営する余裕などないということを、私は確信しています。極端にひどい場所では、教育よりも先に自害の方法を教えるような養護施設さえあります」

自分で言った言葉に身震いしながら未知江はさらに続ける。

「この国や日本が、そうならないという可能性はまったくないのです。突然に、足手まといになる可能性の高い順番に、それは行われます」

夫はしばらく黙って、そののち口を開いた。

「私も何が正解なのかわからない。こういう状態であればきれいごとでなく、確率論で言えばあるいは家族が別々にいたほうが生き延びる確率が高いのかもしれない」

「これまで子どもたちを守ってくれてありがとう。家族はひとりも死んでほしくありません。子どもは、どんなことをしても守りますから」

「家族がいっしょにいたほうがいいという思いが揺らいでいないかといえば、それはわからないけれど」

「今は、生きることにすべての注意を向けましょう」

「ただ、子どものことだけを考えたとしても……家族と離れれば、それが安全や幸福につながるのか、倫理的に考えて相反する考え方が果たして正解なのか、やっぱりわからないんだ」

「幸せかそうでないかは後回しでいいではありませんか」

「今まで未知江がひとりぼっちで生きていると思うと、胸が苦しかった」

「それが子どもにとって安全だと判断したなら、ひとりでもまったく問題ありません。私はそもそも家族を持って産まれたわけではありませんでしたし」

と、未知江は夫のことを見て、続けた。

「貴方もお疲れなんです。ただ、すくなくとも今、あなたには祖国が必要なんだと思います」

未知江は夫の手に自分の手を重ねる。もう長く、こんな慈愛じみた行動をとっていなかったと思い返す。夫が涙をこぼし、未知江の額に頭を擦り付けた。

実際、ひかりの出国に伴う手続きは、戦争中の混乱の中であることを差し引いてもいやにあっさりとしたもので、まるで未知江が、この弱い子どもひとりを引き取ってよその国に出ていくことを歓迎でもするかのように、短い期間で未知江の手元にひかりが引き渡されることとなった。

6

Side A

私たちが撮影して、私たちが行ったこともないどこかにアーカイブされていた動画たちが、はっきりとした形で話題になった最初のきっかけは、思いもよらない場所に起こった、嘘かほんとうかすらもあいまいな、うわさ話めいたできごとによってだった。

場所はスクンビット、ソイ21。これだけ言われてどこの何かわかる日本の高校生はほとんどいない。ただ、知識のかわりに私たちには航空写真にピンを打ちこむことのできるアプリがあるのだけれど。

その日ひとりの男性が、警備会社の夜勤開始時間前、制服に着替えてからロッカールームの端のパイプ椅子に座って、待機時間の傍《かたわ》らに携帯端末をいじり動画を見ていた。私たちの作った動画を見ていたかは、詳しくわかっていない。実際のところ、見ていた本人でさえはっきりとは意識していなかったんじゃないだろうか。

寝る前だとか、家や外で何か考えごとをしているときに、そういった映像を見るタイプの人たちはたくさんいる。そんな彼らにとっては、案外誰の作った映像なのか、映像の内容がどうかってことなんて重要じゃない場合が多いんじゃないか、と私はつねづね疑っている。

ネットニュースによれば、男は証言した。

「見ていたときにきゅんという音がしたのだ」

自分の体の中から聞こえたことのない音が確かにした。そう言って男は甲高い奇声をたてて笑う。きゅんという音は脳の奥あたりから響いて、けっこう大きな音だったから、何かが部屋の中に入って来たのかもしれないと考えて後ろを見ると、ロッカールームの窓の外、ビデオショップの看板がいつもとすこし違ったようすで見えていたという。

蛍光灯の光線が滲《にじ》んで拡散するようにチカチカ点滅しているのが目に入って、部屋がおかしくなったんじゃないかと思った直後に急に、視界の周囲から真ん中に向かって白くかすんで、鼻の奥になんだかものすごく生臭い、鉄っぽいにおいがして、猛烈な痛みが走って、目をこすったらぬるっという手触りがして指を見ようとしたけどもう目が見えなくなっていたから慌てて手探りでロッカールームを出て、怖がる職場の仲間の見ている前で、転んで気絶して、目がさめたらベッドの上だったらしい。らしい、というのはそのとき彼自身の目が見えていなかったからであって、今でもまわりのものが一切見えていない彼は、ほんとうに自分が病院のベッドの上に居るのか疑りながら生活しているという。

まず、その男の存在が架空でないとして、さらにその男にあったできごとが作り話でないと仮定する。ようするに現地のニュースや新聞が嘘をついてさえいないのであれば、小ぎれいなバンコクの街、オフィスビルにある仕事場のロッカールームから突然、目から血を噴き出しながら飛び出してきて、仕事仲間のいる前で倒れたという男性は実際にいたんだろう。

ロッカールームには当時彼しかいなくて、現場には噴き出した血と、壊れた防犯カメラがあったみたい。ただカメラはニセモノで、以前この職場で盗難があったときに対策として据えつけられた張りぼてだったから、あたりまえだけど映像は残っていなかった。警備会社なのに。

この事件は、すごくみんなの興味を引いた。英語や中国語に翻訳されてニュースサイトに流れたし、それを日本語に翻訳した人があちこちの掲示板にはりつけたりもした。

このできごとは現地の国営放送で何度か繰り返し報道されたらしいから、だいたいの部分では実際に起こったことなのだと思う。ただ、そこにどんな不確かな情報が追加されて今に至っているのかはわからない。男が怪我をしたのはひとりでロッカールームにいるときだったらしいから、こちらの立場に立ったままで可能な限り優しい言い方をするならば、彼は疲れていただろうし、ひょっとしたら連日の夜勤がたたって寝ぼけてもいたかもしれない。

だから男にまつわる情報では、事実である可能性の高い、何人もが見ているロッカールームの外のことだけがきちんとしたニュースや新聞になっていた。そうして男がひとりでいたときに起こったと主張することについては、ネット上にただようわさ話っぽいものに格下げされてしまっているみたいだった。

〝やらせ〟と〝演出〟なんていうものの境目をいくらでも拡張してしまえる時代になったって

（ほんとうはそんな境目はいつの時代もあいまいだったはずだけど）、人は自分の目で見た映像の中に、その真実を求めるんだろう。

まあただ話がここまで大きくなって、映っているものの隙間に、映っていない情報がこれだけ入りこんで混ざってしまったら、ほんとうだったかどうかは別にして、実際にあったことと同じようなものだと考えたほうがいいみたい。

「あの映像を映しこんだ防犯カメラのレンズが弾けて割れた」

というのが、頭を包帯でぐるぐる巻きにされた男のおおまかな主張だった。あの映像、というのはもちろん、私たちが作ったものだった。レンズに映像が映ったことで何かの力が働いて弾け、欠片が僕の目に入ったんだ、と。ただそれには、

「それ、偽物だからレンズが入ってないんだけど」

という、タイの検察からの指摘が入って、あっさりと笑い話になった。

そのころにはもう、私たちの動画コンテンツは流用された二次的な拡散も含めて、局所的になら信仰と表現したって大げさじゃないくらいの影響力を持っていた。そのために謂れのないいちゃもんをつけられることだって、ちょっとくらいはあった。

ただ、ここまで大きな事件で私たちの映像が原因だと断罪されるのは初めてのことだった。あんなに注意ぶかく作っていた作品たちが、そんな約束ごととはまったく違ったところで危険なもの扱いされてしまうことに関してはそりゃあ不本意ではあったけれど、ここで文句を言うために表に出ていってしまったら、私たちまで危険物扱いを受けてしまって不本意の上塗りに

なってしまう。結局は魔女狩りって、昔からそうやって起こってしまっていたんでしょう？

警備員の事件については、しばらく経ってなんとなくうやむやのまま下火になってしまったけれども、よっぽどおもしろい要素が多かったんだろう、それからもしばらくネット上ではしつこく何人かが、その事件のフォロワーみたいになってコミュニティを作り検証を続けていた。彼らは事件の現場を仮想空間上に複製を作って検証した。過去そこで働いていた人の証言を集め、会社のある同じビルの別の階で実際に撮影を行いながら、模型や３ＤＣＧで位置関係を測ったりするようなことも行っていた。

彼らの中で重大な争点になったのは、偽物のカメラがほんとうにレンズを有していないのか、ということだった。撮りためていないだけで、ほんとうはレンズを有し、誰も見ない、記録もされていないだけで、真実を結像することだけはしていたのではないだろうかと主張する人たちもいた。いや、でも、そもそも真実の結像ってなんだろう？

実際のところ市場に出回っているダミーのカメラには、レンズのあるべき所に樹脂やガラスがはめ込まれているものがいくつもあった。それらのレンズめいた凸形をしたものはダミーカメラに見た目だけでも信憑性を持たせようとしたものらしかったけれど、きちんとした結像を作るような質のものではなかった。そもそも、カメラなんていうものはレンズのコストだけが商品の価値を決めるのだというのは、世界のあらゆる所で知られている。そんなことまでするなら、いっそ安い本物のカメラを作ってしまったほうが話が簡単だろう。

さまざまな仮説を立て検証を重ねても、そのいきさつを知らない新参の検証者にそこをつかれていちから検証のやり直しを続けるのに飽きた人たちは、コミュニティの中からちょっとずつ消えていった（実際、オンラインでは多重の参加アカウントもあるのだから、何人集まっていたかなんて知りようがなかったのだけれど）。

ただ、ひとつのカルチャーの中で人が減ってきて、その意見が親密なものになってからのほうがおもしろく、そうして厄介になっていくということは、あらゆるソーシャルの中でしばしば起こりうることだった。少人数になってしまった集団の中では自然と、さまざまな仮説が浮かび上がり、それが極端に濃縮され、最終的には、若干恐ろしい結論に行きつく。

「男の目の中の水晶体が、自ら弾けて飛んだのではないか」

「だとしたら、その映像が男だけをターゲットにしたものでない限り、今後もっと恐ろしいことが起こるのではないか」

ようは、レンズは映像を撮るけれど、その映像を見るのも、結局は私たちの体に備わったレンズなんだっていうこと。

仮説は、現実社会の中でほぼ妄想の中のできごとのように思われるものとされていたけれど、それでもこのまったく都市伝説めいたうわさ話には、もっともらしい科学的な理由をつけることも、若干呪術的な背景を付け加えることだって、それほど難儀なことではなくて、退屈な毎日に飽き飽きしていた人たちにとって、そこそこ暇が紛れるくらいには楽しいことだったのかもしれない。

都市伝説を検証するコンテンツというのはどこの世界でも人気があって、それぞれの世界の中で勝手に――たとえばアクセス数とか広告費とかいったもののために――かき集められた人人の視線みたいなものが、結果的に偶然、集合知じみたものの一部になっていく。戦争で戦うつもりのさらさらない人がその日のお金を得るためにクリックを続けていたら、いつの間にか戦地で兵士になっていた、とでもいうふうに。

再現や検証データの類もネットワーク上には瞬く間に集まっていったけれども、もうすでに件の警備員さえどこに居るかわからない状態で、ほんとうか嘘かなんてわからないそれら多くの、出どころ不明の映像（もっとも、私たちの作ったものもさして違わないものなのだけれども）ですらそれっぽい証拠として掘り返されて、皆は平気な顔をして、このいんちき手品っぽいできごとを信じこんだ。

私たちはこの、ちまたの人々が言うところの〝呪われた映像〟について、世界のあちこち――たとえばTV局のプロデューサーだとか、トレンドハンターなんていう肩書きを使う若干胡散臭い人々――からオンラインでアプローチを受けた。これについて私たちは取材をとりつけてきた人たちに対しても、今までで一番緊張しながら、それでも頑固に首を傾げ続けた（ここで、首を振るのではなく傾げ続ける、というのがポイントだった）。相手の話をうまく聞けない、ほんとうに何を言っているのかわからないというふうにふるまった（っていうか、実際にわけがわからなかったのだけど）。

あの映像を撮った私たちを、テロリストだと断罪する声がもっとあるかと思っていたけれど、それは拍子抜けするほどに少数だった。私たちは残りの多くの人々によって、偶然作ってしまった恐ろしい兵器に戸惑う、未熟で純粋な、若干思慮の浅い子どもと認識された。前者の少数派は私たちの情報を暴き立てようとしたり、映像をコピーして解析したり、悪意を持って拡散をしていこうとしたけれど、後者の大多数によってそれらは抑えつけられ、いなされ、徐々に回収されていった。私たちが〝過失〟によって広めてしまった兵器を、彼らは〝善意〟の下、すっかり無かったことにしようとしつつあった。実のところ私たちはどんな騒動よりも、その無かったことになるっていうことを恐れた。でも、それらを私たちは、どうやっても押し止めることなんてできなかった。

彼の目を破壊したとされる、騒動のもとになった動画、というか私たちの映像はすべて、私たちの生活するありとあらゆる場所に配置された監視カメラに彼女がレンズを向けて撮影したものを土台として、その中に映ったさまざまなものを切り取り映像のほうに反映させるようなやり方で作られていた。

人の表情や動きを読み取る高精細な防犯用レンズは、自分たちと同じレンズの視線には何も感じ取ることができないように作られていた。考えてみれば当然で、そんなふうになってしまったらカメラは人間のことなんてほったらかして、お互いににらみあいを始めてしまう。彼女の携帯端末についた小さな頼りないレンズと見つめあうと、黒く厳しい監視用の彼らは、かえって動揺し、困惑してしまっているように見える。

Ｓｉｄｅ Ｂ「夏の午後、婦人会会合」

第二次大戦下における日本の婦人は、ある視点から見れば、世界のどの軍と比べても遜色のない生物化学部隊であったと言うことができる。

夏も盛りに近づく七月、北第二ノ六区講堂に集められたのは、その日、地区の婦人たちばかり八十四名であった。このところの猛暑も手伝い栄養失調状態の者、妊娠後期の者など、体調芳しくない四名に関しても姉妹や娘など代理が参加し、もうずっと欠席者はゼロだった。

入り口の長机には婦人会の地区委員が横に並び、来た者はそこで帳簿の名前を確認され、油紙で包まれた塊をひとつ受け取り、講堂内に入る。

暗幕が無いため窓に紙を貼られた薄暗い講堂内は、かなりの高温、多湿になっている。婦人はさらに細かく区画で分けられた丁目ごとに並び正しく座らされた。

上は七十歳を越えたあたりから、若い者は十歳に満たないほどまで、光の入らぬ中、肩と膝を寄せあっていた。板張りの床は固かったが、膝を崩す者はいなかった。婦人たちの密集した息づかいが一層講堂内の湿度を上げており、時折幾人かの婦人が咳払いを我慢するような、くぐもったクフクフという音を発する。細いため息が聞こえる。ある婦人がこめかみに浮いた汗を指先で拭いながら、髪の毛をなでつける。

皆、長引く戦争に疲れて身なりもうまく整わず、それを恥ずかしいなどとも言わなくなって久しかった。

配られた包みは両手のひらで隠れるほどの大きさで、じっとりとした重さとほんのりとした温かさを持っている。場合によってはそこから動き出しそうなほど、包みはふくよかな生命力に満ち溢れており、すべての並んだ婦人の膝の上に同じように載せられている。婦人の呼吸の動きにあわせてかすかに上下しているその包みは、生《せい》の希望が薄らいでいく人々の中にあって奇妙な励ましのようでさえあった。母親の代わりに使いとして来た小さな娘は、これがいったいどういったものなのかを知らない。いや、ほかの婦人も、この包みの中身を正確な意味では誰ひとりとして理解していなかった。

いつの間にか講堂の演壇には婦人部の部長が立っている。二十五になったばかりの、ほかの地域に比べて一番年若い婦人部長は、そのことを気にかけ侮《あなど》られないように無駄に尊大な言葉づかいをするきらいがあるほかは、仕事も早くそれなりによくやっている、というのが婦人部内での評判であった。夫は二十ほど年上で、そのために徴兵を免れたことも彼女の負い目になっている。静まり返った講堂の前に立ち息をたっぷり吸い、寸足らずの体に似合わぬ豊かな声を上げた。

「皆様、ごきげんようございますか。お配りしたのが今期の分の〝種〟でございます。くれぐれも大事に守ってくださいませね。光に弱いので、帰ったらすぐに暗所に保存して、できる限り早く床に収めてください。貴方がたの頑張りが、家庭を守り、ひいてはお国を守る要となりますからね。床のようすは毎朝毎晩、看《み》てあげてくださいませね。どこかおかしなようすがあれば、どんなささいなことでもすぐに地区班長様にご報告ください。今期から参加された方は、班長さんに床の作り方を詳しく伺ってくださいませね。とても繊細なものですから、細かに、伺ってください。日本の婦人の持つきめ細かな心づかいで、この種を保ち、ひいては多様に進化させて国の宝とするのです。ようござんすね、くれぐれも、ですよ」

早々に解散になった婦人たちは、

「部長、やはりいい声で」

「せっかく集まったのだから何か一曲唸ってもらいたいところだったけれど」

「あの声が〝種〟の育ちに良いところがあるのかもしれないよ。うちらの地区はとりわけ育成に優秀だと評判で、そのために配付量を増やされているという話だから」

などと話しながら、めいめいの胸に包みを大事に抱え帰路についた。

水汲《みずく》み、干していた洗濯物の取り込み、夕餉《ゆうげ》の支度。することがいくらでもある中、この町内に住まうすべての婦人は、まず家に着くなり台所へ駆け込んで、手を入念に洗い清めたのち、木桶《きおけ》のふたを取り糠《ぬか》の熟成されたところへ油紙の包みを解いて中のものをひとちぎりずつそっとのせ、すこしずつ汲み置きの水を杓子《しゃくし》で加えながら手を差し入れ、混ぜ込んでいった。杓子の内側には決まった量のところに傷をつけてある。一度に入れることのできる水を正確に測れるようにするためだった。

温かい糠の感触が婦人の肘から先に纏わりつき、ひと混ぜ、またひと混ぜとするうちに首の後ろから汗が噴き出してくる。

このことについては、混ぜ方や水の分量をはじめ、温度や水の汲み置き時間、桶の素材まで厳しく決められている。指導されるままに作った床には、香ばしく温かな命が宿っている。このご時世でどんなに痩せた屑野菜でも、一晩でうまく漬かった。

「いいですか、これを男子だけに食べさせてくださいね。食べさせるのに早すぎるというのはありません。女子には食べさせてはいけません。お国のために戦うことになる男子にこそ、この種で漬かった滋養のあるお野菜をうんと、欲しがるだけいくらでも、食べさしてくださいね」

婦人部長の言うとおり、婦人たちはこの薄黄金色に漬かった香ばしい野菜を一口たりとも口にすることはなかった。娘がお兄ちゃんばかり、弟ばかりずるい、と喚いても決して与えなかった。食卓に並ぶものの中で女たちが口にできる食べ物はごくわずかだったが、それでも婦人たちはこの床で漬けた野菜に箸をつけることはなかった。

「お母ちゃん、おいしいよ」

「お代わりもあるからね、たんと食べなさい」

恨めしそうに見る妹の目の前で、兄はぽりぽりといい音を立てて漬物を食べる。漬けた野菜は戦前であれば使うことも憚られる屑同然の端物だったが、今となっては大変に重要な食糧だった。母親は微笑んだ。

「そういや、今日も随分と曇り空だったねえ」

兄が言った何気ない一言を妹が聞きとがめそうになり、母親は慌てて自分の分を食べ終えると、食卓の片づけを始めた。

夜になると腹の減った妹は毎晩のようにすすり泣いたが、その日に限ってはいつものもの、ひもじそうに尻尾を引きずったような力ない泣き声が響かなかった。

胸がはり裂けそうになりながらも母親は、いっそそのまま弱って消えてくれたら楽なのではないだろうか、娘もそのほうがこれから辛《つら》い思いをせずに済むのではないかなどと思いつつ、それでもこの静けさに胸がさわぎ、寝床から身を起こして娘の寝床を見やるが布団にはそれらしき姿がない。母親は跳ね起き、最初に便所、そしてそこに娘の姿がないことを検《あらた》めたのちに、恐る恐る、足を台所に向けた。そうして、兄と妹のふたりを見つけた。

母親が息を荒らげ釜のふたを振り上げるのを、兄は必死にしがみついて押しとどめている。

「違う、俺が食わせてしまったんだ。泣いているのが見ていられなくて。ごめんよ。お母ちゃん、許してよ。俺の分をあげたんだよ。俺、もうしばらくは飯も半分でいい。明日はなんもいらねえよ。だからもう」

兄が涙声でそう言う。妹は顔を腫らし鼻、口、耳と目、顔に開いたあらゆる穴から血を溢れこぼして、母親の取り乱したようすを恐怖に凍った顔で見ている。三和土《たたき》に散らばった握り飯は、おそらく暗がりで不自由な中、手探りで兄がこしらえたものだろう。不揃いな大きさの麦交じりの軟らかい飯は零《こぼ》れ散らばり、中から漬物の切れ端がのぞいていた。怒りと動揺で震え、声をかぎりまで押し殺しながら母親は娘に問う。

「お香《こう》こは……食べたの」

黙って震えたままの妹を、母親は髪を摑んで外に曳きずり出した。お母ちゃん、ほんとうに堪忍して、死んじゃう、死んでしまうよと恐ろしさに震えながら力なく繰り返しつぶやくしかできないでいる兄の見ている前で、母親は井戸の取っ手を夢中で押し、桶に水をためて、もうぐったりした娘の力なく開いた口に手首まで突っ込んでかき回した。

奇妙な喉音とともに濁った液体が、せきを切って娘の口からとめどなく溢れ、桶の水に混じった。ひととおりの嘔吐《おうと》が終わると母親はまたその幼い口をこじ開けて腕を突っこみ捻《ひね》り回す。腕を抜くと、栓を抜いたように再び体の中の液体が溢れる。この小さな体の何処にと思うほど、その体液は豊かに溢れ出る。それは何度も続いた。濁った吐物は次第に澄んだ色になり、さらに鮮血の混じった覚めるような赤色となっても、まだ母親は小さな喉笛を内側から引っ搔き回すことを止めなかった。

結局母親が行為をやめたのは、兄が母親の後ろから鋤《すき》の柄で殴って気絶させたからであって、自発的にではなかった。白目を剝《む》いて倒れた母親の腕は未だ妹の口いっぱいに突っ込まれたままで、兄が注意深く、すこしずつその腕を抜くと、手首から先は妹の細い喉をめちゃめちゃにしたために血液と粘膜で汚れていて、胃の内容物と血液の混じった痛々しく瑞々《みずみず》しいにおいがした。妹は泡を口の端やら目の端やらから大量に零して、もうすでに死んでいるように思われたが、兄が耳を近づけるとかすかにヒュー、と細い呼吸の音が聞こえた。

婦人たちは誰も、この糠床で育つ〝種〟の正体を知らなかった。ただ、戦地に赴く可能性の高い男子を持つ婦人に配られた〝種〟を、糠床でかき回すたびに、その細かな変化と成長を実感していたのは婦人たちだけであり、日ごろ口にしている少年たちにどんな恐ろしい変化が生じているのかについても、誰よりも思い知っているのはまた婦人たちだけだった。

ACTION!

1

Side A

　私は学校から帰って、いつもみたいに彼女についてのんびりと考えごとをしていた。それから、ふと思い立ってお母さんの部屋に入った。

〝あのこと〟があってから、私たちは映像を撮ったり作ったりはしていたけれど、もうオンラインに流す気にはならなかった。私も彼女も、このことは明確に言葉に出していなかったけれど、やっぱりすこしはショックを受けていたんだと思う。そりゃあ自分たちの作品が、どこかの誰かを傷つける可能性がちょっぴりでもあるかも知れない、ということぐらいは覚悟していたけれど、ほんの数人のおっかない陰謀論者とはいえ、これほどきっぱり、まるで私たちがテロリストだ、みたいな言われ方をされるなんて、ちょっと考えの中に無いことだった。さすがに想定外だったし、何よりもまず、物理的な危険も生まれつつあった。私たちの近辺にアクセスしようと考える人がもうちょっと減るまでは大人しくしておこう、さすがに家から一歩も出ないで布団をかぶっているなんてつもりはないけれど、ふつうの高校生ごっこを、今までよりもうちょっと念入りにやっていこうっていうことで、暗に決着がついた形になった。私たちは表向きには相変わらず学校へ行き、アイスラテを大袈裟な音で啜って、いろんなものにレンズを向け続けていたけど、そうしながらも心の中では、防空壕とか二重扉の隠し部屋の中に引きこもってじっと日記を書き続けているような気持ちでいた。

お母さんの部屋の中には、そこで本を読んだり鼻歌を歌ったり、そういうくつろいでいたような匂いがさっぱりない。考えてみればあたりまえのことで、私はお母さんが本を読んだり鼻歌を歌ったりしているのを見たことはないし、そもそもお母さんはここで暮らしていたことなんてなかったからだ。天井の明かりを取りつけるためのプラグにだって何もささっていないから、私は日が暮れた後になってからこの部屋に入ったことに、ちょっと失敗したなと後悔する。

ドアをいっぱいに開け放して、廊下の明かりで注意深く視界を取りながら、私は部屋の奥に入った。お母さんの持ち物は、引っ越したときに持ってきたそのままになっている、引き出し式のアクリルボックスとふたつの段ボール、それきりだった。私はひとつの箱の前にしゃがんで、まだガムテープで封がされたままのふたを、カッターを使わず引きちぎって開けた。

ぼんやり暗い中で、ガムテープを剝がした瞬間の光が私の目にちかちかと入ってきた。ガムテープを剝がすときに光が出るというのを知ったのはいつのころだったろう、と私は考える。確か、物質が急激に強い外部の力で変形させられ、戻ろうとするエネルギーが光る、とか。それを初めて聞いたときに私は、元に戻ろうとする力というのは光るものなんだ、とそのことにびっくりしたことを覚えている。

あまり開け閉めされていない、段ボールのしっかりとした新しい手触りに反して、中身は埃と錆《さび》のにおいと共に、なかばひと塊になってしまったものが詰まっていた。きっちりと端から並べる時間も惜しかったんだろう、それらは雑然と箱の中に詰め込まれている。私は箱に手を入れて上から順に、自分のしゃがむ横に、ひとつずつ丁寧に中身を取り出して並べていった。

箱の中身は、ひと抱えもある大きさの重い銀色の円盤状の缶が四つと、プラスティックの直方体が二十一個。それと三冊の古びたノートだった。銀色の円盤はおそらく何かが入っている缶の容器みたいだった。爪で弾いて叩くと空洞っぽい音がし、振るとゴトゴトいった。開けようと試みたけれど、もともと固いのか、錆で固まってしまっているのかうまく開かなかった。

私は諦めて、直方体のひとつを手に取った。これは黒いプラスティック製で、やはり箱のようだった。あまり力を掛けずに開いたが、中身も同じような黒いプラスティック製の直方体だった。空ではなく、何かいろんな部品が入っているようだけれど、それ単体で何か動いて用をなす道具ではない、黒い中にふたつ穴がへこんでいて、穴の周囲だけが白い部品でできている。いじっているうちに私はこの見たことのある塊の名前を思い出して、口に出して言った。

「ビデオテープ」

私みたいな年ごろの子どもの多くは、この物体がどんなものであるのか知らない。私がたまたま母の子だからそれを知っているだけであって、ふつうに生きている人にはこの大きなプラスティックの箱の中にテープが巻かれていて、映像が記録されているなんてことはほとんど想像もつかないだろうし、知っても意味がないことだった。

だってこれだけでは映像を見ることができないのだし、テープの中の映像を見るための再生デッキは、たぶんふつうの人のうちにはもうほとんどない。

Side B 一九四五年・日本

三百枚を超えてもなお続く、紙に印刷された大小さまざまな丸印を指でなぞる。それが済んだと思ったら四角い立体の箱を積んでいる。ひかりはこれらの作業を遊びだとでも思っているのか、飽きもせず続けているが、未知江にはひかりの心の内部や、深いところの何がこれで測れるのか、いまひとつ理解ができないでいた。医者はひかりの目の動きや腕、指の動きを見て、逐一手元の書類に万年筆を走らせている。未知江はその万年筆が舶来の、今の時世ではなかなか手に入らない代物であるのを、特に何を思うでもなく見ている。

「心因性ショック症状でしょう。一時的なものだとは思いますが」

ここまで延々やらせて結局それか、と未知江は驚く。あれほどの丸をなぞらせて積木を積ませたあげくに、最終的な診断は、満州で年老いたナースからなぐさめ半分に言い渡されたものとまったく同じだった。どうせこの、量だけは立派な診断のやり方にしたって脳の運動野が云《うん》云《ぬん》というよりも、こんなつまらない作業を飽きずにやってのける人間は神経がおかしいにきまっている、というレベルの判断ではないのだろうか。

「で、どういうことをしてあげればひかりの心地よい環境になるんでしょう」

「お母様はあくまで、その」

医者が言いよどむのを未知江がつないだ。

「治療や矯正といった処置をしようとは考えていません」

「まあこのままでもお嬢さんのような状態であれば、社会生活に困難が生じるというようなことは無いと思いますが」

「ではなぜこの診断が必要なんです」

「娘さんは国籍を父方に由来しているので、移民ということになるようでして。心身の健康状態で何か支障がある場合は定期的な診断をという決まりになっています」

「でも、今のところ何の問題もないんですよね」

「健康なだけに、解決策もありませんね」

「やはりそれでは、こういった診断が必要とも思えないのですが」

ひかりは満州に移されてから、それほど経たずにすぐ日本に連れてこられたという状況ではあったが、その振る舞いに大きな困惑は見られなかった。というよりも、〝困惑〟という心中の状態がどういうものなのかさえ、よく理解していないという状況であるように見えた。言葉も積極的に話すことなく、また誰の目からも感情が乏しく見えた。一方健康状態は、そのころでは誰も同じく単純な栄養不足の所見がある程度で、問題はなかった。ただ、顔さえ覚えていない母親に家族だからと言われ、父親と双子の兄とも離れ満州へ連れてこられたと思ったらすぐに日本、しかも話す言葉がまったく違う中で暮らすという状況で、どんな大人しい子であっても、まだ成人には遠い子どもでその大変さはいかばかりだろうと想像さえつかない。医師はそういった自分の見解を、未知江に伝えた。

「ええ、まあそうでしょうね」

話を聞きながら、集中するでもなくほかに気を向けるでもなく、ただのんびり、医師の指示どおり手を動かしているひかりを見ていた。

未知江は、自分が幼いころもまったく同じようなものだったらしいことを医者には言わないでおこうと決めた。

病院のある東京から横浜に帰る省線は、時間に関係なく人が多かった。車両の上のほうに白くなって一度渦を巻いた煙草の煙が、上に薄く開けられた隙間から外に流れていく。乗客の表情は明るくもなければ暗くもない。戦争が終わってすぐの人々がみなくたびれている、というのがまずあって、その疲労の膜を剝いだら、騙されていたのを明かされたあとみたいな、恥ずかしいのと悔しいのと、みっともない気持ちが滲んでいるふうに未知江には思えた。

敗戦の色が濃くなるぎりぎりの時期までは、まだ未知江とひかりの満州での生活は比較的安定していた。といっても、衣食足りるというのに加え若干の、酒や煙草といった心ばかりの嗜《し》好品《こうひん》が配給されていたという程度のものではあったが、同時期の日本都市部の状況に比べたらずいぶんと恵まれていたというのは、今、敗戦して本土に戻ってからふたりが痛感したことだった。

まず、横浜の中心部にもかかわらず、多くの家庭でも店でも、白い米をまともに食べることができていないという状況に未知江は驚いた。満州には戦争の終わる直前にも街には洋食屋が並び、地味ではあったが肉料理も白飯も出してもらえていたのが、日本にはそもそもまともに食事のできる料理店など、繁華街であってもごく限られた場所にしかなかった。金がある者でも食べることができない。金を抱えて売ってほしいと店に乗りこまれたところで売るものがなかった。露地っぺたに品物が並んでいるのを見れば、それが何であるのかなど関係なく列ができる。どんな粗末な、混ざりものだらけでどこから来たのかもわからない砂糖と書かれただけの甘い粉だったとしても、皆奪いあって買っていった。人の数に対して、暮らすための場所に暮らすためのものが圧倒的に足りていなかった。

食糧や生活品であってもそんな具合だったのだから、着るものや贅沢品などなおのことだった。命さえあるならばと、誰もが美しい絵や音楽、服や宝石などへの興味をいったんどこかに置き去りにしているように見えた。

かつてあった、美しかった看板や着物の柄は、戦争のあいだにいったん煤色に塗り潰されていて、戦後はそこからの出発であった。煤を落とさぬうちにめいめいの色を塗りたくられて、おかしなことになってしまっている場所もあちこちにあった。

ただほんとうのところは、人々が美しいものに向ける思いを捨ててしまっていたわけでは決してなく、煤は下にあった色をすべて塗り潰しているわけでもなかったので、下地にあった色の影響を受けた煤はさまざまな色に見えた。

しばらく後にひかりがそんな街や人々のようすを、手に入る唯一のものであった〝煤〟で記録しようとしたのも、こんな景色からきていたのかもしれなかった。

未知江とひかりは引き揚げの機会を逃すまいと、とるものもとりあえずといった状態で日本に到着し、まず銀吉と照のもとへ身を寄せた。

銀吉は、かように困難な時世でまずもう会えないかもしれぬと思っていた未知江が便りもなく突然に、無事に帰国したこと、しかもひかりという子どもまで伴ってやってきたことに大層喜んだ。一方で照は、ひかりを見るなり声も上げることができないほど驚き、そのまま身支度も整えず、ふらふらと家を出て行って数日戻らなくなってしまった。嘉納の家のつながりをたどって探しに探しても見つからず、数日ののちに自分から戻って来るまでの記憶が消えていて、照自身でもどこにどうしていたか覚えていないほどだった。照は初めて見たひかり、未知江に連れられてきた少女の表情や振る舞いがあまりにもフランスにやって来た幼いころの未知江に似ていたことにひどく仰天してしまった、とうとう自分にもお迎えが来たのか、または脳が老いておかしくなり、過去のことと現在の映像がごちゃ混ぜに見えてしまったのかと考え、居ても立ってもいられず逃げてしまったのだ、と語った。

普段どんなことにも動じない照が、一時的とはいえこれほどまで狼狽してしまったのを皆が心配し、むしろ今回のできごとで脳がおかしくなってお迎えが近くなってしまうのではと思った者も多かったが、数日経って家に戻ったときにはもうすでに元どおりの、なにごとにも動じない照に戻っていた。

「外に出てみたらまったく今までと変わらない世界だった。おかしかったのは私の脳ではなくて、この家に起こったできごとだけなのだというのがわかったから安心した」

と言った照は、それからは一転、なんでもないこととして未知江とひかりを受け入れた。

銀吉は戦後の学府の立て直しに大わらわで、もう充分年をとったのだからゆっくりしたい、と言いながらも、若い研究者たちが戦争で大変だったことも痛感しているので、自分のできるうちはと、地方を回っては疎開していた優れた研究者を呼んだり、企業家に掛けあっては研究所の再生に協力を乞うたりして全国津々浦々を駆けずり回っていた。

かように国が混乱している時期には、柔軟性が高くなんでもやる企業家ほど力を発揮する。戦後の夢幻楼は、制度が変わってだいぶん様相を変えたとはいえ、未だ横浜の遊郭筋の中では老舗中の老舗として名を知られていた。

またこれは、照の兄弟のさらに息子や娘の尽力の賜物で、かつての娼館から手を広げさまざまな分野に乗り出し、大きなところではレビュー興行や各所温泉地などの観光ホテル業に、小さなところでは野毛《のげ》の安いバラックを整備し貸し出し業などにまで手を伸ばして、そのうちのいくつかにおいてはそれなりに成功していた。

中には法整備が整っていないのをいいことにした、かなり際どい博打《ばくち》の胴元めいたものや、ブラジルで日系人から出来のいまいちな珈琲を流してもらっては強めに焙煎《ばいせん》し、安価に楽しませる喫茶をあちこちに開いたり、その日食べるのがやっとの人間に、ただ同然で粟《あわ》入りの塩汁《しおじる》を与えるような、商売ともいえないくらいの商売もしていた。そこでは器にも壁にもあらゆるところに新しい仕事の働き手を募集する旨の広告が入っており、その広告賃や、雇い入れが増えた分の見返りを事業主から取ることで儲けるからくりになっていた。

売り上げとして考えると案外安定しており、何よりこの国に暮らす者には、はした金でいくばくかでも贅沢をしたいという欲求や、人同士の殺しあいから解放されて自由を謳歌した気分になれるものに時間や金を使いたいという願望がそこかしこに燻《くすぶ》っていたので、夢幻楼はその欲求を満たすための細かな事業を起こし、そのすべてにおいてまずまずの売り上げを上げていた。

未知江のもともとの蓄えや、撮影所から支払われた補償などは夫や息子に渡してあり、残った金もひかりを手元に寄せるためにほとんど使い切ってしまっていた。そもそも引き揚げの際にはあらゆる人間がほとんどの財産を手放すことになってしまった。とはいえ、嘉納家は子どもを連れた女がひとり身を寄せたところで、住むところや食べるものの用意ぐらいできる程度の余裕はあった。銀吉と照の住む場所からさほど離れぬ場所に嘉納家の親族のうち誰かがこしらえてあった、焼け残りの小さな集合借家のうちのひと間に、未知江とひかりは住まうことになった。

帰国後しばらくの未知江の身体と精神の状態は、誰の目から見てもあまり芳しいものとは言えなかった。

せっかくの自由な世になったというのに思うような仕事ができないばかりか、文化映画を撮っていた身近な仲間の内にも、煽動《せんどう》戦犯として逮捕される者、倫理を問われて自ら命を絶つ者が少ないながら出てきていた。記録映画の撮影班は軍の機密を知っているとして残っている者は戦後裁判にしばしば駆り出されていたため、普段から慎重な生活を強いられていたうえ、もう文化映画を依頼する国の機関自体が空中分解してしまっていたために、満州に残してきた大量のフィルム同様、自分もいつ、どこで口をふさがれ、社会のどこかに深く埋められてしまうかもわからないという恐怖と隣りあわせの毎日だった。

〝文明の裁き〟の名の下で東京裁判では文化、芸術など情緒的なものの細部すら紐解いて断罪された。裁判には戦後に作られた新しい法律も適用され、言うなればこの国は、病巣を取り除くために体を開いて切り刻まれ、悪いところは疑わしい周囲の部分ごと取り除かれて、体はきれいでもそのぶん空っぽになってしまった。特に文章を書いていた者、絵を描いていた者、もちろん映画制作をしていた者は病巣の膿《うみ》のごとき扱いで、厳しい検査がされた。

未知江はひかりと、生活必需の品は事足りているものの、それ以外はほとんど何もない居候の家で、日がなぼんやりとするばかりであった。ひかりのほうはと言えばこれは勉強がからきしで、できないというよりも学ぶということがどういうことかまだぴんときていないままの子どもであった。未知江のほうも一向に勉強させようという気配を見せない。それを照や銀吉は、未知江自身が学校で勉強をしていないため一般的な勉強方法がわからず、それでいて一時に集中して、妙な方法によって学問を身につけてしまったがために教える方法を持たないのではないかとも考えていたし、未知江の疲労や焦燥のようすを考えると無理もないと思われた。

その代わりでもあるかのように、未知江は今まで見てきたたくさんのことをなるたけ丁寧に、ときには身ぶり手ぶりを加えてひかりに話して聞かせることに力を入れた。日がなぼうっとして暮らす未知江が、一日のうちのほんの短いあいだだけ脳がさえたような状態になる時間があり、ひかりはそのときだけは全力で未知江の声に耳を傾けた。

撮影に行った遺跡の話や、自分たちが入っていったために初めて発見されることとなった新種の昆虫の脱皮のようす、島国の踊りと祀り、雪に埋まりながら生きる人たち。

ひかりは興味があるのかないのか、大声で笑ったり泣いたりすることもなく、また集中しているふうでもなく、なんとなしに聞いていた。そんな暖簾《のれん》に腕押しの状態であっても、未知江はひたすら、ひかりに今まで自分が記録してきた映像（今となっては各地に置いてきてしまったり、政府に没収されてしまったりして、おいそれと見ることができないようなものも多く含まれているが故だったのであろうか）について、まるで記録装置に貯めておくつもりででもあるかのように語って聞かせ続けた。

口数のないひかりはいたずらもせず聞き分けもおおむね良かったが、ただどういうわけかあちこちによく落書きをした。未知江はこれを、医者の元に行って何度も丸を描かされ続けているせいだと思っていたが、移民の決まりであると言われてはそれをやめてもらうわけにもいかず、諦めた思いでその行為をとがめることをしなかった。

物資不足の中で当然絵の具などのまともな画材はなく、たいていは墨、ないときは竈《かまど》の煤を油で練ったもの（これは大変に落としにくいために、描き直しが利かず描き手のひかりも苦労したし、描いたものはまったく落ちなかったので照も未知江も諦めるまでは四苦八苦した）でも描いた。紙がないときは壁にでも障子にでも襖《ふすま》にでも描いたし、それらのどれも手近にない場合は、塗り壁を爪で引っ掻いて、傷をつけるようにして描いた。自然とふたりの住まいは、ひかりの引いた意識的な線で埋め尽くされていった。

描くものは、花や生き物などの意味のある形であることも、感情的に引かれた線であることもあり、またそのあらゆる中間である場合もあった。描かれる瞬間までは対象に焦点をあてて具体物を表現していたものであっても、ほかの線と重なり、描いた際の記憶が薄れていった後となっては、意識的な線であるかどうかがかろうじてわかる程度のものであって、いったい何を描いていたのか、描いた本人すらもよくわからないようなものになっていた。きっと身内以外の何者かがこの親子の家を訪ねに来たら、何よりもまずこの空間から引きずり出して保護し、なんらかの医療的措置をとろうとしただろう。それほど、視覚的にこの状況は尋常ならざるもののように思えた。

未知江が軽い肺の病にかかったとき、照がふたりの住む家にやってきて面倒をみるようになったのも、ふたりの危うさに心配があったのかもしれない。彼女は未だ大学で働き続ける銀吉をほっぽり出して、夜寝に帰るまで昼間は未知江とひかりの住む家で、三人での暮らしを始めた。

照は学校に行きたがらないひかりの勉強の面倒もみた。あんたのお母ちゃんの勉強もこうやって見たものだ、まったく親子して同じようなんだから、とぶつくさ言いながら、それでも物覚えの悪い、というよりも覚えているのだか覚えていないのだかもわからないひかりに根気よく教えた。

そのほか照は、外で困らぬよう最低限の行儀を教えたりもした。ただひかりの脳からなのか心からなのか、あふれ出てくる描線の受け皿になっている家の落書きを止めさせようとはしなかった。周りから見たら奇怪なほど、照は未知江同様、落書きだらけの部屋を受け入れていた。

ひかりがいくばくかの読み書きや人並みの常識もろもろを得るのは、心配していたほど遅くはなかった。照の教え方のせいもあったのだろうが、ひかりは見聞きしたことを何も考えずにそのまま飲みこんで丸覚えするようなところがあり、そのことも照にとっては、この子はたしかに未知江の血を継いでいるのだという証だった。

しかしこのころになって未知江はすっかり神経を弱くし、家からさほど離れていない山手《やまて》のほうにある養生院に入って寝たきりでいるようになってしまっていた。そこは主に戦争に従事した者の中でも、心に強く後遺症を抱えた者が多く収容されている場所だった。兵士はもちろん、記者や美術家といった、未知江と同じような者もいた。

ひかりは夜になると照と銀吉の家で寝泊まりし、昼は落書きだらけの家でほとんどの時間をふたりで過ごし、一週間に二度ほど病院を訪れて未知江と短いあいだ面会をした。未知江は会いに行くごとに細く白くなって、今に向こう側が透けて見えてくるのではないかと思うほど弱っていくのが、医者どころか病室の掃除係の目にさえも明らかだった。血液の病気を併発している可能性があると聞かされ、照も銀吉も納得するほど、未知江の肌は薄い色をしていた。稀《まれ》ではあったが、ひかりの父親からドイツ語の手紙が届くこともあった。未知江に聞けばその内容はすぐわかるほどの簡単な、短い言葉で書かれていたようだった。ただ当の未知江はすでに目が弱り字も読めぬ、耳が弱り声もうまく聞き取れぬといった有様であったから、照は辞書片手にひかりにたずねながら難儀しつつなんとか手紙の内容を読み、そしてごく簡単な英語で返事を書いた。未知江は元気です、手紙も読んでおり、返事は代筆ですが回復に向かっておりますという嘘は毎回書き添えた。

未知江が養生院に入って三か月ほど経ったころ、照は銀吉に、

「外で習いごとをさせます」

と宣言して、ひかりの手を引き本牧《ほんもく》にあるひとつの施設へ連れて行った。学校さえまともに行くことのなかったひかりが初めて家の外で学んだのは、西洋式のデッサンをはじめとする絵画・デザイン全般を教える美術私塾のような場所で、学校というよりも個人的な工房、二十人そこそこで構成された師弟関係の集団に近いものであった。

これは照の父が、ひょんなことでよその国にいるときにこしらえた奇妙な人脈のうちの一本からたどったらしき関係で、日本にいるあいだに照の父は、ちょくちょくその工房へ夢幻楼の襖や壁の絵といった内装、芝居の書き割りや大道具を発注し、その代わりにと費用のほか、生徒たちへ学費や生活費の補助をしたりと、何かと協力しあう仲であったという。

工房の弟子たちは、授業料の代わりに工房で請け負う内装や壁画など土建仕事の手伝いをしながら、作業の合間にデッサンやらデザインを教わっていた。日本は焼け野原になったあと、緊急に建物を新しく作る必要があり、焼け残っていた建物についても内外装ともに煤で汚れたままだったので、それらをきれいに塗り替える仕事にはこと欠かなかった。美術を専門に学ぶ学校に進学できる者が珍しかった戦後にこの工房は評判がよく、優秀な生徒の中には助成を受けて国立の美術学校に合格する者もいた。ここには野心めいたものを持った、年齢も性別もさまざまな人間が集まっていて、子どもの居る四十過ぎの大男から、ひかりよりもまだ幼い少年もいた。

工房の代表の男は皆から〝ゴゴ〟と呼ばれていた。どうやらこれは〝木顎《コゴ》〟つまり彼の偽顎、作り物の顎を指して呼び名にしているようだった。

ゴゴは、もう日本人かどうか以前に人類なのかどうなのかもわからないほどに顔じゅう髭まみれの細身の男であった。

どこかの国で芝居の書き割りの次の場面を準備しているときに、隣の本番の舞台で燃やしていたはりぼての阿修羅《あしゅら》仏像の不意に焼け落ちた一部の下敷きになったために顔の半分がつぶれてしまい、作り物の顎をつけている。その偽顎を隠そうとして髪も髭も伸ばしっぱなしで妙な姿になってはいたものの、さすが造形の分野では腕に覚えがあるようで、木でできた顎は滑らかな、顔との継ぎ目が一切見えない非常に精巧なものだった。ただ、医学的な知識に基づいては作られていなかったその顎は、笑ったりしゃべったりする際に無理がかかっていて、とても特徴的な音が鳴った。

ひかりは照の父母と直接の面識がなく、写真を見たり照からの話で聞いたりするだけだった。多少インチキ臭いものの見た目には立派な紳士然とした照の父と、どこをどう転んで意気投合したものか、見事なまでに縮みきった老人であるコゴとは正反対の生き物に見えた。いや、日本の中にあってもこのように仙人然としたようすなのだから、海外の紳士淑女から見たら数百年生きた妖怪のようにでも見えたのではないだろうか。ただかえってその風貌から、どの社会からも弱者として警戒されない部類の生き物で、アメリカでも、またソビエトであっても、ドイツ、イタリア、アフリカであっても同じような立ち居振る舞いをしていたのかもしれない。

コゴはさまざまな国を渡って、美術工芸に関するどんな仕事でも請け負っていたらしい。芝居の舞台装置や寺院の壁画、ときには古文書の修復までやった。コゴは手先が器用なうえに、ものをそれらしく作り上げることにはとても長《た》けていて、あちこちで重宝された。

コゴは厳しく叱り飛ばすこともなければ、懇切丁寧な指導をするということもなかった。実際のところは、大きな声を出すことも、聞き取りやすい言葉で人を指導することも不可能なだけだったのかもしれないが。ほとんどの場合、そういった技術上の細かな指導は工房内の上級生によって行われていた。この上級生というのはもちろん自分より以前から工房に入って学んでいた者という意味で、それはひかりよりずっと年下の子どもであっても例外ではなかった。

そのため、ひかりが入った当初は、工房のひかり以外の誰もが師匠というような状況であった。

幼いときは父、ある時期からは母や祖母の照という、家族の中ですべての教育がなされていたひかりにとって、自分より年下の少年や、父親よりもずっと年上といった者に叱られたり褒められたりするのは大変に新鮮なことで、初めは戸惑って頓珍漢な気づかいをすることもあったが、元来から人のことを他人だとか家族だとかで区別するようにはできていなかった性格が幸いして、すぐに師匠だらけの生活にも慣れ不安を覚えることはなくなった。

工房の皆が野心に溢れているというのは、学びの場において貪欲《どんよく》であるというだけではなかった。コゴは、薄汚い小男の身なりでこしらえてきた諸国の人間関係を元にして、一定の割合で若者を海外に渡らせていた。渡った先で行う仕事の多くは、海外での文化財修復作業や美術館・博物館の展示物などの設営の手伝いから、映画のセットや小道具といった美術制作の仕事であった。コゴと同様、どこでも手先が器用で気配りの細かい日本人が重宝されていた。

彼らの多くは日本にいたときに工房で漆《うるし》や陶芸、彫金、鍛金《たんきん》のほか、建築図面の読み方や解剖学、諸材料学も教えこまれていたものだから、一年二年と言わずずっといてほしいと請われることも多く、年ごとに工房内の人間がお互いに適材の人選を行って紹介しあい、送り出していた。

日本に限らず大戦後の先進諸国はどこも復興への需要があるものの、技術や才能のある人材が枯渇しているといった状態で、中には何がすばらしいやらさっぱりというような設計の巨大建築を作ってしまうような事態もあちこちで起きていた。そんな中で、知識も才能も研ぎ澄ませた精鋭の集まった極東に在るこの工房の役割は、そこそこ重要なものになると、ここにいる者も周囲の者も、みな信じていた。

ひかりは、照や銀吉が意外に思うほど熱心に工房へ通っていた。それは線を描ける場所が部屋の壁でなく大きなデッサン紙であること、また炭だけではなく舶来の鉛筆やパステルの類がふんだんにある恵まれた環境だけに理由があるとは思えぬ心がけの強さだと感じられた。朝は誰よりも早く工房に入り、夜は片づけ係を買って出て、その後もひとりで作業を続けた。同じようにしている工房の数人の仲間ともよく話した。ひかりがこんな短期間に他者とここまで社会生活を営むことができるようになるとは、照も思っていなかった。

暗い工房の中には大きな石炭ストウブがひとつあった。上に薬缶《やかん》を置いて珈琲を沸かす。嘉納家が海外から安く仕入れてくる珈琲は、質は悪かったが気軽に飲める嗜好品だった。工房の仲間のひとりが疎開先から分けてもらってきた麦芽糖を溶かし込んで飲めば、それなりに香ばしさもある。こうしてこしらえた暖かい空間で会話をするのがいつもの決まりだった。こういう簡単でささやかな贅沢が戦後早い時期すでにこの工房には存在していて、それがひかりにはありがたかった。

疎開地の近くの時計工場で勤労奉仕をしていたという女が、アルマイトのカップを手拭いで包み両手で持ち、口を尖らせて冷まし、啜りながら話を始める。

彼女は班の中で一番手先が器用だったという理由で時限爆弾の一番大切な部分を作らされていたらしい。ただ、すべての作業をとおして教えてしまうと、機密情報を握らせることになるので、ほんの一部しかたずさわることができなかった。さらに誰かが休んでも大丈夫なように、連続しないふたつの工程だけ教わって、それぞれ仲のよい者同士にならないよう組ませて作業をしていたという。

「情報の交換をしあわないようにですか」

ひかりはたずねる。

「よくはわからない。あるいは、食あたりや流行風邪の類が、仲がよい者同士だと同じ時期にかかりやすいとか、そういった理由もあるのかもしれないけれど」

「でも、同じ作業にたずさわっていたら、自然と仲が良くなるということもあると思うけれど」

「そう、技術の相談や失敗談をしあったりしているうちにね」

「ただ、そういう状況で理由がはっきりしていると、かえって仲良くすることが難しくなるかもしれない」

「人との関係は、何かの計画で予測しえないものだと思う。流動的で、本人同士ですらあいまいなのだし」

ほかの者も次々に口をはさんで来る。工房ではいつも、こうやって雑多な会話が交わされていた。彼女は続ける。

「でも、私はその日、どうしても体がしんどかったので、お休みをもらったんです。班長であるにもかかわらず。副班長はとても利発な人で、器用なだけの私にはない美点、たとえば人を思いやったり、そのために人の心を掌握したりする力がありとても巧く人をまとめた。本来ならそういう人こそが班長になるべきだと思えるような人でした」

「でも、技術力のある人をリーダーに据えて、人の心を読むタイプの人をリーダーの補佐にするというのは、とても理にかなったやり方にも思えるよ」

「実際そういう組織はとても多い」

「それは、今でもきっと変わらないよ」

彼女はまた、口を開く。

「でもその日、誰の受け持ちだったかはわからないんだけれど、とにかくちょっとした連携の手違いがあって、副班長とその日そこを受け持っていた作業班のほとんどが爆発に飲み込まれて命を落としてしまった」

「ああ……」

そうだ。つい最近まで私たちは人間同士で殺しあいをしていたんだった、と気がついた皆の中に湿った思いが漂った。

「私たちは結局、人殺しの手伝いをさせられていたんだ。たとえば石を拾うだけの行為であっても」

「ただ単にボタンをつけたりご飯のしたくをしているだけであったとしても」

「平和であったときには何でもなかったことが、すべて人をやっつける片棒を担いでいたことになってしまっていたのかも」

「平和なとき、というのは、世の中のすべて、まったく人が人をやっつけていないときということ？　それは正しいかもね。そんな時期というのがもしほんとうにあったとしたら」

「意地悪な言い方……」

「もし副班長が怠け者か、臆病な人であったなら、私が班長の代わりに今日の作業を取りまとめますとは言わなかったかもしれない。生産数の減少は、そのとき班長の私のせいにされるだけなんです。体調の悪かった私のために彼女が申し出てくれなければ、私が叱られるか、あるいは私が体調の悪いまま出てミスをしていたら、本来は命を落としていたのは私で、別の作業場の担当を割り振られた彼女は巻き込まれていなかったはず」

「そんなことは、誰にもわからないでしょう」

「それを言い始めたら、戦争さえ起こっていなければとなってしまう」

重い空気をさえぎって、ひかりが話を始めた。

「私の母は、映画を作っていました。満州で。戦地の記録というわけではなく、満州に住む人人の文化とか、生活、そういったものを記録していたと聞きました。それは日本の本土に送られて、そのときは戦意高揚に役立てられていたのかもしれません、ある意味では恐ろしいものでもあったかもしれませんが、ただ」

そうしてひかりはしばらく黙って、それから未知江から聞いた海外のさまざまなできごとを思い、話を続けた。

「私は、母の撮った記録のすべては、戦いがひとまず終わった今、これから別のことに使われていくと考えています。壊れてしまった建物やかつて口ずさまれていた童謡、服装や食べ物、それらの考察、再現にまつわるあらゆる行為の手がかりに、母の記録は使われうる。母は戦前、そして戦中、各地でカメラを回し続けました。世界の状況的にも恐らくはひどく厳しい局面に向きあうことも多くあったでしょうけれど、その中でも生きていた人たちのことやほかの生き物について、私は母がレンズ越しに見てきたものを、母の言葉によって聞き、覚えました」

「聞き覚えたあなたの母のすべてが、母親自身のカタログレゾネとなってるってことか」

たずねる言葉に、ひかりは頷いて返す。

「私はいつか自分の脳内にあるこの記録をもって、彼女が各地で撮った映像の断片を探す旅に出たいと考えています。でも、今はまだ、そのときじゃあないとも考えています。母のそばにいて、できるかぎりいっぱい、母のレンズで見たあらゆるものの情報を得なければ」

それから、ふふ、と笑って、

「つまらないことを語ってしまったかも」

と言うと、あとは自分が未知江から聞いた他愛《たあい》のないさまざまな海外でのできごとを話し始めた。たとえば、何度撮影しようとしても転がってしまう甲虫や、クマ狩りをする人々。

「世界で最初の映画の主人公は、職業俳優ではなく工場の労働者で、今の文化でも、またその当時の文化の中でも〝大衆〟と呼ばれる人たちだったと母は教えてくれました」

「最初の映画は、なぜ記録だったんだろう。芝居の文化はその時期にはすでに立派に成立していたし、もともと映画は興行として生まれたものであったはずなのに」

「可視界の拡張だと思う」

「人が見ることができる範囲を広げることは芝居であっても記録であっても、存在はするだろう?」

「我々がここで学んでいることと同じような」

ひとりが、ひかりに言う。彼は笑っている。

「今まで私は、ひかりがどういった目標をもってここに来たのかいまひとつわからないでいたんだけど」

ひかりは頷いた。

「自分でもまだ、よくわかっていないんです」

ひかりがここに来るまでのいきさつは、工房にいた皆それぞれの理由のどれとも似ていない。工房のほかの者と違っていたのは、画業や手伝いに対する熱心さの程度だけではなかった。たとえばひかりはドイツ語について、もともと簡単な読み書きができていたし、照から教わる英語や生きる上でのささやかな知識は、それでも当時の同世代の少年少女が通う、どの高等私塾で得られるものよりも立派だった。そのために、解剖学や図像学は原典に当たって学ぶこともできた。ひかりの丸呑みのような勉学は日を追うごとにどんどん速度と勢いを増していた。

「ここに入って学び始めてしばらく経ったころに、今まで祖母に学んでいたことと、母から聞いていた話が思いもよらない形で結びつくのだとわかりました」

ひかりが外に出て学び始めたころは、役に立つとは思えないまま、なんとなく聞いていた話と、何か特別な仕事を成し遂げるために学ぶことは、頭の違う部分にしまいこまれているものだとばかり思っていたが、それらが記憶の中で簡単に入れ替わり、融合し、まったく新しい考えを生むための大切な要素になった。照に学んだ読み書きや計算と、未知江から聞いた事実だか作り物だかもしれない物語が、まったくの無関係に思えるにもかかわらず、目的を達成するための手段として役立てることができるれっきとした学問の一部だということにひかり自身が気づいたのだった。

そうしてそのつながりを広げているうちに、さらに大きなことを思い知った。人が何かひとつのことをしでかすためには、実に多くの、一見不必要なことを学ぶ必要があるのだ。

未知江の病室がまた移動になると報告があったのは、ひかりが工房からの帰りに見舞いに行ったときのことだった。工房での生活によって人見知りはだいぶましになったとはいえ、まだごく親しい数人の身内以外には口下手なままだった。感情を出すのが苦手なひかりの事情をよく知った看護婦長は、大袈裟にすまなそうにしながら、手続きがあるから近いうちに照さんにも来てもらえるとありがたいのですが、と伝えてきた。ひかりは老婦長の言葉に黙って頷き、未知江のいる病室に入った。

日差しがたっぷり入るこの病室は古いが暖かい。おそらく移動することになるだろうと説明を受けた病室は、院内でも中央に近く新しいため、設備には恵まれているものの、ひんやりとした絶望感に包まれた場所でもあった。

ひかりはそれほど遠くない時期に未知江がそういった場所に移るであろうという覚悟はしていた。ふだん朗らかな婦長が申し訳なさそうに報告をしてくるのを受けて、丁寧に礼を言いその足で未知江の病室に入って、扉の横にある木椅子に腰を掛けた。

未知江はすでに、もうほとんど透きとおった姿で、午後の光のよく入る個室で休んでいた。寝ている時間があまり長いと体に障るからと、床の角度で上半身をわずかにもたげられてはいたものの、もはや自分の筋力では身を起こすことも捩《よじ》ることもできないでいる。顎の動きや眉のかすかな動きで、ひかりが病室へ入ってきたことを理解しているというのが辛うじてわかる程度だった。窓の外、見下ろす道にときおり車が通る。

「見たの」

と未知江は言葉を始めた。ひかりは黙ったまま驚く。ここ最近、未知江が意味のある言葉を、しかも相手を意識しながら話すなどということは無かった。ひかりは、未知江がそういった能力をもうとうになくしてしまったのであろうと勝手に考えていた。母親の衰弱を早合点していた自分を恥ずかしく思い、見た、という言葉の意味を考えながら未知江のことを息を詰めて見つめていた。未知江は息を吸い、ゆっくり、確認しながら一言ずつ声を発した。未知江の声はもともと大きなほうではなかったが、喉から絞り出される声は掠《かす》れて、未知江の姿同様、空気に混じりつつ溶ける寸前でひかりの耳に届いた。

「……それはアリユーシャンを回っていたときに研究者から見せてもらった。……カムチャツカにすぐ近いあたり。大きな洞窟遺跡が、発掘されている場所。まだ、研究者が発掘材料として調べる資料に使う……資料のために映像に収めるたくさんの撮影で……。調べていて破損してしまう恐れがあれば……その前に映像に収めなくてはならないから」

ひかりは未知江の漏らす言葉に注意深く耳を傾けようと、擦りガラスの窓を閉めた。外気に交じった車の音が一段低く鳴りを潜めて、病室内の日差しが一段、和らいだものに変わった。

「そこで発掘者のひとりが持っていた〝人類が最初に作った道具〟を見る機会があった。……人類学の知識なんかない素人が見る限り、ただの太い棍棒《こんぼう》か、なにか大型動物の大腿骨にしか見えなかったけれど……」

それから未知江は大きくほうっと息をついて、ひかりが驚いて椅子から立ち上がるほどのしっかりした言い方で、

「ただ、美しかった」

と声を上げ、布団の中から自分の腕を引き上げて取り出し、ゆっくりと、震える細い指で拳を握った。

「このくらいの……」

拳が、指の細さによって不恰好な形であったのを、はらはらしながらひかりは見つめている。

「その棒の太い部分には、この、くらいの大きさの、塊が、ぶつかった跡があった……。人の頭よりずっと小さな、でも、動物なんかの暴れるものを打ったのではなくて、あれは、たぶん……」

聞き手のひかりと話し手の未知江が、唾をのむタイミングは同じだった。

「……そう、たとえば石とか泥の団子を放って、それを、打ち返すのに使ったんじゃないかって、そう見えた」

拳らしきものは、未知江が自分の意志で動かすことのできる限界を迎えたように、指が解け

て力なく布団の上に落ちた。

「ようするに、逆だったんだと思う」

未知江の言葉は、ごくゆっくりとではあったけれども力を失いつつあった。

「……人が、使った、最初の道具は、武器ではなかったのかもしれない」

ひゅうとため息とも息継ぎともつかぬ音が漏れた後、続けて言う。

「人は、何かをやっつけるとか、命の危険を避けるためにでなく……遊ぶためのものを、最初に作ったんじゃないか、そういう可能性がゼロだなんていったい、誰が」

一層小さい声でつけたされた次の言葉は、ひかりの聞き間違いかもしれなかった。

「……それがたまたま、やっつけるための武器になってしまっただけの話で」


未知江が他界したのはその数日後のことだった。お世辞にも安らかとはいいがたい最期で、平素あまり感情を表に出さず空気の抜けたようになっている未知江が、枯れきった体から考えられないほどの大きな声をあげ、大変苦しがって呻《うめ》くのを、ひかりと照は、ただ見守るので精いっぱいだった。銀吉が駆けつけたときには、すでに未知江の息は無かった。

そばにいるただひとりの血のつながった親を失ってから、ひかりは一層工房での仕事や勉強を熱心に行っていた。見舞いや看病といったことに費やす時間が必要なくなったせいであったのかもしれないが、生きるのに必要な最低限の睡眠や食事以外、ひかりはほとんどの時間を工房で過ごすようになった。

こちらから未知江が亡くなったことを伝えた便りを最後に、ひかりの父のほうからの返信がぷつりと途絶え、来なくなったことも関係しているかもしれない。コゴだけでなく工房の誰もが、ひかりをドイツ、せめてヨーロッパの、できれば現在情勢の安定した国に送り出すことを願ってはいたものの、思うような渡航の口が現れなかったせいもあって、ひかりの熱意とは裏腹に、新しく入ってくるものが次々と希望を胸に各国に派遣されてゆく中で、工房に残るのはひかりばかりとなっていた。


そのエルと名乗る女性が代表の男を訪ねてやってくるようになったとき、ひかりはすでに工房で三年以上と、比較的長くいるうちのひとりになっていた。エルはコゴと昔からの知りあいだという。コゴがアメリカにいて映画作りにたずさわっていたときからの古い付きあいで、戦争が終わってから工房へは年に一度くらいの頻度で立ち寄っていたが、ここのところ一年で四回、やって来ていた。エルは、豊かなウェーブの掛かった金髪を後ろにまとめ上げて柔らかな色のブラウスを身につけていた。ひかりは最初にエルを見たとき、デッサン用の西洋の女神像のような印象を持った。

しかしエルは、見た目の柔らかさに反して非常に強い口調で物を言う女でもあった。エルよりもふた回りほども小さいコゴは、彼女の前に立つといつも怖じ気《おけ》づいて、まるで叱られているようであった。誰が来てものらりくらりと立ち回るコゴが、彼女の訪問に「魔女が来た」と慌てるのを、工房の皆はおかしがって見ていた。ギリシアの大女神に立ちすくむドワーフ妖精。女神のドレスの裾にはタグがついたままで、〝エルサイズ〟と書かれている。そんな風刺調の落書きをして笑う者もいた。

　実際、エルは世界大戦の際に志願して出征していたというので、なるほど、あれだけ大きく立派なエルであれば軍服もさぞ似合うだろう、とひかりも思った。


　ココが工房の応接にひかりを呼びだしたのは、エルが二週間を超える長さで日本に留まったときだった。ココは普段からふつうに話すときも、持ち歩いている小さな黒板に字や絵といった筆談を交ぜて書き、会話の補助に使っていた。木製の顎の調子が悪いのか、最近はよっぽど驚いたり、何かを伝えたいと強く思うようなときでないと、ココは声を発することがなかった。

〝アメリカに行くことに問題はないですか〟

〝無理は言いません〟

　ココはそのふたつの文章を、短い指でつまむみたいにして持った白墨で書いた。ひかりはその粉の集合をじっと見ている。アメリカ。しばらく前まではやっつけあいをしていた国だった。

〝あなたはエルに強く請われている〟

　ココの文が追加された。

「なぜ私なのですか」

　ひかりがたずねる。ココは、

「かくいわ」

と珍しく声をあげて、首を振る。苛立たしげに手のひらで黒板を拭い、さっきまで書かれていた字を消した上から、

〝あるいは　その　能力のために〟

と書いた。

「ではなぜ今まで、請われていることを話してくれなかったのですか。紹介するのを渋ったり、拒んでいたということですか」

ひかりの言葉に、コゴはちょっと考えて黒板を再び拭い、

〝あるいは　その　能力のために〟

と、音を立てて黒板に再度書いた。ひかりは、同じことを書くならば、消さずにもう一度指させばいいのにと思いながら、その二度目の文字を読んだ。どういうことだろう。ひかりの能力のためにエルはひかりをアメリカに連れて行きたいと要求し、コゴはまさにその能力のためにエルに自分を紹介するのを拒んでいると言いたいのだろうか。

コゴはさっき、声をあげて「あるいは」と言いたかったのだとひかりは気づいた。

工房のそばにある公園は、かなり昔からあるものだとひかりは聞いていた。木々も焼け残っていたものは大きく育っている。園内や周辺にある西洋式の建物はおそらく古いものであっても明治の以降に作られ、新しいものは戦後のここ数年で焼けたのを補修してある。輸入した建

材をふんだんに使われた公園の造作は美しく、天気のいい日はひかりもよく写真の撮影やスケッチをしに来たし、日本人だけでなく外国人も多く散歩に来ていた。

天気のいい休日には公園で、鉄製の椅子とテーブルを並べ、露天のカフェが出店している。出される珈琲は、工房で飲む安っぽく香りの薄いものに慣れたひかりには若干くどかった。ひかりの向かいにはエルが座っている。

ひかりとエルは初めて、ふたりきり差し向かいで対面していた。やはり近くで見てもエルは大きくて美しい。今回日本にいるあいだ、彼女は工房だけでなくさまざまな場所をまわってこの国の資料を集めたのだと言う。それらの中には日本の風景や戦後のようすを記録した資料だけでなく、古い物語の類や焼け残った歴史的建造物に関するものもあった。

「数年前までには、この資料や写真を手に入れるだけでも秘密警察に頼らなければいけないほど私たちの国どうしの関係は難しいものだったから」

とエルは笑った。いまでも決して良好な関係になったとは言えないけれどとひかりは思ったが、エルの言葉には、かの国がそれらの困難をおいても東洋の文化に対して大変な興味を持っているのだと思い知らされる力強さがあった。そこには、ひかり自身も含まれているのだろう。

エルは、ひかりの渡米に関する手続きについての話を始めた。戦後のまだ不穏な情勢であるうえに、年若い東洋人の女子の渡米には向こうで行方をくらましたり不法就労したりといったことを警戒されていて、多くの手続きを経る必要があるので、すでに手配しているコーディネーターの案内をよく聞き正式な手続きに沿ってほしい、というエルの口調は丁寧ではあったものの、何も反論を言わせない迫力があった。その言い方は、ひかりの意志はおろかひかりの家族の意向、コゴなど工房の者たちについてのこともまったく考えの中に入れていないようで、まるで、ひかりという少女の希望はエルの案内する先にしかないとでもいうかのような、確信に満ちた話し方だった。

「違う」

エルがつぶやいたのを、ひかりは聞きとった。違う、私の希望こそがあなただ。と、ひかりに向かって早口でつぶやいた気がしたが、聞き間違いかと思って、ひかりは聞き直すことをしなかった。

エルはひかりへの説明をだいたい終えると、さて、それはそれとして、と語調を変えた。もともとから親しみやすく温かでありつつも、きちんとした口調だったのに、突然まるでひかりよりも幼い少女めいた言いざまに変わる。そうして囁《ささや》き声で、秘密の打ち明け話をひかりに耳打ちしてきた大柄なエルは、ラファエロの描く天使の姿に見えた。睫毛の長い目が伏し目がちになって、すぼめた唇から、

「私は魔女なんだ」

と言葉が聞こえた。ひかりはどぎまぎしながら答える。

「――そう聞いたことはあります」

エルは笑って、コゴがただの暗喩めいた悪口でそう呼んでいると思っているかもしれないけれど、実際のところ私はほんとうの意味で魔女なのだ、と言いながら、ふたりのあいだに置か

れた丸いテーブルの上の珈琲の器をよけて、その上に長く立派な指でコインを並べ、いくつかの質問やコインを用いた謎かけをした。簡単な、どっちの手にコインがしまわれているかといったようなものや、そのコインは裏か、または表か当てるというもの。ちょっとした遊びの手品めいたものだったが、ひかりはエルが持つ大変に奇妙な特徴を知ることになった。

エルは他人の——この場合はひかりの——考えていることを、ふつうの人間よりも飛びぬけて多く読み取ることができる力を持っていた。たとえば相手が注意を向けているほうは右か左か、また、相手が嘘をついているかどうかといったふうに。感心しているひかりに、エルは微笑んでこの能力の仕組みを教えた。この、一見魔法のように見える能力は、もともとどんな生き物も持っているもので、とりわけ人の能力の中では一番に伸ばしやすいものなのだとエルは言う。得意不得意があるかもしれないものの、ものを右から左へ動かしたり、消したりなどする能力に比べたら、ずっと楽に、楽しく訓練ができるらしい。たとえば犬や、群れを作る昆虫、また人間のように社会を構築して生きていく種類の生物は、同種類の生物が何を考えているかを察する能力が強いもののほうが、生き残る確率がぐんと上がる。漂う一瞬の息づかいや目線の動きを読めば、そういったことはさほど大変でもない。大事なことは、言葉を聞かないようにすること。言葉じりやもの言いの表現が読めることは、かえってそれが邪魔になる場合もある。だから実は自分と同じ言語を話す者よりも、ひかりのような他言語を母国語にする者のほうが、思いを読みとりやすいらしい。

終戦間際のアメリカで少女時代を過ごした者には、この能力を嗜みとして学んでいる者がいるのだそうだ。そのことにひかりは驚く。日本人の女子が竹槍を持たされているあいだに、海の向こうの国では小さい女の子に超能力を教えていたのだろうか？

魔法を見せられて面喰らっているひかりに、エルは再び、穏やかではあるけれど、さっきよりずっと強い口調になって、

「私はあなたのほうにこそ、こんな子どもだましめいたものでない本物の能力があることを知っているんだけど」

と言いきった。ひかりは、ココの、

「あるいは、その能力のために」

と繰り返した言葉を思い出す。エルは続けた。

「うちは父が熱心な共産党員だったから、戦争に行って国の力になりたいと言う私に、場合によっては鞭《むち》をふるうこともあった。その反動もあったからなのかもしれないけれど、私は家族に内緒で軍隊に志願をした。まだ十四歳なのに十七歳と年齢を誤魔化《ごまか》して。書類がとおってしまってから父にばれて無理やり取り下げられたけれど。そのあと志願兵の年齢制限が引き下げられたのと、私がもうちょっと年をとったから、そのときも父に猛烈に反対されたけれども兵隊に志願して、スイスに通信員として赴いた。今はもう完全にスタジオの仕事だけを行っているけれど、従軍経験は今、とても役に立っている。だって結局私たちは、戦うための道具を作っているのだから」

ひかりは、未知江の最後の言葉を思い出す。遊ぶための道具がたまたま——。

「やっつけるための道具に？」

エルが言った。思うことをやめることはできないのだ。ひかりは諦める。

「あなたの能力は、私の持っているこれに似てはいるけれども、私が訓練して手に入るようなものとはちょっとだけ違う。それは産まれた場所や、血筋がどうといったもので手に入るような能力とも似ているようで別のものなんだ。実際、あなたの持っている能力はあなた自身が思っているよりもずっと恐ろしいことに利用できる。だから正しいことに利用してほしいのです。正しい場所にその力がなければ、あなたも世界も大変悲しい思いをすることになる。だから私はあなたにアメリカでやってほしい仕事があるのです。ドイツであなたのお母さんが手に入れた能力は、あなたの中に、そっくりうつされて記録されている」

「私の母の仕事について――」

ひかりの言葉の途中で、エルが笑う。それで充分だった。

明日から一年ほどアメリカに行くことになりました。と家に帰るなり言ったひかりを、銀吉のほうは未知江のとき同様心配し、照のほうはたった一年のことなら相談するに及ばない、なんなら、行って帰ってきてから伝えられるんでも構わないのだと答えた。


空港は平たくて大きな建物だった。はっきりとした色の、ツイードで仕立てたスーツを着た乗務員の男女が忙しそうにゲートを出入りして働いている。ラウンジがあちこちにあって、曲線だけで構成されているゆったりとしたフォルムのソファに座っている恰幅の良い軍人たちが、何やら身内にしか通じない冗談を言いあって笑っている。お互いにいくつもの勲章を見せつけるように、胸の筋肉を強く前に張っているのが、なんだか風刺画に出てくる軍人そのものといったふうにひかりには見えた。

戦争で勝った国というのはかようにも輝いているものなのか、とひかりはつくづく感心し、そうして煤色一色の敗戦直後の空気の中で、透きとおりながら死んでいった未知江のことを思い出した。

「緊張しているのですか」

エルは、物珍しそうにあちこち視線を配っているひかりへ声をかけた。どうせ聞かずともわかってしまうくせに、とひかりが思った瞬間、エルは肩をすくめおどけて見せる。ひかりは、こんなふうに言葉の通じるのが難しい国では、自分の心を透かして見てくれる人がいたほうがかえって安心できるものなのかもしれないと考え、心を落ち着かせた。

「いや、なんだか、みなさん立派で、とても眩しくて」

ひかりは答えた。

「ひかりさんなのに、眩しいのが苦手なのですね。安心してください。空港でサングラスも売っていますよ」

エルは冗談めかしてそう言った後に、改まった表情を作ってから、ひかりへ手を差し出した。

「これは、本名ではありませんが、エルよりは正式に通用している名前です。私はエレノア・ディスティニィ。本日からあなたの通うことになるアニメーションスタジオの代表です」

ひかりは今まで、女性の名前をエル、とだけしか聞かされていなかった。スカウトかコーディネーターといった職業の人だと考えていたため、その名前を聞いてひどく驚き、空港の騒がしさが一気に静まり返ったような気持ちさえした。

ひかりより十歳以上は年かさのように見えたが、体格の割には小さな顔の真ん中につまんで引っ張ったような高く細い鼻と、強い眼差しを持った美しい女性のその名前は、ひかりでさえも知っていた。評価の高い多くの短編映像と、いくつもの長編アニメーションを手掛けた映像作家であり、映画スタジオの代表の女性。アメリカだけでなく世界中の映画制作にたずさわる者の中で、彼女の造ったスタジオのアニメ映画を知らぬものなどいなかった。アメリカ国内だけではなく、デザインやら美術を志しているもののあいだでも世界的に知られているインナーイメージ社のスタジオでは、アニメーションのほか、特殊技術を使った実写映画、キャラクターのデザイン、教育関連の映像資料の制作までも行っている。ここで造られているキャラクターや、映画の筋を知らないアメリカの子どもはまずいないと言ってよかった。

世界の魔法工房と言われているインナーイメージ社の代表、ディスティニィが、目の前で子どものように笑うかわいらしい大柄の女性であることを、ひかりはまだ信じ切れていない。

エルから教わった、エルの不思議な能力はアメリカではごくふつうに教育で身につくものという認識は吹き飛んでしまった。あの「私は魔女なのよ」という打ち明け話は、まるで嘘っぱちというわけではなかったのだ。いや、むしろ、インナーイメージスタジオの代表、エレノア・ディスティニイであれば、全世界でもこれほど魔法使いに近い存在など、そうそういないだろう。

ひかりの混乱を読み取ってエレノアは言葉をつなぐ。

「あなたが優秀だという話は、コゴから聞いていました。言語においても技術知識においても工房ではトップクラスで、彼の工房で一番であれば、間違いなく日本でも最高のレベルだということはわかります。そのうえ、あなたのおばあ様やお母様の才能や功績、これはおそらく個人の獲得した努力や知の蓄積といったスケールの小さなものではないと考えています」

ひかりはこれに対してまったく何を言うこともできないでいた。実のところ、ひかりは未知江がどのような国でどのような体験をしたかを話して聞かされてはいたけれど、それらは未知江視点の主観的な内容であったし、そのうえ内容は断片的で、功績や成果を具体的に聞かされることもなかった。未知江が実際にどんな仕事をしていたのかはあまり詳しく知らない。一方で目の前にいる大きくて美しいエレノアは、ひかり自身の産まれるずっと前にさかのぼって、その上でひかりのことを必要としているのだった。ひかりは、エレノアの能力を知りたい、できたら手に入れたいと思っているのを、彼女に悟られているだろうと思う。そうして、エレノアはひかりの知らない、未知江のことを知っている。ひかりはエレノアが持っている未知江の情報を知りたかったし、エレノアはひかりの持っている能力を必要としている。

ひかりは大きな窓の外を眺め、すべるように動く飛行機を集中して観察することで、なるべくものを考えないようにつとめた。気を抜くと、コゴの言った、

「あるいは、その能力のために」

という言葉を、脳の中に、鮮やかに思い浮かべてしまいそうだった。エレノアが眉をひそめてたずねる。

「カクイワ？」

ひかりの思い描いたコゴの言葉を、エレノアはうまく読み取れなかった。彼女は、

「いえ、ええと、私と彼とのあいだで長いこと話がうまくいっていたのは、彼の顔を見て、直接心で思っているものごとを読み取っていたからです」

と、ばつが悪そうにひかりに言いわけした。

ひかりがスタジオで働くことのできる期間は届け出によって許されるのが一年単位であったため、そのあいだにできる限りの手伝いをしてもらいたいと告げ、エレノアはそれから、

「わかります。彼も、ずっと私を恐れていた」

と打ち明けた。コゴは、ひかりがまだ満州にいたより以前、モスクワにある大きな美術の学校で働いていたという。これからアメリカでは、特に文化や芸術の分野に関して、社会主義的な人々へのとても強い抑圧が始まる。短いあいだだけでいい、なるべく自分のスタジオで、ひかりの能力を役立てたいのだと訴える。

ひかりがインナーイメージのスタジオに入って初めの半月ほどは、スタジオの中を把握する目的のために準備や後片づけなどの雑用、作業アシスタントとしてさまざまな場所での手伝いをすることに費やされた。その合間に比較的多く用意された自由な時間で、デッサンの真似事をしながら一日の仕事が終わっていった。

ひかりが来る前までずっと狭い映画小屋と悪評の高かったスタジオは、今、大きく新しくなっている。

スタジオにはいくつかの、業務とは切り離されたドローイングやスケッチを行うことのできるデッサン室が用意されていた。部屋には絶えずモデルが雇われていて、かわいらしい子どもから、年寄りの男女まで、細かな年齢別で揃っていた。さらには生の花、小禽《ことり》やウサギ、昆虫などの小動物が栽培飼育され用意された。そのとき行われている撮影には使われず、業務とは直接関係ないものであっても、しばしばスタジオをうろついているそれらからスケッチされたもの、たとえば透きとおった蜻蛉《とんぼ》の翅が生えた少女や、家鴨《あひる》の嘴《くちばし》がついたガーベラなど、モデルのさまざまな部分を取り混ぜたキャラクターが生み出されていた。できあがったものがどんな奇怪なキメラであっても、このスタジオの中に限っては倫理や残酷さをひとまずおいておいて、自由に造っては捨てることができた。

それから間もなくひかりは、鉛筆やパステルを使って腕を動かし、スタジオにいるほかのスタッフ同様に、イラストレーション、アニメーション制作の仕事を与えられた。エレノアは多忙でほとんどスタジオの外を飛び回っていた。

そもそもひかりの手の動かし方はまったく自己流だったし、一方でまわりにいた技術者は、小道具でも背景でも乗り物でも、求められるまま非常に巧みに描いているように見えた。目の前に答えを置いて、それを丸写しするのだから訳はないと皆は言って、実物を見ながらさまざまな素材を描いていた。スタジオには多くの多様な資料があり、希望すれば遠い海外から珍しい生き物を調達してもらうこともできた。ひかりはそんな、魔法の生まれ続ける場所の中で、ひたすらに手を動かし続けた。

工房で指導を受けたひかりの基本的な技術は決して低いものではなかったが、それでもやはり初めの一歩が独学であっただけにまわりの皆とはずいぶん違った雰囲気のものに仕上がった。アニメーションという特性からは、それは決して良いことではないようにひかりは思っていたが、ひかりの描いたものが持つ独特の癖は、スタジオのほかの者の目には東洋趣味のようにも見え、それがかえっておもしろがられた。動植物なども、ちょっとばかり毛色の違ったデザインが欲しいなどというときに彼女のコンテ画は求められた。ひかりの持っている描線は、スタジオで制作されるアニメーション映像の中で、特徴のある異国の香辛料の役割を果たした。

ひかりがこのスタジオに請われたのにはもうひとつ大きな理由があった。ここアメリカで制作されていたアニメーションは戦中、当然ながら日本ではほとんど一般上映されていなかった。戦争が終わり、何年も前からのインナーイメージ社製のアニメーションを日本で上映するための準備には、日本のコンダクターのほかにもスタジオに直接所属する、日本の文化をよく知った技術者が必要であるとエレノアは考えていたようだった。アジアの拠点として、ロシアや中国のそばにある日本はこれからとても重要な場所になると。

たとえば翻訳するにあたって、日本の文化上すこしでも不自然さのないものにできないか、動物の動きの戯画化ひとつを取り上げても、日本の子どもが見ておかしいところはないだろうか。今まで日本の子どもたちはどのように目をふさがれ、どのようなものを見させられていたのか。そういった細部にこそ、慎重になるべきだとエレノアは考えていたようだった。

そうして子ども時代からさほど時間の経っていない年代のひかりは、戦中の日本の子どもの目線で意見を取り入れる入り口としての役割も期待されていた。ひかりはこのスタジオで制作されてきた映像作品を短期間にいくつも見た。黎明期の短編作品から、今まさに制作中の、細切れになった長編作品の部分まで、スタジオの試写室で一気に見させられた。中にはほんのわずかな数ながら、ひかりも見知っている作品があったものの、ほとんどは初めて目にする映像であった。画面に出ている全部の生き物が、めいめい全部好きなように動く。

自分たち日本の子どもが絵本や紙芝居を眺めているあいだ、アメリカの子どもはこの動く動物や花、王子や姫君のロマンスを見ていたのかと、ひかりは自分がとんでもない所に放り込まれたものだと戦慄した。暗室にこもり一日に何本もの映画を見ているときのひかりの疲労は生半可なものではなかった。ときには食べたものを残さず戻し、全身が熱っぽくなるようなときもあった。

エレノアはひかりの心の動きを、ときに心細そうに、ときに頼もしい目で読み取って、しばしばひかりに、

「大丈夫、あなたの頭の中、ぐちゃぐちゃになる寸前じゃないの」

と心を配ってくれた。

インナーイメージ社では、近いうちに新スタジオの近くの広大な土地を使って遊園地を作る計画があった。そのためには世界各地から来る子どもが、誰も悲しい気持ちにならない場所で

あることが求められる。誕生日にアニメーション映画を見て、映画の中にいるような気分にさせる特別な遊園地に行き、大きなぬいぐるみを買ってもらう。戦争が終わった後の子どもに与えられた、美しい夢のような現実を作り上げる。

インナーイメージ社のアニメーションスタジオは、ひかり以外にもたくさんの民族をルーツとする人間が働いていた。ひかり同様スタジオの作品に香辛料を加えるための各国の人々は、その多くが現在は国籍をアメリカに置いていて、留学のような形で一時だけ働いている人間というのはひかり以外にはいなかった。食堂には多くの人種が集まり、ひかりには、そこをスケッチしたいと思えるほどおもしろい光景に映った。

「ここのスタジオでアニメーションを作るには、たくさんの情報が必要だからね。科学者も考古学者も雇っているんだ」

ひかりの横でそう解説をするユンは、ひかりより二か月早くスタジオに入ったアジア系のアメリカ人だった。彼のようにアメリカの国内にあるアカデミックなアートスクールできちんと勉強をしたアジア人は、仲間たちの中でとても珍しい。それでも偉ぶったところがなく、物腰もやわらかく低姿勢なのは、アジア人でほかの男性よりも小柄だからふつうにしててもそう見えてしまうのか、あるいはユンの普段の生活習慣にごく自然に表れている（たとえば食事の際などに）、ブッディストという特徴のためなのかもしれない、ひかりはそう考えていた。

「ほかに何か聞きたいことは？」

ユンはいつもそうして、ひかりの話を引き出そうとする癖があった。ひかりはたずねる。

「ここの人は皆、エレノアのように魔法を使えるの？」

日本でエレノアが見せた魔法に関して、その後は見せてもらう機会も無く、またこの国にいるほかの人からもそういう話を聞かず、スタジオで学んでいる人たちが魔法を使って何かしているようすもなかったため、ひょっとしたらあれはエレノアだけがふつうにしていることで、この国の子どもが学んで知り得ているわけではないのでは、とひかりは考えていた。ユンはちょっと黙ってひかりを見て、

「エレノアはそんなことまできみに言ったんだ。期待されているんだね」

と言ってから答えた。

「彼女みたいなわかりやすい形で魔法を使ったりしているわけではないみたいだけれども」

スタジオでは子ども向けのアニメーション映画のほかに、短いフィルムも多く制作されていた。表向きには娯楽作品ということにはなっているものの、教育の要素が強く、歴史や世界の国々のようす、アメリカの最先端の科学技術、生活習慣や気をつけるべきことをわかりやすく映像化することにも、このスタジオのアニメーターの才能は多く注がれていた。

「アニメーションというのは、あらゆる映像の中でも特別に制作者による統制がききやすいものだからね。全部が手によって作られる。でも、このスタジオであそこまでの魔法を使える人は、エレノアのほかにいない」

ユンはその人当たりの良さでスタジオの管理部とも懇意であったために、情報を手に入れるのが人一倍早かった。ふっくらとした頬と、涙袋に押し上げられて自然と笑顔が生まれる三日

月形の細い目は、中国の祭りで使われる被《かぶ》り型のお面の子どもの顔を思わせた。

ひかりにとってユンの存在は、エレノアのほかに知りあいもいない今の状況ではありがたかった。スタジオではわからないことをユンにたずねることも多く、そうして何よりユンとウマがあったのは、ひかりと同じように濃いコーヒーにミルクと砂糖をたっぷりとかしたものを好んで飲んでいたところだった。この国でほかのみんなは、カップの底が見えるくらい薄いコーヒーを水みたいにがぶがぶ飲んでいる。

「君のお母さんは、あのドイツのスタジオで働いていた経験があるんだろう。しかも、撮影技術者として。まあ、エレノアが目の色を変えるのもわかるよ」

「正確にはUFAではなくて、UFAに居た人に指導を受けて別のスタジオの手伝いをしていたってだけだけど。それにお母さんはもう、死んでしまっているし」

「ほかの家族は?」

「おじいちゃんとおばあちゃんは、日本にいて、おばあちゃんはそりゃあもう元気。あの調子じゃあ百まで生きると思う。商売をしている家だから、親戚にも年寄りも若いのも、たくさんいるみたい。双子の兄と父は今、ベルリンに住んでいて……たぶん、元気」

ひかりはそう言いながら、渡米前に執り行った未知江の葬儀について思い出していた。

祖父の銀吉も祖母の照も悲しむようすはあまりなかった。それよりも全国はおろか世界中のあちらこちらに散らばっていた親族のうち誰を葬儀に呼び戻すのか、どれだけの人数で執り行われることになるのかということで大騒ぎであった。

結局は身近な身内だけでとなったとはいえ、嘉納家への義理もあったせいか横浜の近くにある商売をしている人間がこぞって線香をあげに来た。ずっと海外で暮らしていた未知江は、照の養子縁組をした娘であったから、葬儀は嘉納家で執り行われる流れであった。喪主こそひかりではあったものの、ほとんどの算段を照が取り仕切った。ひかりは多少の話を聞いてはいたものの、まさかそこまで大層な血筋の家だと思っていなかったために、未知江の葬儀のあいだじゅう、ただただ呆れたようにして次から次へと湧いて出てくる嘉納家の親族や知りもしない商売人に挨拶をするので精いっぱいだった。

不可解なのは葬儀の席に、照の知りあい、夢幻楼の昔馴染みだった大年寄りなど日本人のほか、海外の人間が半分近く居たことで、そのためにひかりは自分の持つ限りの語学力を絞り出してドイツ語やフランス語、中国語で挨拶をする羽目になり、また、未知江が撮影してきた各地の博物館や研究所、帯同した撮影隊員からも多くの、彼女の死を悼む便りが届いた。

ひとり、直接訪れて銀吉に声をかけてきた男のことを思い出すのに、銀吉も照も時間がかかった。参列するほかの商売人とは身なりもたたずまいもずいぶん違う小男で、撮影所に関係した人間の中で、やってきたのは彼だけだった。未知江殿には気の毒なことをしました、と力ない掠れ声で詫びる男は、佐伯だった。銀吉は、

「未知江は最初から、自分で望んだ方向にしか動いておりません。自分の意志で世界に飛び出していったのですよ」

と答えた。

「でも、あのようにまだ若いお嬢さんを……せっかく、戦争にも生き残ったのに」

「ただ日本で、あのときのまま引きこもって文字だけを追っていたって、あの子は満足だったのかなんてわかりませんから。そもそもが生きるか死ぬか、どう転ぶかなんて誰にもわかりません」

佐伯は革鞄《かわかばん》から数冊のノートを引っぱり出して、照に渡した。

「未知江さんの書付けです。撮影所からこれだけ残っていたのを引きとって来ました。フィルムはほとんどが押収され、手に入れるのは容易ではありませんが、ここから彼女の手がけた作品が追えるかと思います」

2

Side A

母は家にいることがなかったから、私はテープの中の映像を見せてもらったことはない。けれども、それがどういった仕組みで動いているかだけはやたらと具体的に教えてくれていた（端末越しにではあるけれども）。私は手にしていた直方体の厚みと、底面に開いたふたつの穴の幅を目測で確認して、それが家にいくつかある古いタイプのデッキのどれでも再生ができないテープだということを判断して、それらを箱に戻した。

円盤状の缶容器のほうも、たぶん入っているのはなんらかの映像記録媒体なんだろう。どう考えたって、この家にそれらを再生する装置はなかった。母の言っていたことを思い出す。映像を保存しておく媒体にはたくさんの種類があって、それぞれ専用の機器でないと見ることができない。規格は無数にある。国ごとにも企業ごとにも、映画会社やテレビ局ごとでも使っている映像の解析コードが違うから、大きさや形が似ているだけじゃ、映像を見ることができないのだそうだ。

これを単なる技術や資本の競争から生まれた必要悪とだけ思ってしまうのは、すこしだけ怖いことらしい。もっと、たくさん、複雑に、現実の要素は絡まりあっているみたいだった。私は円盤形の缶をそろえて重ね、ビデオテープと同じ箱に戻した。

床の上に残ったノートは、あまりにも古く、何度も開いたり閉じたりしたんだろう、また千切ったり貼ったりもしたんだろう、劣化して変色したセロハンテープの、パリパリと剝がれた欠片が零れて、開くとノート全体がそのままぼろりと崩れてしまいそうだった。ここでノートを開いて読むには、今あまりにも不用意だし、何より部屋が暗すぎる。

ぼろぼろの四冊を重ねて注意深く両手で引きあげ、捧げるようにして持ち部屋を出た。

次に彼女に会ったときには、これを見せてあげよう。これだけは、単体で情報の再生ができる（厳密には、私たちに言葉や知識の解読コードがあった場合だけど）。

結局、どんなに劣化していても紙にペンで書いた情報が、保存してある媒体として一番信用できるなんて、と彼女は皮肉を言うだろう。

いまだって、私たちの持っている端末同士は、たったふたりっきりのあいだでさえ、互換性はすごくもろくて弱かった。

Side B

「紫煙」という言葉のもつ美しい響きがまるで似合わない、居るものすべてが燻《いぶ》される寸前のような煙たい空間に大の男と女が犇めいている。いい大人が狭い場所で、男女入り乱れて酔っ払っているというのに、そこにはまず華やかな空気の欠片も漂ってはいなかった。

男も女も、さも難しいふうに額にしわを寄せて、手のひらで口をふさぐようにしながら指に挟んだ煙草の端をくわえ頬をへこませ膨らませして、煙をせっせと作っている。映画研究会、文学研究会、哲学部、美術部でさえ、学校の同好会、研究室、部室はどこもこんな調子だった。こんな真白く苦々しい空間からいったい何が生まれるのだろうと、ひかりは一層不可解に思う。

アメリカのスタジオでの三年に及ぶ仕事を終えて日本に戻ってから、ひかりがいくつかの試験や届け出を経て通うことになった大学には、いままでひかりがあらゆるところで行ってきた〝学ぶ〟ことの延長にある行為とは若干違った光景が広がっていた。ただ、これはとても自然な流れであるともひかりは感じていた。ほんの十年前まで、皆大きな何かを信じ込まされていて、それが一気に転換を起こした。しばらく経っても「この転換は、ほんとうにすべてが問題ないものなんだろうか、また信じこまされているだけでは？」という疑いを心に残している者もたくさんいた。終戦から後のこの変化は、自分たちで起こした転換でないのだから、なおさらだった。ひかりは帰国してから卒業までのあいだ、たまに工房へ顔を出すこともあったが、積極的にそこでの制作活動にたずさわることはなかった。

大学には、戦中に勉強が思うようにできなかった者たちもひかりと同じような手続きで入ってきている。そのために、学生というにはいささか年のいったものも多かった。そのぶん彼らの向学心は大変に旺盛だったのかと言えば、それはかなり疑わしい。

日本が賑やかになっていくいっぽうで、若い大学生の中では思想上の抑圧、つまりアメリカから波及してきた「赤狩り」への反発心を持つ者が徐々に増えて、個人同士がつながり人脈を広げ同志を増やしつつあった。そのうえ諸外国でもアメリカと考えを異にする思想活動が生まれる時期が重なっていた。ひかりはもともと人との会話が苦手だったが、学校の中では積極的に人と話をした。海外での研究者のほか、ひかりのように子どものころに引き揚げてきた者もいた。未知江の、事実を記録し続けなくてはいけないという考え方と、エレノアの教えてくれた、人の言葉をなるべくたくさん聞いて、その人たちの思う先を映像にするべきだという考え方とを、ひかりは帰国以来、交互にずっと考えていた。

戦争が終わってしばらく経ったころの若者は、圧倒的な現実の前に物語を見ているように、ひかりには感じられた。人は現実を脳内で加工する。事実に過剰に寄り添った記録は、一歩間違えると事実と正反対の受け止められ方をした。だから頭の中に現実と同じものを届けようとすると、事実の記録のほうに大きな加工をしなければならないことが多いと、ひかりは気がついていた。

ひかりは学校内で多くの人と話し、いくつかの思想的なコミュニティに接触しながらも、外国語が堪能なひかりを慕って他愛のない話をしてくる数人と以外は、卒業まで距離を置くようになった。学内の多くの思想的な集団は、ひかりにとって学びのきっかけになったが、そばに寄り添って生きていくにはひどく心許《こころもと》なかった。これは、アメリカでのスタジオの経験――理解しあえるとはとうてい思えない圧倒的な他者と、それらが作った映像を繰り返し見た経験があったからだった。

ひかりは在学中、慎重な手紙のやりとりによってアメリカのスタジオに残っているユンとの交流を行っていた。彼は、アメリカ国内でさまざまな動きがあるというのを、平穏さで注意深く隠した文章にしてひかりへ寄越した。戦後間もないころから始まっていた、アメリカの映画界での特定の思想の排斥運動は、映画制作の才能を持った者の流出につながっているらしかった。そもそも感覚や教育の水準が高い移民を主力にして大きくなってきたアメリカ映画の文化は、国が排他主義に傾いてしまえばたどる運命は明らかなのだろう。ユンははっきりとした言葉こそ使ってはいなかったものの、彼自身にもアジア系のルーツがあるために、アメリカ国内で若干の難しさを抱えているということが想像できた。それでもユンの穏やかな性格は遠い場所から届く文章やちょっとした落書きにも充分滲み出ていて、ときに簡単な日本語すらもユンは学んで書き、手紙を開くひかりを驚かせた。

ひかりが思想的なグループから離れて独自に取り掛かった作業は、照と未知江の足跡をたどりながら、ふたりの関わってきた映像のアーカイブをまとめることだった。

満州で作られた文化映画のいくつかは、終戦後墨で塗り潰された教科書のように、人目から離れたあちこちにひっそりと隠しとおされていた。ヨーロッパで作られた劇映画のほうが、まだ自力で探すのに苦労がなかった。それには未知江の葬儀のときに男が持ってきたノートが大きな手がかりになった。エレノアやユン、コゴや工房の人々の協力を仰ぎ、また嘉納家のツテも頼った。エレノアがひかりを求めてやまなかった理由のおおもとになる、個人の能力とはまた別の何かの正体を、ひかりは自分自身で突き止める必要があると考えていた。手に入るものから順に、ひかりはそれらを解体し、断片に目を凝らした。照と未知江がたずさわった諸外国の人々の生活を記録した映像や、ほんの短い走り書きさえもひかりは熱心に分類し、繰り返し見て研究を行うかたわら、アメリカで学んだ映像技術を基に自らもペンを走らせ、探し出してきた映像を素材に使って映像制作をすすめ、その上でわかり得た自分の考えをまとめる。誰に伝えるわけでなく、ひかり自身の考えの整理や確認のための映像制作だったが、これを自分だけで抱えていては、母のようになってしまったときにどうしたらいいのか。いつか、何かに役立つときはほんとうに来ないのか。そのための行為として、アメリカにいるユンに便りを送るとき、その日本語での書付けの写しをいっしょに送り続けた。

これからまた、おそらく非常に緊迫した戦いの時期が始まる。それはわかりやすい、武力を持った者同士が行う戦いの形を取らないかもしれない。私のいる大学でも、いつかそういった思想の戦いが起こるだろうが、私はそれを収めることも広げることもできうる大きな武器を作りつつあるのだ、と、それをまるでおとぎ話のように書いた。誰がどんなに意地悪い告発の意図をもって覗き見したとしても、それは新しいアニメーション映画のストーリープロットにしか見えないほど巧妙に仕掛けがなされた。たとえば犬と鹿《しか》が喧嘩をして、城が崩れるというような。

ひかりはその映像の制作作業に一年半ほどを費やした。ひとまずの完成を見たのは、入学から二年半、親しかった少数の仲間はほとんど学校を卒業していて、そのうち数人は日本国内にもいなかった。作品の完成を知らせたのは四人。この有志が集まり、小規模な上映会を行おう、大学の小さな教室を借りて、と提案したのはもうすでに国内の製紙会社で仕事をしている者だった。大学を辞めて未だ定職を持たない者もひとりいた。

そのごく短い作品の発表は、ほとんど一切の告知を行わずに、多くの場合は有志の後輩連中、知りあいの知りあいといった関係の学生を集めて見せるといった程度の小規模なものだった。最初の上映は部室棟の部屋を空いている時間で借りて行った。ほとんどの部室は窓を新聞紙やトタン板でふさいで、外からは見えないようにされていたので、簡単な映写機を入れるだけでそこは小さな映画館になった。上映会は、二十人も入らない部室がぎゅうづめになり、一日の上映する回数を増やしても一度見た者がもう一度見たい、と申し出て追いつかなくなった。

告知が無かったことが、かえって口伝いの評判を増幅した。大変な映像が見られる、これは公安にばれたら上映している者はもちろん、見たことのある者も全員しょっ引かれる、そのぐらいの恐ろしい映像だと、どんどん大袈裟になっていった。有志であったひかりの友人たちは、膨れ上がる希望者に恐ろしくなったのか、または辟易したのか、上映をやめてしまった。もともと彼らに特別な思想的結束はなかったし、上映会をするにあたっては作品を見せる以上のもくろみも持たなかった。ましてや何かの啓蒙をしようとする意図を持って集まったわけでもなかったから、その解散はひどくあっさりとしたもので、どちらかというと自然消滅的だった。ひかりも映像が話題になることはうれしくないわけではなかったが、友人の不安も理解できたし、これ以上彼らの手を煩わせる上映会を続けるわけにはいかないと思っていた。上映会のメンバーはひとりひとり姿を消し、結局はふっつりと上映会自体が無くなった。

ただ、上映会が突然立ち消えになったことで、一層学内ではひかりの作った映像の話題が膨らんでいった。見た者は自分の脳内で増幅した映像の感想を語りあい、評判だけを知って映像を見ることがかなわなかった者は、見た者から聞いたつぎはぎに膨張した感想をもとに脳内で映像を組み立て、そこから感想を紡いで、ほかの者にさも見たかのように語った。映像のマスターテープは公安に没収された、見て恐ろしくなった学生によって奪われ燃やされた、いくつかのコピーが残っていて地方にわたり、あの大学で上映されている、この地方に行けば秘密裏の上映会で見ることができるといった情報も流れた。

実際に、ひかりの作った映像作品は、上映会のメンバーがまったくそれにたずさわらなくなったにもかかわらず、翌年には北陸地方にまで上映の場を広げていた。有志の誰かから手に入れたものをさらにコピーし、劣化したものではあったが、それでも繰り返し上映された。これは映画館のようなきちんとした所ではなく、たとえば商売を畳んだ祭りの見世物小屋のテントを借り受け、各地の公園や広場で組み立てた小屋の中などで、主に見られ続けた。

情報の多くを信頼に足る友人同士のあいだで交わされるうわさ話に頼り、チラシの一枚も張り出さぬ上映活動にもかかわらず、想像もできないスピードで、この作品の評判は広がっていった。最初、単にセンセーショナルなものと受け止められたこの作品を見た者は、家に帰り、思い出し、自分の今まで読んだ本や経験したことと併せて考え、解釈が追加され、咀嚼されたのちにまったく別の体験に至る。この体験をすくなからぬ数の学生は〝強い啓蒙〟と受け取った。多くの人の目に触れ、意外な人々からの支持を受け、この映像作品は学生たちの中で、ひかりたちの想像してもいなかった趣旨の中で育ち、流動的に、それでいてまるで元からそう運命できまっていたかのようにして肥大していった。

初期の有志の中に、この変化を良しとしない者も当然ながら存在した。彼らは、そのようにひかりの作品を違った文脈で楽しみ、あるいは活用する人々を蔑《さげす》み、糾弾しさえした。一方で上映初期に映像を見ていた一部の者は、

「ここまで曲解され蹂躙《じゆうりん》されるのは、この作品自体に不味《まず》いところがあったからではないか」

と口にし始めるようにもなった一方で、その数人の葛藤を蹴散らすかのようにして、作品は一層大きな流れとなって、若者を中心として多くの人々に受け入れられていった。

「そもそも映像のような実体のないものに人が振りまわされることが間違っている」

そう言ってひかりの作品ではなくその方法自体を声高に貶《おとし》める者も出てきた。そののちに何人かの、主にひかりの作品を強く支持している者の中にも、作品の曲解を防ぐためにいくつかの内容変更や差し替えを望む声が出始めた。この作品はすばらしい芸術作品であって、なるたけ多くの人間に、誤解をされることなく届ける必要があるのだ、そのためには補強や要素の編集も行うべきなのではないか、と。

ただその、紛糾ともいえる声たちは、ひかりの耳に届くことがなかった。それら多様で複雑な言葉に対してひかりからのレスポンスは一切なかった。そもそもひかりは最初の上映からすぐ再度アメリカに渡っており、以降の上映については把握のしようもなかった。

作品はその後、大きな話題になることはないまま、しかしかえって、見られないことによって禁断の映像という呼ばれ方で、ごく一部の人々の記憶に残っていくことになった。あの上映会に参加したことがある、というのはその後の学生運動を行っていた者の中でひとつのステイタスのように扱われ、映像を見た者とそうでない者とでは、それからの運動において指針が変わってしまうのだとさえ言われた。さらには、それからの人生を生きていくうえでの必要なすべてをその映像によって叩き込まれたという者まで現れ、当時活躍していた若い政治家やたたき上げの経営者などの名前を挙げて、若いころのあいつらの顔を、どこそこの上映会で見かけたと、まことしやかに言い出す者たちが後をたたなかった。

その伝説的な情報の独り歩きに相反するように、当のひかりが作製したフィルムの行方は忽《こつ》然《ぜん》と知れなくなった。地方に出回っていたものは、誰かによって上映会場のようすを盗み撮りされた劣悪なコピーであったから、あちこちに流れるあいだに早々に消耗して、まともに見ることのできる映像ではなくなった。そのことも伝説の映像を神格化する恰好の後押しとなったようで、当局に押収された、映像の力を恐れる反発分子の手でバラバラにされ、加工されたなどどこから湧いたのか判然としない陰謀論で飾りたてられた。

結局その後ひかりの作品が見つかったのは、愛知県のある大学に残っていたコピーフィルムで、これも映像の質でいえば複写を繰り返し劣化しきった、ひどい状態の切れ端がいくつか、といった程度のものであった。

3

Side A

人を傷つける力を持つあらゆるものを剝奪《はくだつ》されきって暮らしている私たちが、今かろうじて持つことが許されている数少ない武器の中で、一番強力なものはレンズだ。街でちょっとした諍《いさか》いが起きれば、人は端末をかざして相手の姿を写真に収めようとするし、誰かの端末に収まるのを嫌がる人はここ数年で奇妙な増加を見せている。なんだか先祖返りみたいだ。

レンズが今となっては剣だとかペンなんかよりもずっと強く私たちの体をずたずたにするのだと気がついたのは、あの事件の後、彼女といっしょに私の家にあったノートの束を探って、映像を掘り起こすことをし始めたころ、ようするにほんのつい最近になってからのことだった。不思議なことに私たちの作っているものはそのまんま、私の家系図と、母親たちの作品カタログに当てはめることができた。

私は自分の母親と話をするためにでさえ、気が遠くなるほどの手続きを行って海のずっと向こう、僻地《へきち》の軍事施設へ有線と無線を何度もスイッチングして送られる通信回線を利用しなければいけなかった。これはいつだって簡単につながることのできる、空気中にＷｉ－Ｆｉの張り巡らされている現在の私たちがいる所では考えられないような面倒くさい仕組みを使った会話だった。

当然、私と母親の、きわめてどうでもいいおしゃべりは、各国の当局（当局って？）、民間軍、ありとあらゆる人に傍受されているらしい。

「ハロウ、元気？」

「変わらないね」

あきれて言う私の言葉に、母はうれしそうに、朗らかな声を立てる。

「久しぶりに日本語を聞いた。しかも娘の声だなんて、贅沢な気分。これ、一分三十ドル以上かかるんだって」

あらゆる国を巡ってから私の耳に届く母の日本語は、芝居めいていて明快だった。その呑気さに、久しぶりのものものしい通信状況で緊張していた私は拍子抜けする。それでも私はいちおう言葉を選びながら、ゆっくりと話した。

私の母が、世界のどこかのちょっとばかり政治的に厄介な場所で、混乱している場面を写真や映像で記録して売るおかげで、私は生活できている。母の仕事はおおかた想像がつくとおり決して安全とは言えなくて、その代わりに得る、一般的な国内で働く同年代の女性からしたら驚くほどの収入が、私に動画配信の趣味を持てる程度に暇のある、ひとまずは平和な場所での勉学の場を与え続けてくれていた。

母は、私が物心ついたときにはもう、私のそばにいなかった。いや、そういう言い方じゃあ、まったく足りない。母はたぶん私が強化アクリルの保育器から出る前にはすでに、戒厳令が敷かれたよその国で、埃っぽいベッドの上で撮影機材の手入れをしていた。

今母がいる戦地では、すでに人と人とが武器を持って戦うようなことをしていないらしい。どうやらそれぞれの政府だとか民間軍だとかが開発した、歩く爆弾とか飛ぶ爆弾みたいな機械同士が、ラジコンのおもちゃみたいな仕組みでお互いを自分もろともぶち壊しあっているんだそうで、人間はほとんど別の建物の中にいて、スマホのゲームを操作するみたいにして戦っている。人間はたとえ戦地のど真ん中にいたとしても、私たちと同じように、武器を持つことを許されていない。

ひどいときにはね、まさにどんぱちやっているあいだ、その場所で生きている動物はカメラを持った私とハエだけ、なんてこともあるの、おっかしいでしょ、と母は笑う。人を驚かすときの定番のネタとしてよくみんなの前でしているお決まりの話のようだから、たぶん多少大袈裟に言っているんだろうけれど。

母は、日本で一度、それから外国で数回捕まった後、日本人の平均から見たらすこし年をとってから私を産んだ。その当時、外国でだけ許されていた技術を使って、母はどうしても欲しかった「私」を、たったひとりで手に入れた。母はとても小さくほとんど出来損ないみたいな私を見たとき、冗談でなく心の底から、

「自分はほんとうについている」

と思ったらしい。今でも母は、私を産んだことが一生のうちで一番の幸運だったと何度も言う。私は産まれたときからひどく小さくて、そのためにかなりの期間を病院で過ごすはめになったのだけれど、そのあいだも母は、たくさんのややこしい国を渡っていた。私が月に二、三回病院に通うだけでよいほどに大きくなってから後も、母は私の特別な薬や治療のためと、退屈に生きていくための教育や食事や寝る場所の保持のため、それとたぶん純粋な自分の好奇心や欲望のために、ややこしい国を渡り歩き続けている。

Side B 「映像による蘇生、再会」

台車が集落の入り口で停止する。高台にある集落の入り口は低い場所にあり、これ以上登って行くことができない。台車をひく男たちは腰に数メートルの棕櫚の綱を巻いて互いの体をつなぎあい、額に魚の絵を描いた紙を張りつけている。

これが、昔からのしきたりであるのか、または最近になってから生まれた暗黙の約束であるのかは、実のところ集落の誰も詳しくは知らなかった。集落の中の古い文化に詳しい、長く生きた者たちは皆連れて行かれてしまって戻ってこないからだ。きちんとした教育を受けた大人は、集落にもうほとんど残っていなかった。

そうして残っていた者のうちの重要なひとり、この集落の中ではただひとり、簡単な計算ができ、かつ文字の読める男は、今、停まった台車の上に載った棺の中に納められて、集落に戻ってきた。

棺の中の男の妻は、黒い装束の腰に棕櫚の綱を巻き、ケープを被ってひとり、集落の入り口に立っていて、棺の載った台車つまり男の無言の帰郷を出迎えた。

集落の者は誰も、この子ども用にも思えるような小さな棺の中に、あの大柄な男が納まるとは思っていなかったが、棺のふたは固く釘づけされていたうえ、棺本体はロープで台車にぐるぐる巻きにされていて、ふたを開けるのは当然のこと、棺を抱え上げたり下ろしたりすることすら許されていないようだった。

棺のふたの表面には、一枚の紙が乱暴に糊付けされている。紙は棺のふたと本体に封印をするように折って貼られているうえ、糊のつけすぎでしわくちゃになってしまっていた。そのために妻は、紙の表面に刷られたＱＲコードの読み取りにさんざん苦労した。棺の上から湯に浸けて絞った布と手のひらを使って紙のしわを丁寧に伸《の》し続け、結局読み取りができたのが日の暮れた後だった。魚の紙の男たちは、所在なげに立って、必死に端末でＱＲコードを読み取ろうと苦労する妻のことを見ていた。

棺は台車に括《くく》られたまま、再び男たちによって集落を離れていく。待ちくたびれた男たちは、眠さに足をもつれさせながら、いかにも軽そうな棺を載せた台車を運んで歩き、見えなくなった。

妻は家に戻り、黒い上衣《うわぎ》を脱いで椅子に掛け、ケープを外してテーブルのわきに置く。桶の水を使い、糊でべたべたになった手のひらを拭って、それからＱＲコードを読み込んだ端末をテレビにつなぐ。湯を沸かしてコーヒーを淹れ、カップに注いでミルクとラム酒を加えたとき、データの転送が終わったことを知らせるビープ音が鳴った。

椅子に腰かけ、片手にカップ、もう片方にリモコンを持った。リモコンの先をテレビにまっすぐ向け、ボタンを押すと、オルゴール風にアレンジメントされた国歌のＢＧＭとともにデータの再生が始まった。

「元気かい、リン」

画面には、ひとりの男のバストアップが映し出される。艶やかでふっくらした頬、拷問や拘留の疲れは無さそうな、穏やかな笑顔だった。男は妻の名を呼んで、それからさらに話し始めた。

「きみにはたくさん心配をかけたね。お詫びと、お別れを言わせてくれ」

男の微笑の下に、いくつかの選択肢が表示されている。

【なぜ死んでしまったの？】

【私のことを愛してる？】

【反政府的活動を悔い、反省していますか？】

最後の文章は一番小さい文字で、一番長い文章だった。

【※リモコンで会話を選択できます。ただし、選択できる会話はひとつです。やり直しはできません。また、あなたの選択は今後の参考として政府データセンターへ送られます】

妻は黙ってしばらく考え、リモコンのボタンを押す。しばらくして、男がしゃべりだす。

「ああ、ぼくは、政府の方針について大きな勘違いをしていた。しかしそんなぼくに対しても政府の人たちは真摯に対応してくれた。ぼくの死は拘留中の悲しい事故ではあったけれども、最後までぼくは人間として扱ってもらえた。幸せだった」

男はさらに笑顔で続ける。

「きみはこれからもこのすばらしい国で、がんばって生きていってほしい。愛してるよ」

そう言ったまま男の笑顔が静止画面になり、ずっと表示され続けているのを眺めながら、妻は椅子から立ち上がった。涙で両頰がぬれている。妻は叫ぶ。

「こいつは誰だ」

テレビの笑顔の男に力を込めてマグカップを叩きつける。大きな音に駆けつけた隣人が、ドアをノックする。妻はなお、叫び声を上げる。

「こいつはああ、ああこいつは誰だあ」

ドアを破って入ってきた隣人の若い女が叫ぶ妻を抱きかかえ押さえようとして、テレビ画面に映る笑顔に釘づけになる。妻は画面を指差して、今度は女に問うように、ゆっくり、一文字ずつ言葉にする。

「こいつは、誰だ」

若い女は知っている。画面の男は、この妻の夫ではない。

「何かの間違いでは、データの読み取りエラーかも」

そうなだめる若い女の声も震えている。

「でっち上げた映像の顔と照らしあわせて確認さえできないほど……」

妻は、また一度息をととのえて、それから続けた。

「棺の中のあの人は、もう誰だかわからないほど、めちゃめちゃにされているのか」

見知らぬ男。妻も、隣の若い女もまったく見覚えのない、薄気味悪い、誰とも似ているようで誰にも似ていない、でもどこかの誰かにとってはきっと大切であろう男の微笑の上に、

【LOVE FOREVER RINN】という文字が浮かび上がるように表示され、妻と若い女はほぼ同時に気絶した。
オルゴール音の国歌は彼女たちが目覚める朝まで流れ続けていた。

4

Side A

私のおばあちゃん、つまり母の母という人について、私は今までごく簡単にたずねることしかできなかった。家系図なんてそんな大それたものを、大金持ちでもない私の家は持っていない。私がおばあちゃんのことをたずねたのをおもしろがって、母は今までより一層うれしそうな声を立てて笑った。遠い衛星回線のハウリングと笑い声が共鳴して、私は受話器をいったん耳から離す。

母が、実際はおばあちゃんから産まれたわけではないことは、数年前に母自身から聞いて知っていた。母はおばあちゃんの双子の兄の子どもであって、その人が亡くなってから法律的な手続きを踏んでいるために戸籍上は正真正銘おばあちゃんの娘ではあるのだけれども、血縁関係上は叔母と姪《めい》にあたる。私が世の中に混ざりこんだのが、日本の法律ではイレギュラーなやり方であったために、実際は血縁関係があって正真正銘母の体から産まれたのに、法律上は私と母が赤の他人なのとちょうど逆だった。

説明するには電話代が何ドルあっても足りないと思うよ。面倒臭いんだよね、あまりにも。と母は言って、その後、とても簡潔な言葉で淀みなく話し始めた。曾祖母《そうそぼ》、祖母、自分と、娘の私、それぞれの、世の中における奇妙な役割について。そうして私が母の元に産まれたいきさつや、母が私のそばにいることを避けてしまう、母の数奇な呪いめいたできごとについて。

そのあまりの内容に、これが明らかに盗み聞きされているとわかっている私はとても狼狽したけれども、すっかりしゃべってさっぱりしたらしい母は、じゃあ、またねと言って電話を切った。

私はまったく騙されたみたいな気持ちで、平和な場所にひとり取り残された。

Side B

サイゴンの雨は日本のものとは似ても似つかぬ温度と強さでもって、ひかりの肩や首の裏あたりをびたびた叩き続けた。この雨雲が風に乗って日本まで運ばれ、あの涼やかに軒先を打つ雨になるとはどうしても思えぬと考えながら、ひかりはただ早足で雨に打たれている。

女性の腕力でもなんとか持ち歩けるほどの撮影機が開発されたことのありがたさを感じていた。濡らすわけにはいかない。自分が濡れても機材だけは、と覆うようにして抱え、建物のあいだを縫ってひかりは歩いた。撮影機器にはある程度の防水の機能が備えられている。とはいえ、ヨーロッパ製の精密機器が、この雨を想定して作られているのかどうかは疑わしい。ひとたび故障してしまったら、今現在のこの国では、修理が可能な設備も知識を持った技術者も期待できなかった。ひかりは露店に設えられたゴムびきの天幕の端を見つけ、ひとまずの雨露しのぎに収まった。

この国に住む人々は皆、しなやかで逞《たくま》しかった。男も女もこのような雨ごときでは怯《ひる》むことなくシャツも髪もずぶ濡れのままにして歩いている。自転車で荷台を曳く労働者さえ、おそらくは商品であろう果物を、雨ざらしにして積んだままで走っている。あっという間に過ぎ去る重く厚い雨雲に対して、日本式の雨傘になんの意味もないことは、暮らしている人々が何よりよくわかっていた。ひかりも身ひとつであったなら、間違いなく臆することなく、濡れるに任せ歩を進めるだろう。抱えた機材の痛々しい重さを見やって、再び力強い雨に叩かれる天幕を見上げた。驚くべきは、これほど厚い雲をも透かして、太陽の光が強く地面に注いでいることだった。大きく重い雨の粒に日光が弾け、地を熱して染み込む雨水を端から乾かしていった。

この街に立ち並ぶのは、古いだけに角の取れた丸みに味のある石造りの装飾が施された、非常に趣の深い建物だった。数多の国からの政治的な統治をうけ文化の影響を反映しながら、この街は現在のような成長をとげている。強い雨に打たれている、建物の屋根に据え付けられた石造りの人物像は、地球上のどの民族にも似ていないどころか、男女の別さえ判然としない、女神と仏像の交合によって生まれたかのような印象ぶかい姿かたちをしている。

このしたたかに混ざりあった美しい街を、カメラに収めなければならないとひかりは強く感じていた。この街が、多くの人の望まない、まったく妙な呪いのような諍いによって破壊されてしまう前に、ここに住んでいる人の暮らしごとそのまま、記録しなければいけない。傀儡《かいらい》政権が汚職を繰り返すこの街では、遅かれ早かれ人々の思いが爆発するだろう。ひかりの焦りは天幕を打つ雨音に同調するように膨らんでいった。

「ひかり」

雨の粒音に塗りつぶされて流されそうなほどにかすかな、でも届けようというたしかな意思をもって発せられた声が耳に入って、ひかりはあたりを見回す。雨と光の膜に遮られた隙間から、ビニール製のレインコートの強い橙色が視界に差し入ってきた。

「ルミ」

ひかりは声の主の名を呼ぶ。橙色の少女が雨粒を弾きながら自分のもとへ寄るのを、ひかりは機材を胸の高さで抱えたまま、膝のあたりで受け止めた。レインコートのフードを外し頭を振って前髪のしずくを払いながらルミと呼ばれた少女はひかりを見上げ、長い睫毛の囲む琥珀《こはく》色の目を半月の形にして笑った。ひかりはその笑顔を、さっきまで見上げていた、果たしてどこの国ともわからない像の顔と重ねあわせるようにして、眩しげに見つめながら聞いた。

「パパは」

ルミは肩をかすかにそびやかせて、それから答えた。

「寝てる。こんなときは仕事にならないもの」

そういうとルミは自分の着ているレインコートの下から、くすんだベージュのゴム製合羽《がっぱ》を引きずり出してひかりに手渡した。ひかりは受け取り、それで機材をしっかり包み込むと駆け出した。雨粒は一向に弱る気配を見せることなく、ひかりの肩や、頭や、抱える機材を覆う生地を一斉に叩く。まぶたに打ち付けた水分が視界を一気に覚束なくさせた。口を開けても酸素がうまく流れ込んでこないために、陸上にいるにもかかわらず、また太陽は明るく、空気は暖かでさえあるのに、このままおぼれてしまうのではないかと思えるほどの雨だった。ルミも再び橙色のフードを被りなおすと、小走りでひかりの後に続いた。

「ただいま」

日光の入らない、考えられないほど狭い部屋だった。どれほど外が曇天であったとしても、外から帰ってきたときにこの暗闇に目が慣れるまでにはかなりの時間が必要だった。月の出る夜であれば、外のほうがよっぽど明るかった。

ひかりはこの国に来たころ、この部屋の窮屈さにずいぶん閉口した。あるいは、ずっと慣れないままであったのかもしれない。石積みで囲まれた力強い手触りの四方の壁があまりに近くて、夜も息苦しくなり何度か目を覚ましたが、この国の情勢は、ひかりのような外国人が外をうろうろするようなことを許さなかった。二段ベッドとひとつのハンモック、いくつかの荷物箱でいっぱいの空間は、窓も換気口程度の小さなものが高い位置にひとつあるだけで、ひどい雨の日はふさぐこともあった。照明をつけることもほとんど許されず、そのため昼間でもこんな天気の日はひどく暗かった。

「Ｗａｓ《ねえ》？」

ルミが声を上げる。ベッドの二段目にほかより一層深い影が動いた。動く影はふたつ咳ばらいをし、それは喉の壁に厚く痰《たん》の絡みきった、発した者の体調がいかにも思わしくないことを感じさせるものだった。

「兄さん、病院に行かないの」

ひかりは動く影に向かって言葉をかけた。

「いや」

影は短く答える。言葉を発するのも苦しいといったぜろぜろする息とともに出された拒否の返事に、ひかりとルミは顔を見あわせ、眉をひそめた。

「お金のことなら、多くはないけれど、病院代くらいなら心配しないでいいから」

ひかりは影に向かって、注意深く告げた。いつも金銭のことになると兄は過剰に反応しがちだった。

「母さんの家の、汚れた金に頼る気はない」

影はざらついた声で言う。ひかりは狭い中で聞こえぬよう注意深く、細くため息を吐いた。

ひかりの兄は日本から送られてくる金を問答無用で「汚れた金」と表現する。それは、ひかりがこの国で撮りためた記録映像のうちのいくつかを日本に送り、引き換えに得ていたものだった。送った資料は、ひかりの大学時代の仲間で今は日本の通信機関にたずさわっている者や、嘉納家の親戚筋でテレビ番組の制作に関わる者たちの手から慎重な手順を経て、日本の人々の目に届くころにはひかりの撮影した映像であるという署名めいたものはすっかり消え失せている。そうやって資料の信憑性は損なわないままに、ひかりの存在を危険から隠しおおすための処理を施したうえで、世の中へ浸透していった。

兄が頻繁に口にする、ひかりが受け取る金への拒絶の言葉は、もともと特殊な商売であった母方の家への反発心によるものだけでなく、自分を置いて日本に帰った母親、未知江に対する怒りの思いもあったのだろうと、ひかりは考えていた。無理もなかった。未知江が去った後の終戦近いころのドイツの状況は、おそらくひかりの想像の何倍もひどいものであったに違いなかった。ひかりは体力や知能の発達に問題がありと判断されたために未知江に手を引かれて日本につれてこられたけれど、比較的丈夫だった兄だって、決して大きいとか強いとかいったタイプではなかった。むしろ東洋の血が混じっているぶんだけ、ほかの者たちより小柄で力もなかっただろう。その中でたったひとりの家族だった父の死後、どんな苦しい生活を強いられたのか、恐らくそれはひかりの想像を超えている。

ただ、ひかりの立場からすれば、捨てられたかもしれないのは明らかに自分のほうだった。あのまま未知江が自分の手を引いて日本に戻っていなければ、あちらの施設で終戦、また戦後の混乱の中で自分の運命がどう揺さぶられていたのか、想像もできない。

ひかりの兄が戦後の混乱にあった中で結婚をし、ルミが産まれた直後に伴侶を失ったことは、後になってルミの口から聞かされた。兄が、その娘のルミとふたり逃げるように、当時ひかりが大学を休学してごく短いあいだ渡航していたロスアンジェルスへやって来る際、数通の手紙を持って来ていた。かつてひかりが日本にいたときに父へ宛てて送り続けていた手紙と、照の字で簡潔に、最近のひかりの居場所を伝える手紙が一通だった。アメリカに来たとき、兄の持ち物はそれらの手紙と一台の撮影機、それと娘のルミだけだった。その撮影機は、未知江がドイツに残していったものだと思われた。いやに古びた戦前のそれの中に入っていたフィルムに収められていた静止画は、当時のドイツのようすを切り取った、大切な資料だった。

ひかりは以前スタジオで働いていた時代に付きあいのあった、いくつかの報道や出版の機関に掛けあって、その何枚かを米国の大手出版社で買い上げてもらった。資料の持ち主がすこしばかり変わった経緯でアメリカに渡ってきた東洋人との混血の双子ということで、その写真とふたりは一部で名前が知られるようになった。

写真の売り上げで手に入った多少の元手を利用して機材その他を準備して、報道資料を撮ることを仕事にするため、兄とひかりはルミを連れて各国を回り、現在は独立化の胎動が著しいベトナム南部の都市に居を構えていた。

世界大戦後の世の中はどの国であっても大わらわだったけれど、そのぶん、すべての国で情緒性だけでなく史料的な価値も高い素材が撮れた。東洋人にも西洋人にも見えるひかりたち双子の兄妹は悪目立ちすることも無いわけではない。しかし、どの国で活動をするのにも、やり方しだいでは違和感なく風景に溶け込むことができたのも利点だった。さらにルミという少女を連れての移動は、比較的危険の少ない市街地であれば逆に有利に働いた。よそ者の入りにくい場所でも子どもを利用して入りこんだり、それでなくても警戒心を緩めることに役立った。ルミは間違えて入りこんでしまった、迷ってしまったというふりをするのがずいぶん巧みだった。ひかりはルミに日本語を教え、ルミはフランス語、ベトナム語どちらもすぐに覚えた。ときどきひかりに歌にのせて日本語でものを伝え、やりとりした。ふたりは外にいるとき、状況にあわせていろんな言葉を使った。兄も使えない言語は、どんな場合でもふたりの符牒として使えた。ひかりはルミをあらゆる所へ連れて歩いたし、ルミ自身も旺盛な好奇心とともにこの街を生きていた。ひかりも兄も内向的だったから、こんなふたりの血縁のルミが、ここまで話し上手で度胸があるということは意外だった。双子の中でどちらかというと丈夫なほうだったはずの兄は、長い戦争によって体をひどく悪くしていたようだった。特にアジアにおける雨季のように湿度も温度も高い時期には、呼吸器系の発作に苦しむことが頻繁にあった。ひかりは兄に、体調が回復するまで、せめて雨季のあいだだけでも気候の穏やかなロスアンジェルスで暮らすことをすすめたが、家族と引き離されていた時期の思いがあるのか、ひかりはともかくルミと離れることを兄はかたくなに拒んだ。

三人が古く狭い、それが故にあらゆるものから監視の目をかいくぐることが容易な住処を見つけて街の生活に慣れたころ、ひかりの元へ、民兵を煽動している人物とのコンタクトが取れるかもしれないという話が来た。

この街には〝煽動者〟と呼ばれる人間がいる。この〝煽動者〟は、立ち上がって声を上げる、表立った名前で呼ばれるような革命家ではなく、この国にそういったリーダーが出てくるまで息をひそめながら、戦いの始まりを待ち望み探しだそうとする人間だと言われていた。ひかりはもちろん、この街で情報を得て暮らす者はみな〝煽動者〟の存在を知ってはいたものの、どのような人物なのかについては、まったく把握していなかった。

この不安定な国の人々の感情は、今にもちょっとしたきっかけで爆発してしまいそうだった。だからひかりは、慎重に〝煽動者〟と話をする必要があると考えていた。

持ちかけてきた男の話を、ひかりは最初信用半分で聞いていた。男は普段からひどく妄想狂的で臆病であることを周辺の皆に知られている存在だった。いつも酒臭かったし、たまにそうでないときは薬物を使用していた。薄いガラスの小さなケースに入った植物由来の薬物は、ガラスごと噛み砕くと口の中で細かな破片が刺さって無数の傷ができ、そこに植物の汁が染み入るため痛みを感じなくなる。それをやっているときに酒を飲むと口の中が爛《ただ》れて、薬物の麻酔効果が切れるころに猛烈な痛みと全身の発熱があるので、どんなに欲に溺れる性質の男であっても、最低限の保身本能から自制ができるという類の嗜好品だが、男はその常習者だった。

ただ、ひかりがその男の話をあながち狂言とも思えなかったのは、男の口から〝煽動者〟から預かったという、ひかりのアメリカでの、インナーイメージ社におけるいくつかの体験を交えた伝言を聞かされたからだった。温室でウサギを追ったこと、薄いコーヒーをスケッチブックにこぼしたこと。これらはひかりの体験と結び付けられなければ、ただのどうということもないできごとだった。これらを体験したということを知っているのは、この国で自分以外にいない。すくなくともひかりはそう思っていた。

ひかりはここではずっと撮影と記録をすることに専念し、徹底してきたし、自分から配信するという記名性も充分に塗りつぶしてきたつもりだった。男から聞かされた——ようは男が〝煽動者〟から請け負った——話には、ひかりの存在を隠しとおすような慎重さがあった。安全に配慮を怠らないように、それでもひかりをずっと探しているような切迫感も感じられた。

男自身に、ひかりへの興味らしきものは感じられなかった。おそらく男はひかりを探し出すことで受け取ることができる報酬だったり、それによって手に入れることができる薬物のほうに欲望の矢印が向いている。ただそのことが一層、〝煽動者〟がどうしてもひかりを見つけ出したいと考えていることを証明しているように思えた。おそらく〝煽動者〟は、こういった無数の安全で無力な街の監視者にひかりへのメッセージを、ひかりにしかわからない形で流しているようだった。

〝煽動者〟への好奇心は、ひかりの心の中で急速に膨れ上がり、きりきり張りつめていた。

5

Side A

学校行きたくないよ。と彼女からのメッセージが入ったのはまだ夜も明けきらないような朝方で、だから私は、じゃあどこに行く？　と寝ぼけたような返信をしてしまった。

そのまた返信を待たずに私は眠ってしまって、朝、最寄り駅ですっかりよそ行きの私服を着て準備万端な彼女がいるのを見たときに、ああ、あれは夢の中と外の隙間であいまいに起こっていたできごとじゃなかったんだな、と思う。と同時に、白いワンピースと革の編み上げサンダル、麻の鍔広《つばびろ》帽子とそれにあわせたカゴバッグという、なんだかたちの悪い冗談みたいな恰好で、通常、その服装ではあまりしないであろう絶望的な表情をした彼女が制服姿の私を眺めていたから、私は心の底からおかしくなって、駅のコンコースにいる人の七割くらいが振り返るような声をあげて笑ってしまった。私は気が済むまで充分笑って、笑い疲れてしまってから、

「そうね、海を見に行こう」

と、憮然《ぶぜん》とする彼女にそう言って、普段とは違う赤い電車に乗るための改札へ向かった。

終点まで乗るつもりだった私たちは、彼女の電車酔い（どうやら私たちはこの路線で使われているもののうちで一番古い車両に乗ってしまったようだ。この路線ならではの軌道幅の広さとカーブごとの揺れに、昨夜あまり眠っていなかった彼女は参ってしまったようだった）のために目的の手前の駅で降りることを強いられた。

Side B

スコールの狭間の曇天の下、ひかりは指定された屋台街の一角で人を待っている。オレンジのタープ、グリーンに塗られた木箱椅子。屋台の素材すべてが軽く、作りも簡単になっているのは、広げた商売道具をいつでもひとつにまとめて逃げおおすことができるようにだった。それだけこの街は今、巡回する公安や軍隊、あるいはゲリラ、大小あらゆるレジスタンスによる破壊の危機と寄り添って毎日の生活が動いていた。ただここの店主はとても年をとった男で、これらのものを片づけて逃げおおせることができるとはとうてい思えない。

ひかりが〝煽動者〟と話をつけることができたのは、仲介の男を受けてアポイントメントを申し入れ、それからさらにかなりの時間が経った後だった。男自身が〝煽動者〟の直接の知りあいでないということと、〝煽動者〟の活動がとても注意深いものだったためだろうと思えた。おそらく〝煽動者〟は、ひかりのことを知っている。けれどひかりは〝煽動者〟が何者なのか、見当もつかなかった。待ちあわせる場所は、隠れた店ではなく、昼間の、人目につきやすい明るい店だった。そのことからさえ、〝煽動者〟が、自分の正体が暴かれるはずがないという自信に満ち溢れているのだと想像がついた。おそらく〝煽動者〟は街に溶け込みきっている。ようは、そういう姿をして生きているんだろう。ひかりは警戒心を持ったまま注意深く席に着き、離れた台車にいる老人に人差し指を一本立てて伸ばした。ここのバインミィを注文することまで、すべて男からの指示だった。待ちあわせの符牒。小さなこの店に、ほかの利用客はいない。こういう時間を狙っているのか、それともこの簡単な店を今回のために用意させたのか。老人はひかりをちらりと見て頷くこともせず、決まった手順で香草と茹で鶏《ゆどり》をパンに挟み、ソースを塗って油紙に包んだ。老人は恐らく足を悪くしているのだろう。椅子の背やテーブルの端を手がかりにしながらゆっくりとひかりのそばに寄ってくる。

ひかりがそれに気がつき、注文したものを受け取るために立ち上がったとき、近づいてくるひとりの青年と目があった。青年は、丁寧に自分にも同じものをひとつ、と言いながら老人の手に握られたバインミィを受け取り、引き換えにポケットから二個ぶんに余るほどの小額紙幣を出して渡すと、そのまままっすぐひかりの前まで来て、〝煽動者〟という呼び名にはおよそ相応しくない、人懐こい笑顔を見せた。

ただ、まぎれもなく彼が〝煽動者〟だった。

「ひかり、ひさしぶり」

差し出されたバインミィを両手で受け取りながら、ひかりはしっかりと、〝煽動者〟と呼ばれている、おそらくはこの国の表には出てこない、けれど一番恐れられているであろうその男の、ふっくらとしなやかな手を握った。ひかりは、想像もしていなかったその笑顔に混乱して、どう笑いかけたらいいか、笑いたいのにうまくできずにいた。〝煽動者〟はひかり自身が想像していたどのようなタイプの人間とも違いあまりにも無邪気に見えたし、それだけではなく、ひかりの記憶の中の実像へ、あっという間に馴染み溶け込んでいったからだった。

「ユン」

ひかりの発したその名前で、男の微笑みに一層、明るさが増した。ひかりが彼を以前見知っていたときは東洋系の顔立ち、という程度の認識だけであったが、今この国で改めて眺めると、彼の顔はベトナム人というよりも、中華系のルーツが感じられた。肌は白く、上がった口角の上に血色の好い頰が丸く膨らんで、黒く細い瞳を三日月形に押し上げふくよかな笑顔を作っている。

「すごく元気そう」

素直に漏らしたひかりの言葉に、ユンのほうは笑顔のまますこし首を傾けて、

「ひかりは、ちょっと疲れているみたい」

と言った。ひかりは改めて驚く。

「日本語が話せるの」

「ひかりと僕が話すのには、日本語がいっとう、都合が良いだろう？　失礼かもしれないけど、君はフランス語はあまりよくわからないと思うし、ベトナム語や中国語もそうだろう。日本語

ならすくなくとも英語よりもずっと、今ここでふたりっきりの話を邪魔される心配がない」

「それはどうかしら」

きっぱりとした声が、ふたりのいるすぐ隣の丸テーブルの下から聞こえた瞬間、ユンの顔が一瞬だけさっと強《こわ》ばった。切れ長の目に現れた恐ろしく冷たい輝きはひかりの背筋に恐怖を撫で付けて、すっと消えた。テーブルの下から覗いていた丸い目の持ち主が、ユンの注文していたバインミィを持って顔を出した。ひかりが言う。

「やだ、ルミ、驚いた。まったく気配がしなかったのに」

長くひかりのアシスタントめいたことをしているうちに、いつしかこんな忍者の真似事みたいな所作も身につけていたのか、とひかりは呆れてルミを眺める。ユンは眩しげに目を一層細めて、ルミのことを見た。

「ひかりの子?」

「いいえ」

「でも」

「似ているのは、兄の子だから」

「ああ……」

ユンの人懐こい表情に安心したようすのルミは、それでもうかがうようにしながら笑って見せた。ため息混じりの声でユンがつぶやく。

「それにしてもそっくりだ。なんだか、奇跡みたい」

「中身はまったく反対だけどね」

そう言ってバインミィのパンをかじるルミを眺めながら、ユンはひかりに、自分と組まないか、と切り出した。

「トーキョーで流れているこの街の映像、ひと目でひかりが撮ったものだってわかった」

ユンの見上げる空には、数羽の丸い鳩が飛んでいる。ルミの零すパンの屑を狙っているらしかった。かつてフランス統治下にあった影響でこのあたりのパンは堅いバゲットタイプが多く、兄とルミがこの街に来た当初はなかなか馴染めず難儀していたが、子どもの順応力は感心するほどのもので、食の細る一方の父に反して、ルミのほうは米の麵でも雑穀のスープでもなんでもよく食べた。ユンは老人のいる台車へ行って、この街特有の、温かくてひどく甘いミルクコーヒーをふたつ持って来てテーブルに置くと、ルミには好きな飲み物を買っておいでと言ってコインを渡す。

「いま僕たちがやっていることと、ひかりがやっていること、本質はおんなじなんだ」

「本質」

「うん」

ユンはひかりと向きあって座り、話し始めた。ひかりはスタジオにいたころのことを思い出した。休憩時間、当時ポットから注いだコーヒーにたくさんの砂糖を溶かし込みながらユンが好奇心いっぱいに話しかけてきた、そのときと今は何も変わっていないように思えた。あの時すでに彼の心には、この計画が育っていたんだろう。そのことにひかりは露ほども気づくことができていなかった。ひかりは恥ずかしく思った。それほど、目の前の〝煽動者〟は穏やかな力強さで溢れていた。

「データ・ロンダリング《情報洗浄》」

という言葉を、ユンは口にした。たくさんの人物のあいだを経由していくことによって、情報は誰の発信したものであるのか、どのような思想や利益を求めて流されていったものであるのかがあいまいになっていく。さまざまな種類の〝正義〟を持った人たちの手を経て、情報は浄化されていく。その中で不意に情報の生まれた当初には思いもしなかった意味が、情報の中に付加される。今、ユンがしようとしているのは、そのことを利用した戦い方であるという。

情報で人の動きを見て、読む。人を動かす。

「僕ができるのは、それくらいだから」

確かに、言われてみればひかりには心覚えがあった。お互い、インナーイメージ社で得た技術や知識を利用して動いているのだ。無意識ではあったが、ひかりも日本ではユンと同じやり方で戦っていたのかもしれなかった。

「誰がなんの目的で発したのかわからなくなって初めて、情報は一層強い輝きを放つ武器になるんだよ」

そう言ってユンは、まるで何の苦労もしていないような、しなやかで肉付きの良い指をひかりの前で前後に動かしながら、

「刀を研ぐみたいに。情報を」

と言った。ひかりは、その指先から視線をユンの穏やかに微笑む切れ長の目に向けた。弥勒《みろく》菩薩《ぼさつ》像のように半眼にした瞳から、ひかりは目が離せなくなってしまった。

日本の若者たちは、かつてひかりが作った映画のコピーではなく、今のひかりが撮っては送っている最新の映像を見ている。署名もなく、名誉もないぶん、多くの人の目に触れる。

「ひかりの撮るものの力は、特別なんだ。だからひかりのしていることは後ほんのすこしで、ひどく大きな爆弾になってしまう。僕はそれをコントロールする方法を、あのスタジオや、ほかのたくさんの場所をうろついて、手に入れた」

ユンの言葉はよどみなく、はっきりとひかりの耳に届いた。特に大きな爆弾、と言うときに重く区切るようにしたので、ひかりは動揺した。

「私から見たら、ユンのほうがよっぽど、特別な力を持っている感じがするけれど」

だって、今、この国のあちこちで起こっている騒動はユンが仕掛けているようなものなのではないのか。この国での〝煽動者〟の存在とその活動内容は、共和国側の軍、つまり海のむこうの大国にとって計り知れない脅威になっている。ひかりのような、あまり中央の情報に触れることができないでいる者にさえ、その存在は知れ渡っていた。にもかかわらず〝煽動者〟の正体については名前はおろか性別や国籍、年齢さえまったく明らかにされていなかった。今、この瞬間にだって血眼でその存在を突き止めようとしている機関の人間は少なくない。

ひかりはあの当時の記憶から、自分と同じくらい幼く見えていたユンの姿を、目の前にいる青年に慎重に重ねた。

「ひかりがスタジオに入る前から、僕はあそこでできる限りたくさんの技術を身につけようとしていた。ミセス・ディスティニィの魔法の仕掛けをすこしでも解き明かしたいと必死で学んでいたんだ。彼女が何度も日本に行って、とうとう君を連れてきたとき、僕は何よりも君に近づかなくっちゃって思った。君が帰ってからは日本語さえ覚えた。できるなら一刻も早く、君をこの国に迎えたかった。一度は、日本に君を捜しにさえ行った。ちょうど、行き違いでアメリカにいたときにはとても落胆したけれど。まさか自分から来てくれていたなんて……」

「それって、ひかりを口説いているの？」

バインミィをすっかり食べ終えたルミが、ワンピースに飛び散ったパン屑をはたきながら言った。遠巻きにしていた鳩が一斉に近寄ろうとして、ルミの視線に緊張して距離をとる。

「ダメかな」

「まあ、急ぎすぎかもね。ひかりはのんびり屋だから。私みたいに勘が働かないのよ」

ルミのもの言いに、ユンは声をあげて笑った。

「レディ・ルミの勘によれば、僕という男はひかりには相応しくないのかな」

「そうねえ。ほんのちょっぴり、インチキ臭い感じもするわね」

しばらく黙って、ユンは再び、今度は体をかがめながら花火みたいに大きな明るい声で笑い出し、ひかりとルミを驚かせた。かなりの長い時間ユンは笑い続けてから、

「こんなに笑ったのは、どれだけぶりだろう」

と目じりを手の甲で拭うようにしてつぶやく。ひかりはユンにたずねた。

「ここに家族とか、仲間はいないの」

問いかけて、ひかりは改めて、ユンの家族について自分が何も知らないことに気がついた。あのスタジオでひかりの家族について興味を持って話を聞いていたユンは、自分のことについてはあまり話をすることが無かった。答えるユンの笑顔は穏やかなまま変化がなかった。

「いないよ、世界の、どこにも」

6

Side A

降りた駅は、彼女とふたりで海を見るにはちょっとロマンチックな雰囲気が足りない場所だった。ここが平日限定の各駅停車の電車でしか来られなかったのはそんなに昔じゃない。日本全体が今よりだいぶ元気で、そのためにちょっとおかしくさえあったころの名残で、このあたりは「ケーヒン工業地帯跡」なんて呼ばれていたけれど、今は海外からの観光客を集めるエリアとして、やっぱりちょっとおかしい感じの場所のひとつになっていた。

この場所が、まだ辛うじてその役割を全うしていた一時期、その本来の役目を終えかけのころに、かえってその荒廃した無機質なようすに機能美を見出《みいだ》した人たちがいたらしい。稼働している工場も、そこで働く人も少なかったけれども元気なころの名残を惜しむような、もしくはそのもの寂しさを日本なりの魅力として愛でたかったのかもわからないけれど、とにかくその工場群の見学や、ちょっとした散歩めいたツアーが細々と行われていた。たとえば交通船の運航時間外、邪魔にならないように倉庫や発電所だった場所のあいだの水路を縫って進むボートツアーや、ヘルメットをかぶって地下の貯水槽を歩いてまわるような。

その細々とした退屈なムーブメントが結局、こんなことになってしまうなんてきっと、誰も想像していなかったんじゃないだろうか。

Side B 「カカオ」

「こんなところに」と誰もが思う住宅街にしか「そんな拠点」は作られない。

上級住宅街でもなく、またスラムでもない、こんな集合住宅は、この国のどんな地方都市にもありふれている。国が何かを紛れ込ませるためにわざと作ったんだとしか思えないほど、よくできた量産式の人の住まいだった。この国で産まれた中年以上の男女であればみんな思わず懐かしいなあ、とつぶやくだろう。その思い出はそれぞれ別のものだけれど、その舞台はこの建物と寸分違わないものだった。

ただ、この建物がまわりと同じに見えるのはそこまでだった。

このあたりに暮らす女性は、全身はもちろん、目というほんの一部ですらメッシュの黒い布で覆い隠されていて姿がわからない。セシルは自分がひどくむき出しのまま、すべての隅に設置されている防犯カメラに自分の姿をさらしていることについて場違いに感じながら、決められた番号を押すと、スピーカーからはざらりとした「ハロー?」が聞こえる。

「カカオ」

ここでは、その名を名乗るよう彼に言われていた。確か理由は、かつて彼が旅をした極東の島国で食べたカカオ菓子がとても美味しく、彼はそのスライド式の芸術的な空き箱を持ち帰ってずっとペンケースにしていたらしい——その商品名がセシルだったとか。

音もなく強化ミラー製のドアが開く。銃弾も爆風もとおさず、ただ自分の姿だけをそのまま映し出している大きな扉。扉が閉まり、振り向く。自分がさっきまで居たエントランスのほうは透けて丸見えだった。この光学的な仕組みはもう何十年も前から一般的であって、こんな場所なら採用されていて当然であるにもかかわらず、未だに人間の目に新鮮な驚きを与える。そのガラス鏡は〝両用〟と名づけられているが、厳密にはその用途がお互いの面でまったく違うため、一般的に使われている名は〝一方用〟だ。あるいは彼の旅した極東の島国では〝魔術鏡〟と呼ばれているらしい。この建物には、あらゆる所にこういった魔術が仕掛けられている。

彼は、エレベータは故障が多いから使わないほうがいいと言ったが、おそらくは何か別の不都合があるんだろうとセシルは思う。廊下の突き当たりの重い扉を開けると、長方形に上階まで進む階段がある。手すりにつかまって真ん中から上を見上げると、ずっと上階まで続いているのが見える。

「カカオ、お疲れさま。十二階までだから息が切れたでしょう、すこし座って、お茶でも飲んでから始めましょう」

と彼が言う。長い廊下に、ベンチ型のソファがみっつ並び、それぞれのあいだに丸いコーヒーテーブルが配置されている。カカオが端に座ると、そのすぐ横のテーブルに彼が温かいカモミールティを置いた。数回、息を深くついて整え、ひと口だけお茶を飲む。それからカカオは、

「あまり飲むと途中でお手洗いに行きたくなってしまうから」

と肩をすくめて笑い、廊下に並ぶ個室のうちひとつ、準備完了を示すランプのついた個室に入った。

ここでの仕事は、セシルにとっては若干、いや、相当危険なアルバイトだった。最初、雇い主の彼に呼び出され、説明を受けたときには断ることしか考えられなかったが、その後すぐに経済状況の悪化とともに国営の放送局の仕事が減った。限られた大本営の発表を繰り返す放送局に、芸術娯楽部門のナレーターであるセシルの仕事は減る一方になった。強制するつもりはない、という彼の仕事を受ける直接のきっかけは、夫のリウマチが悪化したからだ。それからずっと、ここでカカオとして働いている。

個室の内部には小型のブラウン管モニターとカセットレコーダー、スタンドマイク。どれも、

ちょっと豊かな家庭なら持っていてもおかしくない廉価な西側製のものだ。これでもう、どのくらいの物語を紡ぎだしただろうか。

「今日の台本です」

彼はカカオに紙束を渡す。薄い紙にぎっしり、小さい文字が詰まっている。どれも汚い言葉ばかりで、目をとおすだけで気が滅入《めい》る。これでもカカオ用ということでナレーションはだいぶおとなしい表現に直されてはいるのだという。それでも「コンチクショウ」「倒してやる」などの強い言葉が多い。今日は全身刺青の大男が大蛸《おおだこ》と戦うシー・アクション映画だ。

正直なところ、実際カカオはこの類の映画をおもしろいと思ったことはなかった。ハリウッドの中でも、賞に引っかかることなく、ただ娯楽作として消費されていく映画は、一方この国では御禁制の代物だった。暴力表現、わいせつな恰好をした女性、テーブルの上に並んだ食事やケーキさえ、過度な飽食を助長するとしてカットされる。

カリフォルニアの外れのビデオショップからレンタル落ちで売られているワゴンのＶＨＳテープを流し、映像にあわせてこの国の言葉でナレーションを入れていくのがカカオの仕事だった。字幕を入れるための特殊な機械は、闇屋で購入しただけでも秘密警察にかぎつけられる危険がある。海賊版は一般に普及している機材だけで作製する必要があった。使い古されたＶＨＳテープをマスターにして、さらにコピーを繰り返した海賊版に、カカオの読んだナレーションを録音したカセットテープをいっしょにして、闇ルートで販売する。一本あたりの価格はふつうに考えたらあり得ないほど高価で、またデッキを持っている人も少ないため購入するのは個人であることはほとんどない。闇上映屋は、画質の劣化しきったB級映画と同時にカカオのナレーションを流すのだった。

薄い台本は読んだそばから、スタジオの外に出され廊下にあるキッチンのコンロで燃やされていくから、読み損じは許されない。とはいっても時間の余裕もないので、すこしぐらいの言葉の突っ掛かりは気にせず進められた。ただ、カカオにはその言い淀みがほとんどなかった。良い言い方をすれば滑らか、悪い言い方でいえば棒読みだった。

「やい、やったな、このやろう」

「あらすてきね」

「ふざけるな」

「もうくたばっているのかよ」

どんな男や女が言うセリフも、ときに大蛸や宇宙人の言葉さえ芝居くさい感情を入れずに読むカカオのやり方は、かえって映画の音に溶け込むことなく人々の耳に届く。

この国で闇上映屋のＶＨＳ映画を見た者で、カカオの声を知らぬ者はなかった。ブルース・リーもシルベスタ・スタローンもカカオの声で再生される。

読み終わるといつも、同年輩の女性が一度に手にするには若干多すぎる額の現金が支払われる。カカオはこの数時間で、本業の放送局で一年に受け取る額と同じくらい稼いだ。

次の約束の日、カカオがエントランスで番号を押すと、反応がなかった。彼が出ない。嫌な予感がしてエントランスを出て、バス停に向かう途中で三人の警察官に呼び止められた。夫の病気のことを考えながら連行されているとき、三人のうち一番若い男が小さい声で、

「あなたのナレーションの作品を、私は見たことがあります」

とつぶやいたので、それだけでセシルは、これからどんなひどい目にあっても救われるという気持ちになった。

7

Side A

ただでさえくたびれていた工業地帯は、そのうえ輸入燃料の高騰や需要の変化が起こって、働く人もめっきり減ってしまったためにぱらぱらと各工場の明かりを減らし続けた。当時困ったのはマニア相手の小規模な観光船の業者と、夜の景観をなけなしの売りにしていた、ベイエリアにある宿泊施設の経営陣くらいで、その少数の人たちでさえも、どうせそういう商売は山師的に勘が働けば次に行くみたいなものだし、時代の流れはどうにもならないという諦めの気持ちを持ちながら過ごしていたんだろう。だって、巨大な工場は結局働いているから美しかっ

たわけで、その働いているようすを眺めるということこそが大事だったのだから。

そういった山師のうち数人がちょっとした仕掛けを企んだのは、私が知っているかぎり三年も前じゃない。近くにある大小の観光業者が共同で出資をしながら、そこいらの灯《ひ》の消えた工場を安く借り受けてまわった。そうして動いていないコンビナートの表面から見える窓辺だけに、エネルギー効率の高いLEDを設置して、張りぼての造りでも夜の見た目はなんとか工場らしく見せかけることに成功した。

工場を持っているほうとしても、放置しているだけでメンテナンスにもランニングコストがかかる現状に比べたら、賃料収入なんてほとんどゼロでも面倒な管理を引き受けてくれるほうを選ぶというのはあたりまえなことで、だから空き工場の活用が増えてきたところで、観光業者のほうも景観以外の使い道で考え始めた。せっかくコンクリート製の丈夫な箱があるのに、セット代わりの書き割りにばっかり使っていたらもったいないということだったのかも。

ただ初めのころの使い道は、貸し会議場だとかメーカーのPR会場なんていう地味でツマラナイもので、その貸し出し相手も最初は地元の商工会議所や地方自治体の展示会なんかだった。工場の跡地でやることに意味が付加されるというよりは、かえってもの寂しさが足をひっぱってしまったみたい。

でもしばらく経ってから、値段が安いこともあってイベント系のベンチャー企業が手掛ける少人数で行う工場内部の探検ツアー、コンクリートスラムを舞台にした映画の試写会、殺人事件を模した謎解きミステリーイベント、という感じでその娯楽性はちょっとずつ刺激的にエスカレートしていった。

最近までで一番刺激的なコンテンツは「ＥＫＷ（エクストリーム・コージョー・ウォリアー）」と名付けられた、パイプラインで組み上げられた近未来コンビナート風の難所を舞台にしたサバイバルレースだった。これは時間制限でふたつのチームが追いかける側と逃げる側に分けられて、フィールドに響くサイレンの音でランダムにその役割が交代する。多く捕まえた人が生き残り、捕まった人と、誰も捕まえることができなかった人が徐々に脱落していく。チームは定期的に入れ替わって、冷静に表示に注意を払っていないとブラフをかけられたり、挟み撃ちの相棒と見せかけた敵に捕まることもある。最後のふたりになるまでチーム戦は続き、最後は一対一で追いかけっこをする。一応スポーツ競技だけど、基本的にはショウだ。

名前だけ見ればハードボイルドで、ちょっと危険な感じがするこの競技は、実際は武器らしきものも持っていない人たちが身体能力だけで鬼ごっこをしているという、いたって平和な遊びだった。それでも、錆びた工場のところどころをネオン管とかグラフィティっぽい広告で飾った、映画かゲームのセットみたいにピクチャレスクな舞台を駆けずりまわってよじ登り、逃げたり追いかけたりする競技のようすはなかなかスリリングだったから、固定カメラやドローンで撮影された競技はインターネットで中継されて、海外でも多くのプレビュー数を稼いでいたみたい。オンラインの一部のファンのあいだでは「コージョー」の言葉が競技自体を指す単語みたいに扱われていた。

最初期の参加者は、どこにでもいるような若い男の人たちだった。たとえばネットでおもしろいスケートボードの技とか身体能力を生かした動きをアピールして閲覧数を増やしたい人たち、賞金が出ればそれに越したことはないけれども、それよりもブラウザのタップによって拍手の数が賞賛として勲章になっていくような人たちが、寄ってたかって楽しんでいた。中には女の子もいたし、有名な数人のプレイヤーは海外でも名前が知られていた。

　それからしばらくすると、海外からさまざまなプロスポーツ選手が参加するようになった。マイナースポーツの資金不足にあえぐチームの選手でも、身体能力がそこそこ高ければ参加してかなりの結果が出せる競技だったし、そういった自由度の高さはレスリングの選手や、クリケットの選手、チェスの選手でさえ能力を生かした戦略を立てることを可能にしていた。ルールに設けられたスキマの部分は、かえって競技の中の不公平さを無くしているように見えた。

　決勝レースまで進めば企業から体のあちこちにステッカーを張られ、さらに見た目がちょっとカッコよかったりすれば、アイドルのような扱いを受けることさえあった。特別高額な賞金や出演料の話がなくとも、名前を売りたいような人たちならそれで充分だった。ただ、競技者や観客が集まれば自然に賞金や広告のオファーも増えたので、結局は優れたプレイヤーが活躍すれば相応の報酬を得ることができるようになっていたみたいだった。

　人が集まってくれば、寂れていた工場への引き込み線も息を吹き返したし、錆びた車両も老体にムチ打ちながらせっせと人を運び始める。乗客数が安定して集客が見込めるようになれば増便に対応するから、きれいな車両が投入されていく。逆に古いものがありがたがられるのは皮肉でもあったけれど、その地域では特に各地の工場で使われなくなった古い工場線の車両を買い上げて利用したものだから「工場車両の動く博物館」なんて呼ばれて、かえって人気を集めていた。

イベント用の簡易厨房がリーズナブルにレンタルできる仕組みが取り入れられると、工場にはそのレトロ・フューチャーな雰囲気を持った設備をそのまま利用して、コンベアが縦横に流れるレストランやバー、カフェが開店しはじめた。人がたくさんいる所では考えてみればあたりまえのことだけど、食べ物も飲み物も出せばよく売れた。日本お得意の自動販売機のマシン開発は、食べ物も飲み物も売るいろんな仕組みを作った。簡単なカレーやおにぎりみたいなものからオムライスをくるっと作ってくれるマシン、洋食や中華、エスニック、果てはガラス張りの中で上にある水槽からイカやアジが吸いこまれて一瞬で刺身にされてお寿司に握られるようすが見えるものとか、ひきたての粉から打って作られるおそばスタンドもあった。どれも無人の販売機で、ロボットが人の手を借りずに料理を作るレストランブースは、ホスピタリティやぬくもりといったもののなさが、かえって人気だった。

次には、せきを切ったように急ぎ足で新しいスポットが次々オープンし続けた。ボイラーを利用したスパやサウナ、エステ、クレーンや各種機器を操作できる体験型のテーマパーク。

工業用ロボットと見かけ重視のセクシーなアンドロイドがバトルロワイヤル形式で対決するコロシアムでは、試合の合間の余興として世界初の〝工場発〟をうたったアイドルユニットが初期メンバーだけで千七百二人という、異例の超大所帯でデビューした（たしか、この点でもギネスに申請をしていたみたい）。広さだけはふんだんにあるステージで、大量生産をイメージしたダンスは動画サイトに載るとすぐ、世界中のオンラインインフルエンサーの目に留まった。

曲もふりも小さい子どもからお年寄りまで真似しやすいシンプルなもので、のちにひとりの大衆風俗研究家とかいう背の低いおじさんによって、その曲と踊りがかつて日本の企業で社歌とともに歌い踊られていた〝増産音頭〟と非常に似ているということが当時の資料を並べて主張された。この仕掛けが日本の高度経済成長を匂わせる非常に巧妙なイメージコントロールの上に成り立っているのだ、と主張するそのおじさんの本は、そこそこ売れたらしい。

Side B「船体消失」

太平洋沖で行われた実験は、一点においては成功して、しかしほかの重要な部分は、その内容どころか起きた現象についてすべての資料がまったく無意味な紙屑の山と化してしまった。これはあまりにも多い目撃談が残り、その豊富さゆえにぼやけていってしまうからだった。視点が多すぎる事実は、そうであればあるほど物語めいて虚構に近づいていくのを、その事実を追う研究者なら誰もが思い知っている。

その日、大きな船体は確かに浮いたのだと、その場にいた誰もが証言した。

小舟の漁師の目の前で、または数百メートルほど離れた灯台守りの覗いた望遠鏡から見えた艦船は、波の上に光を放ちながら浮かび、音も立てずに姿を消した。そしてしばらく後に姿を現した（これは目撃者によって数秒後とする者もいれば、その年は現れずに翌年の春になってようやく近隣の火山島の山腹に突き刺さっているのが発見されたと言う者までいろいろであった）。そのとき乗船していた者の半数は軍人で、残りの半数は科学者及びその助手だった。

彼らのうち九割は黒焦げの死体（その程度にも個体差があり、中にはビー玉のように固く縮んだ煤としてしかその姿を残さなかった者がふたりいた。ひとりの男の妻はそのビー玉の大きさの煤をコンスタンチノープルまで持って行ってペンダントに仕立て、以後生涯、肌身離さず持ち歩いたし、もうひとりの男の恋人は、食事のとき以外はずっとその煤玉を口内でしゃぶって過ごすようになった。その彼女いわく、舐《な》めていても減らず、また体調に変化もなく、単なる塩気のある生臭い玉であったという）、そうして残り一割に至っては、若干生活に支障があるかないか程度の精神的トラウマを抱えたものの、ほぼ無傷で帰還した。

しかしそれだけの大規模な実験の中、多くの証人を残しているにもかかわらず、そのできごとを証明する映像がまったく残っていなかったことが、残された資料やトラウマまじりの生存者の証言をも、この上無く胡散臭いものにした。

この現象には、いくつもの解釈が生まれた。まずはそもそもその船体の消失自体が映像による攪乱《かくらん》作戦の一部だったのではないかということ。そのころには技術者によってすでに、波の飛沫《しぶき》や入道雲の水蒸気の粒子へ、つまり空中へ映像を投影する技術が可能となっていた。この仮説を説いた研究者はさらに、その映像を残さないことによって、それを見ていない人間にも、はるかに強い視覚効果を与えることを目的とした実験であったのではないかと主張した。この研究者は長く〝映像を見せないことによる映像兵器〟の開発にたずさわっていた。

見ることなく影響を与えるという新しい映像兵器は、当時世界各国でさかんに研究、開発されていた。これらは今日の兵器史、戦争史において、映像というよりも情報兵器の一種に分類され認識されている。しかし当時、ひとつの映像兵器の攻撃範囲を拡大できたこの実験は、初めは非常に意義深いものと捉えられた。ところがふたを開けてみれば、目撃者に与える影響が大きければ大きいほど醒める、距離をとる、あるいは虚言と見なすなど、多くの人々には逆効果になるという皮肉な結末を生む。件の研究者はそう言って項垂《うなだ》れた。一方で多くの目撃者たちはお互い譲ることなく、また自身が正気ではないなどと疑うことなく、船が錐揉《きりも》み飛行をした、火を噴き雄叫《おたけ》びをあげた、雌を捜し求愛行動の後に所帯を持ち幸せに暮らしたなどと、各自の見たままのことを言い散らかし続けた。

結局のところ、その実験の資料はほぼすべてが、戦後その地の倫理運動家なる人物たちによって「情報兵器は朽ちることなく攻撃を続ける」として廃棄され、そのはるか後になっても残された目撃者たちは、いつまでもてんでたらめな（しかし確信の元に）証言をまき散らすことで、逆に事実と虚構の境目をぼかし続けた。

8

Side A

旧ケーヒン工業エリアで、この一連のわけのわからない盛り上がりを仕掛けた人物は、私たちよりもせいぜい十歳くらい年上の男の人だった。彼はこの成功によってすごく有名になって、アメリカの雑誌でも「世界の重要人物百人」とかいう特集で取り上げられたから、今は日本でもたくさんの人に顔が知られている。あちこちのインタビューに答えている内容によると、このプロジェクトを起こす前は、彼は海外をふらふらしているような自分探しに夢中なお金持ちの家の御子息だったそうだ。そういうのをどこかの方言ではボンボン、というらしい。

彼の家は、昔から風俗業、つまりショウビジネスの中でもわりと裏っかわのものを扱って財を成していた旧家で、彼が海外で何にかぶれてきたのやら、帰国するなりベンチャーで啓発セミナーともイベントサロンともつかない、胡散臭さで言ったらほかに比べるものもなかなかない集団を率い始めたとき、なんの躊躇もなく資金を提供したことを考えると、本来の企業体質そもそもが品行方正とは言えなくって、それこそ代々山師っぽい集団だったのかもしれない。

〝ハレシオン・メビウス・グループ（略称ＨＭＧ）〟と名乗るその集団は、当初はイベントの企画やソーシャルなレクリエーションのアイデアを販売していた。……というけれど、わかりやすく言えば街中とインターネットで並行してかくれんぼをしたり、実際の社会に起こる喧嘩や軋轢《あつれき》をすべて引き受ける代理ネットスラムを作ったり、なんだか学生サークルのノリでインチキっぽい企画を立ち上げては皆が眉を顰《ひそ》めるような馬鹿騒ぎをたくさんの人に見せて楽しむようなことばかりしていた。

彼ら自身はこのケーヒンエリアプロジェクトの立ち上げにさほど自分の元手というか、資本を投入していなかったみたいだ。まず初めにアイデアを提供し、零細観光業者十数社をたきつけ、フローしていた工場を持つメーカーとの橋渡しをして、あとはちょっとしたプランニングをしたくらい。

そうして次の段階ではオンライン、オフラインのいろんなイベントを展開させた。それは、若手のクリエイターにこのエリアを舞台にしたアニメやゲーム、映画や音楽、小説を作らせるというやり方だった。具体的にはコンペ形式でオンライン投票制の懸賞にすれば、賞金以外のギャランティーはほとんど掛からない。ただ一般的な作品コンペと違ったのは、投票を得るためにクリエイターはあらゆる選挙活動を許されていたことで、応募も審査も、宣伝も、全部みんながそれぞれで勝手にやってくれた。そのために無料で公開されたそれらの作品は、ただプロモーション側が仕掛けるものよりも、ずっと勢いよくカルチャーの中に広がっていった。

ほとんどの作品はあふれんばかりの事実報道や虚構、あるいはアニメーションなんかのあらゆる動画データの海の中に揉まれながら色を失って溶けて行ったけれど、いくつかの光り輝くものはコンペの結果にかかわらず、広がった先でまた新たなカルチャーの火種になっていくなんてこともあった。

中でも一本の、ごく短いショートムービー（これは架空の、ひとりのインディーズ歌手のMVという形式で撮影されていた）は、コピーや再配信の許されたフリーの作品として、繰り返し世界中で再生された。昔に、こういった日本の工業的スラムを舞台にしたハリウッドのサイエンス・フィクション映画があったみたいで（私と彼女はあまり好きなタイプの映画じゃなかったけど）、今でも映画史上に語り継がれているその名作を思い起こさせるごく短いフィルムは、私たちくらいの年代の人たちから、もっとずっと高い年齢層の映画マニアにまで話題になった。

彼らＨＭＧの仕掛けたこの寂れかけた工場地帯の観光地化は、きっと彼ら自身が思っていたのとはけた違いの成功を収めてしまったんだろう。世界の先進国のツアー会社は、日本のパックツアールートにこぞってこのエリアでの自由行動時間を追加し、オプショナルツアーを組んだ。

間にあわせで作った廃工場ホテルはすぐ数年先まで部屋が埋まって、慌てて部屋数を数倍に規模拡大した。カプセルホテルや衝立《ついたて》で仕切られたブースのような割安の宿泊施設もいくつかできたことで、世界中から若い層の観光客までもが押し寄せて、旅行のレビューサイトの日本エリアのリストや旅行記ウェブブログには、この一帯の煌《きら》びやかで若干品のない写真が並んだ。

人もお金もあまり使うことなく、舞台であるコンビナートの風景が神社仏閣や下町の街角とは違った、新しい日本のテクノロジカルな原風景ということで、海外の人にもかなりの興味をもって受け入れられていった。

夕方になると一帯の明かりがともって、まるで旧式の家庭用ゲームのスタートボタンを押した直後みたいな電子サイレンが鳴り響く。

時間帯によっては空をサーチライトとレーザー搭載のドローン、また打ち上げ花火で彩ることもしていて、週末ともなると、その時間帯には日本中の外国人がここに集まっているんではないかと思われるほど賑わいはじめた。中でも人気なのはパレードで、かつては日本の一切の土木工事を支え続けた頼もしい巨大重機や、その古さによってちょっとばかりの愛嬌さえ持ちあわせた工業用ロボットがLEDに飾られている。クレーンを馬に見立て、キャタピラの上部に立体的な荒ぶる武者や巨大な女性の全裸を模したシリコン像（明かりが仕込んであり、内側から光るようになっている）を取り付け、長い列を作って工場のあいだの貨物運搬ラインを練り歩くようすは、衛星写真からもその光が見られるとかで、これも狙い以上の話題になった。

海外の人に充分認められてから、恐る恐る自分たちが注目しだす、というのは日本国民の性質で（実際私たちの映像についての評価もそうだったし）、このプロジェクトが動き始めたころには見向きもしていなかった県の観光協会や国の文化事業部門が、この地域に注目して日本観光の新たな目玉のひとつにして持ち上げようとあらゆるサポートをし始めると、世界規模の観光プロジェクトに膨れ上がるまでは、あっという間だった。

私たちがすっかりきれいに作り替えられたホームで（これには実際のところ、ＨＭＧの中心メンバーは元の工場線の雰囲気を保ってほしいと猛反対して、そのためにずいぶんとオンラインのフォーラムでも議論が盛り上がったようだけれど）ひと休みしているあいだも、電車は平日にもかかわらず五分と開けずに運行して、あきれるほど大勢の家族連れや若い旅人の集団を吐き出している。

彼女は冷めた目で、浮かれ気味の観光客たちを眺めていた。こういう空気を絶えずほんのりとかすかに疑う気持ちを、彼女はいつも持っている。たとえば世界的なスポーツの祭典や、若者のデモや、天才子役の演技に対して。

こういう表情ができるのであれば、もう彼女の電車酔いも大分いいんじゃないかと思えた。私が声をかける前に彼女はもうこの駅にはいたたまれない、というような言葉をため息とともに吐き出しながら立ち上がった。

Ｓｉｄｅ Ｂ

ほどなく全身を病に食い尽くされたようになったひかりの兄は、煌めく思考も言葉も遺すことなく掠れていくように世を去った。ひかりは看取《みと》りながら、最後まであまりにも母の未知江に似ているうえ、呼吸器の疾患で未知江のように最後に言葉さえ残せないでいた兄の姿に絶望した。ユンの協力を得たささやかな儀式によって、ひかりの兄は街からさほど離れていない小規模な教会の墓地に葬られた。しばらくのちにひかりとルミはサイゴンから離れ、ユンの住む小さな古い街に住まいを移した。ユンの地下的な活動はとても平和的ではあったものの、サイゴンは不安な情勢から警戒態勢が強まってきたこともあり、すこしでも多くの人の生活を観察し、資料収集をしようと考えるひかりにも、徐々に不便な場所になっていた。

ルミは父が亡くなってからも、ひかりとともに過ごして仕事の手伝いをした。自然、ユンとひかり、そしてルミの三人で生活していくことになり、ルミは、ベトナム人であるユンと日本人であるひかりの子どもとして、ひとつの家族のようにふるまった。そうして実際にも、ひかりがユンとごく簡単な結婚式を挙げて夫婦になることを機に、ルミがふたりの養子になる手続きを行った。

時節柄、外国籍の人間の手続きには若干時間を必要としたものの、すでにユンの国籍をアメリカからベトナムのほうに移していたこと、ひかりとルミはまったくの他人ではなく、双子の兄の子どもであったことから、大きな問題なく届け出は受理された。三人は、秘密裏の活動以外に関しては、さほど隠れまわることなく自由に生活をした。

ユンが以前から暮らしていた住処は、ひかりたちが住んでいた圧迫感ばかりが支配する石壁部屋に比べれば別世界のような、古いが清潔で日の光が充分に入る部屋だった。その部屋は同じ建物の中で間貸しされていたほかの部屋とまったく同じように見えた。廊下に等間隔に並んだドアを入ると、ほかの部屋と同じような間取りで家具やベッドが並ぶ造りだったが、部屋の中にさらに納戸《なんど》のような場所があった。いったん部屋から小さい扉によって納戸に入ってから、納戸の壁伝いに設えられた、ただの腰壁に見える低い引き戸を開け、腰をかがめて入る。納戸と隣の部屋との隙間に在る奇妙に平たいこの部屋は、廊下からは分厚い壁のようにしか感じられないものだった。この部屋は、ユンに納戸つきの部屋を間貸ししてくれた家主の未亡人が密かに教えてくれた、おまけの収納空間だった。この細い二段ベッドがぴったり入っていっぱいの隠し部屋は、不安定な政治状況から自分の財産を守るためにかつて夫がこしらえたものなのだと言い、夫は今、諸々《もろもろ》の理由からもうこの世にはいないけれども、あなたたちのような外国人の家族が居るのなら、いつしか望まぬとも役立つ備えかもしれません、と声を潜めて祈ってくれた。三人は毎夜、この部屋で寝ることを決めごとにした。

ベトナム国内で政府に対してしばしば起きている小さな武力反乱については、かつてほんのわずかな期間在った日本の統治時代に由来する、兵器や兵法が活用されていた。戦争末期の日本人は、原始的な威力の弱い武器で効率的によく戦ったらしい。さすがに今となっては日本国内でもそんな武器や戦い方は物笑いの種でしかないが、現在のベトナムではたとえ竹槍のようなものであっても、昼でも暗い森の中で効率的に使えば充分戦うことができた。加えて一部の特別な思想を持った日本人は、同盟国アメリカの目を盗むようにしてベトナムの完全なる独立に肩入れしていた。ベトナム人の一部の人々には、一部の日本人への親しみが意識の中に浸透しつつあった。このために三人で歩いていると、ときにそういった厚意を受けることもあったし、逆に妙な警戒をされることもあった。

不穏な中にあってユンの活動は〝煽動者〟というにはあまりにも自由で平和的なものだった。その名前も、恐らくは活動によって不都合の生じる団体から悪意をもって勝手につけられた呪われた呼び名であって、ユンのまわりでこの呼び名を使っている者などいなかった。ユンの活動に協力しないまでも無事を祈る者は多く、彼らはユンのことを〝煽動者〟ではなくふつうに「ユン」と呼んでいた。このことは、ユンの存在が情報として国外へ広がっていかない理由でもあったろう。

日本人で、報道のための写真や映像を専門にしたフリーランスのカメラマンはもともとはこの地にほとんどいなかったが、一方でアメリカ側には多くいて、大部分はアメリカ国内での生活に限界を感じた、いわばドロップアウト組と言われる人々だった。彼らは危険を顧みずにどのような撮影でも行い、収入の関係で攻撃的な映像を多く撮って本国に送っていた。彼らにとっては、人々の生活、繁盛する屋台や花で飾られた祭りの祭壇よりも、内乱の犠牲者や泣き叫ぶ子どものほうがずっと重要だった。

米国においてベトナムの映像は豊富にあったが、それはほとんどがアメリカ側からの視点で撮られたものであって、アメリカに送られた映像は攻撃的で刺激が強く、煽情的だった。ある程度そういう狙いがあるうえで買い取られているとはいえ、ユンもひかりも、あの映像が今後のアメリカ自身のフラッシュバックとなって実際に戦地に行かなかった者にさえ長い苦しみを与えることになるのではないかと心配していた。

この古い街が抱えている問題は、戦地となっていることの危険というよりも、生活をするための地域に生じる治安の悪化のほうが大きかった。警察隊のほとんどが軍事的な保安要員として駆り出されていけば、市街地の治安が徐々に悪化していくのは当然のことで、富裕層などの有力者は民間の保安組織に頼ることができるからまだしも、自然と裏金や人脈を持つ者だけが生きていくのに有利な世の中というものができあがりつつあった。金のない者は自分自身が武装して身を守るしかなく、それはつまり一般の人々がすべて自衛民兵になる社会ということだった。

ひかりはユンといっしょになった後も多くの映像を撮影し、日本へ送り続けた。これらのほとんどは、今までと変わりなく幾人かの手を経て報道資料として放送局にわたったために、ひかりの活動は大きく知られる心配がなかった。また、ユンも同じように丹念に、自分の居場所やアイデンティティを塗りつぶす処理を施しながら、ベトナム国内のあらゆるところに情報を流し続けた。ときにひかりは、ユンが実のところひどく恐ろしいテロリストめいたことをしているのではないかと背筋が寒くなることもあったが、当のユンがあまりにも穏やかでルミと仲が良く、またひかりに対しても誠実にユン自身の行動の内容を説明し続けてくれることにすこしずつ信頼や安心を築くことができてもいた。

ひかりがユンから聞かされるユン自身の活動のやり方はとても複雑だった。そのため、ユンはノートに書き込みながら、ときには図面さえ引いて解説をし、ひかりはユンのたくらみに関する理解を深めていく。ユンの、自らの映像による戦い方というのは、情報で戦う戦争よりも若干複雑な、人々が簡単に視覚で捉えられる映像の表面ではなく、もうすこし深層の部分に働きかけていくものだった。それらは民族的な文化背景を利用することが多いので、同じ映像を見ても対象の人たちにだけ働きかけることができた。

暗号は解読コードを持っている者にだけ有効で、持たない者にはただの影絵だった。動物が映像の物語に反応しないのと同じように。

ユンの作りだす映像の中に埋め込まれている言葉の大まかな意味は、

『貴方のクラブのリーダーは？』

であり、映像はそのことを繰り返したずねている。その言葉はユンを指しているもののようでもあったから、ユンはその人たちから注意ぶかく身を隠していた。そうしてその言葉は、何度も聞いているうちにこの国自体の持つ問題をあぶりだしていく。

ただ実際は、もっと恐ろしいあの場所――ひかりとユンのいたあの、動物や植物に溢れたスタジオ――で作られる、ネズミや鹿、黒人の農夫といったさまざまな姿をした〝兵器〟の口から何度も漏れ出て、小さな子どもに口ずさまれていた、狂気じみた呪いの言葉から来ている。貴方のクラブのリーダーは？　と。

増えていくユンとひかりのノートは、まるで恐ろしい機密事項のようにほとんどは燃やされ、わずか数冊だけが隠し部屋のベッドの脇、元から備え付けられていた大きな木箱の二重底の中に収められた。その記録はごくまれに、ひかりによって大切に取り出され、読み返された。

「私は実際のところ、事実を記録しているふりをしてまったく事実を見ていない」

ノートを読み返すたび、きまってひかりはそう、ユンに言う。

自分が見ているのは小さなファインダーの四角に切り取られた、透明な覗き窓だけなんだ。人の死も、生も、憎しみも悲しみもそういうものは全部、窓の向こうで行われていることで、私はただ、透明な四角い物体を見つめ続けているだけのことなのだ、と。

「私はもっと事実を見て、撮らなくては」

「ひかりはほんとうに経験している当事者だけが……、その経験だけを資料に残したほうが価値があるって、心から考えているの？　エレノアの魔法を知ることができたのに」

狭い部屋で続いたひかりとユンの対話は、まるきり禅問答めいていた。

9

Side A

この日、最終的に私たちが到着した駅は、名前をよくよく思い返してみれば以前に彼女とふたり、短編の特集上映を見るために来た小さな映画館のある駅だった。

改札口から出た場所はショッピングビルもバスのロータリーもなくて、さびれた個人商店や古い肉屋、シャッターのおりたきりに見える居酒屋が建っている。幹線道路の側まで出て脇をしばらく歩くと、コンクリートで固められた川沿いに、古い小さな家とも店ともつかない建物たちが並んでいるのが見えてくる。ここは割と最近（私たちが生まれるちょっと前くらい）まで、個人で経営されていた売春宿の集合体だったそうだ。地方自治体による一斉の取り締まりの後に、その景観を残しながら地元のアーティストにアトリエとして提供されたり、新しい商売をしたいという若者に格安で貸し出されている。

「なんか、しらじらしい街から、別のしらじらしい街に変わっただけって感じ」

彼女は相変わらず液晶をかざして街の記録を取り続けながら他人事のように言った。

私はそれに関しては何も言えないで、彼女の言葉を聞いていた。私の血筋がこういった〝しらじらしい仕組み〟を仕掛ける側だったということに関しては、私にとってもほんとうにどうでもいいことだった。

母も物心ついてから――あるいはつく前も？――この親族に、資金的にも物質的にも援助を受けた覚えがほとんどなかったらしいし、私に至っては恐らく、その家に続く人たちから存在すら知られていないんではないかとさえ思う。ただ、私が何か、ちょっとのきっかけから興味本位で公的機関の資料を公明正大な手続きを経て閲覧すれば、自分や母がどんないきさつで今ここに存在しているのかを知ることができる。こないだのように、ちょっと面倒臭い電話をするだけで、母も自分の知っている範囲であれば隠しごとなんてせずに（私を産んだ方法ですらこと細かく）話して聞かせてくれていた。

ただ、私のほうはといえば、家の奇妙な資料や情報に記されている背景に興味をまったく失ってしまっていた。今のところ、結局は自分の持っている知恵だけが自分の証明で良いんじゃないかと思っている。

私はここしばらく彼女と、お母さんの部屋から持ち出したあのノートをいっしょに読んで、その内容をなぞっていた。あのノートは、私のおばあちゃんが学生のころに書き溜めていたものので、そこには多分、彼女の欲しいものがたくさん詰まっているように思えた。おばあちゃんのお母さんが死んだときのことや、そのあとおばあちゃんを育ててくれた、さらにそのお母さんのこと。おばあちゃんの双子のお兄ちゃんのこと、おばあちゃんの子ども、つまり私のお母さんのこと。それと、おばあちゃんがアメリカで出会った、ベトナム人の魔法使いのこと。

私は、ここに書かれた情報に関する好奇心をあまり持っていなかった。最初にノートを見つけたときも、ノートの中身を見ながら、これを見せたら彼女はどんな顔をして喜んでくれるだろう、どんな顔でこのノートを読むだろうって、そんなことばっかり考えていた。

長くつながっている商店街をそれなりの長距離歩いたところで、私たちはこのあたりでは比較的大きな駅にたどり着いた。ＪＲと地下鉄の連絡する駅は古臭くて、平たい場所に昔から変わらないような風情で狭い改札がある。煉瓦造りの高架下を潜って反対側に出ると、県の役所に使われているただ四角く大きな建物の向こう側に、緑の公園がくっついた、今時ドームでもないらしい野球場が見えてきた。

Side B

これはね、純粋に命にかかわる問題。

部屋の中は唾をのむ音も許されそうにないし、だいいち今は、その部屋のすみっこにある箱の中にいて、つまり隠れているわけだから、なんの音もしない部屋よりも、もっと静かにしていなくちゃいけない。

箱は木でできている。これは棺桶《かんおけ》よりもよっぽど人が入るように作られていないから、とにかくきゅうくつで、硬くて、痛い（まあ、棺桶だって生きた人が入るようには作られてないけれども）。木の箱のちっちゃい穴から部屋の中はほんのちょっぴりしか見えないけど、箱の中が暗いぶん、くっきり見えた。

こういうふうに小さな穴から見るといやにきれいにものが見えるしくみについて、前、ひかりに教わったことを思い出した。くわしいことは忘れちゃったけど、とにかく暗い箱にあいた小さな穴から箱の中に差しこむ光は、外側にある「世界の真実」をうつしだす、とかなんとか。

気をつけようとすればするほど漏れてひびきそうになる息を飲みこんで、歯がかちかちならないように奥歯をくいしばってこらえた。箱の中は暗くて狭くて埃っぽくて、そのくせ湿度が高くて暑苦しかった。腕と足をちょっとおかしい感じに折りたたんでいたし、顔を傾けた状態で固定させているから、こめかみから汗が伝ってきて目に沁《し》みたけど、手の甲でぬぐうためのすきまなんてない。

このせまっ苦しさのためにふつうにしているのが大変——そもそもふつうって?——とちゅう何回も、今の状況がおもしろくってしょうがなくなって、笑い転げながらこの狭い場所から出ていってやろうかと考えたけど、自分みたいな小さい子どもがひとり箱の外へ出ていったところで、しかも涙で顔をくちゃくちゃにしていたり、どこかで見た約束ごとみたいに白いぼろきれを掲げていたとして、いくら世界がやさしいと期待したとして、そんな茶番をしたところでひどい目にあわずにすむなんていうことはなさそうだなあと思う。

ほんの数分前までは、暑いだけの、いつもどおりの夜だった。ユンはマグライトを口にくわえながら本を読んでいて、ひかりはカメラの手入れをしていた。

ユンとひかりと暮らすようになってから、夜のあいだ音楽はもうずっと無い。ちょっとした鼻歌さえも。ただ外は充分ざわついていたし、日が昇れば通りはうるさいくらいになる。隠れるだけなら、外よりもちょっぴりだけ静かにすればいい。そうすれば簡単に見つかるようなことはない、とユンに教わった。

ただこれには問題がひとつあって、逆に言えば、探す側も見つけるためには無音でいたほうがいいのを知っているから、たいていは静かにやってくるということ。

遠くから気配が近づいてくるのに気づいたのは、たしかひかりだった。いつもどおりだったのはここまで。

気配が扉の外で止まった。扉の向こう側を強く蹴る音が響くまでのほんのちょっとのあいだに、ひかりに抱えあげられてこの小さな木箱に押しこまれた。何本かのフィルムとカメラを抱きかかえさせられてから、箱が閉まった。

ここまで、ひかりはナイショでこの練習を繰り返していたんじゃないかって思えるくらいのスピードだったけど、しまわれる側にたいする思いやりみたいなものに欠けていて、だからこんなへんてこなかっこうのまま、硬くて狭い箱の中にじっとしているはめになってしまった。

箱のカギをかける音がした。これはまあ、安全のためにはしかたないことだけど、自分で出ることができないと思うとちょっと怖い。箱の上からの振動と同時にカビと埃のにおいで箱の中がいっぱいになった。たぶん箱の上にいくつかの荷物が積みあげられたんだろう。この箱だとか、その上に積まれた箱は、この部屋を借りるときにはもうここにあって、きっと今までたくさんの人の服や、本みたいなもの、あと、たぶん食べものや生きものなんかも入れていたんじゃないかと思えるくらい、いろんなにおいがした。でも、生きた人間が入ったのは初めてなんじゃないかな。それくらい、この箱は人間が入るようにはできていないみたい。

中でむせそうになるのをこらえているうちに、暗さに目がなれて箱の内側のざらついた質感が見えてくる。箱の外側からうすく光が漏れているのに気がついたから、その髪の毛ほどの光の先に注意ぶかく焦点をあわせる。

部屋に入ってきたのは、ものすごくくさい三人の男。ズボンのすそにゲートルを巻いて兵隊さんぽく見える——のはそこだけで、あとはほとんど動物、なんて言ったらほとんどの動物に申しわけないくらいに。顔が見えないうえ何かの暗号みたいなもので話しているのも、わけのわからないくらいきっぱりした敵意がにじみ出ているのも、どっかの物語にでてくるおばけみたいだった。

男たちは低い声でぶつぶつ言いながら、ときどき部屋のものを蹴った。箱の上に積まれたいくつかのものがくずれて彼らの発する声や音がはっきりしたぶんだけ、隠れているこちら側もよけいにどきどきしなくちゃいけなかった。

水っぽいカタマリをたたきつけるみたいな音と、ふだんものすごくやさしくてもの静かなユンが今まで聞いたことがないさけび声をあげて、ベッドの上の腕が、たらんと下がるのが見えた。あんまりにもユンらしくない声だったけど、腕の白さとか柔らかそうな指のかたちでそれがぜったいにユンのものだと思えた。腕は動かない。あー、たぶんユンは死んだ。

つまりユンを殺したのはこのくさい人たちだし、だから、自分が助かる見込みが少なくなった、というかほとんどなくなったということがなんとなくわかった。

ひかりは何も言わないで立っている。箱の穴からは、ひかりがどんな顔をして彼らを見ているのかはちょっとわからない。

いま自分のひざのあいだにある重たいカタマリ、いつもひかりが持ち歩いている見なれたからくり箱のかたちを、注意ぶかく指でさわって確かめる。ひかりが、外で甘いコーヒーを飲みながら教えてくれたのは、この機械のスイッチの入れ方と単純ないくつかの動かし方だけだった。

暗い中で自分の持っているカタマリの形を考えながら、箱の穴に押し当てる。小さな穴はひとつきりで、だからこうしてしまうと自分ではこれから何が起きるのか見ることはできないけど、まあだいたい予想ぐらいはできる。どうせのこと、考えられる中でも、最低なろくでもないことなんだろう。ならこのからくり箱に見てもらったほうがいくらかマシなんじゃないか。袖の布でほんのちょっとでも音が出そうな部分をおおいながらスイッチを確かめて、最初は触れるようにして、そうしてちょっぴりずつ力を込める。電源スイッチは、厚さ三分の一くらいを残して手ごたえを指のさきっぽに感じた後、これからたぶん始まるであろうめくるめくできごとなんてまったく気にならない、みたいな感じで、中のちっちゃな部品たちをのんびり動かしはじめた。

10

Side A

ちょっと疲れたかも、と不平を言う彼女に、だってあなたがどっか行きたいって言ったんでしょう、と、制服姿の私は突き放すように言ってどんどん歩く。ここらへんでは見ない制服だというのと、私服の彼女といっしょにいるということで、平日の午前中だというのに私たちを見とがめる人はいなかった。私立の制服にでも見せかけたような私服を着て、うろうろする同世代の女子は意外に多い。そんなタイプの人間とでも思われているのかもしれない。

野球場の脇は小さな遊歩道というか公園というか、そんな感じに整ってはいるものの、それもちょっと古臭く奇妙なデザインだった。西洋風の噴水や、日本庭園のような散策路に小さな池や灯籠《とうろう》まで作られている。この街にはそういった古臭いものが多かった。たとえば馬車が多く通るために作られた古い牛馬飲水場の跡だとか、ガス灯の始まりだとか。さらにその理由や説明があちこちの立て看板に書かれている。きっとああいうものはあれだけがんばって作られているのにもかかわらず、最後まで読み終えられることなんてないんじゃないかしら。

海が見たい、という彼女の最初の欲求に早いところ応えたくて、私はさらに足を進めた。公園を出て車道を渡れば、いやでも目に入ってくるのは、派手な色をした、鳥居みたいな形状のゲートだった。

「中華街」

とこの時点で彼女は言うけれど、ここは未だ街にもなりきっていない、街の手前の通りだった。私はひとりで何度もここに来ているから知っている。小さな中華料理屋の前には簡単なお土産売り場が作られているものの、ほかは喫茶店や、オフィスビルや、ビジネスホテルや、警察署。ここはゆっくり中国の人たちの街になるための、短い準備の道だった。賑やかな本通りはさらに歩いた先に、斜めに歪んで見えている。

「なんで、中華街ってこんなふうに斜めに曲がっているんだろう」

警察署のむこう、明るく煩《うるさ》い街の先っぽは、道の先に奇妙な角度で目に入ってくる。彼女はさもそれが当然みたいにして端末を掲げている。平日の昼でも人の多い本通りを避けて、もう一本並行している大通りを進むと、しばらくして無音なのにやたら賑やかな宗教施設、お寺と呼ぶにはあまりにも赤くて金色の建物が現れる。この建物を見るたびに、私は母親を思い出す。いっしょに来たことなど一度もないのに。母親をそのまま建物に作り替えたら、きっとこんなだと思う。これは私が幼いころから変わらない、母親に対する私の印象だった。私はお母さんのことを、実際には見たことなんてないのに。

入り口の前にいるだけで、お線香のにおいがしてきた。日本のものと違って太く長い、たくさん煙の出るお線香。まるで煙がいっぱい焚《た》かれることこそが神様へのおもてなしであるみたいに。彼女は、と振り返ったら、煙を写していた。ひょっとしたら煙越しの風景を写しているのかもしれないし、投影されている何か、気を抜くとすぐさま端末が勘違いして人の顔だと認証してしまう、まだらの煙の姿を写しているのかもしれなかった。

Side B 「レンズ付きセルパ」

認可ノンブルの刻印があるものはこれしか残っていないんです。と宿の女主人は申し訳なさそうに階段下の納戸のドアを開けて一台のセルパを見せながら話した。

「この時期、新しいものはほとんどポカラのほうに流してしまっていて。あのあたり、やっと戒厳封鎖が解かれて今が一番トレッキングに良い季節ですから、あのへんはご年配の人にも優しい道が多いだけにね、いろんな方が趣味で行くものですから、セルパも高性能なものが必要なんです」

そこに置かれていたのは確かに古臭い、最低限のポーター機能程度しか期待が持てなそうな四足の自走機で、こちらの感情どころか最低限のバイタルさえもろくに認識してくれないだろう代物に見えた。

「あなた、日本人でしょう」

女主人は、おそらくこの山宿を長く営んでいるんだろう。この町から入山する日本人の多くが、型が多少古くてもかわいらしい感情豊かな表情のついたセルパを使いたがることを知っている。ただ、いま目の前にうずくまっているこれはちょっとした型落ちどころの問題ではなく、表情どころか顔自体ついていない。ロバで言うと首にあたるところからすっぱり切り落とされたみたいな形状をしていて、その断面には、

「立派なレンズですね」

褒めどころに困った僕が言うのに、女主人は驚き混じりの笑顔を見せて、

「おわかりですか。これ、いまだったらまず手に入らない大きさのツァイスです」

「まあ、現在ではこんな大きいもの必要ないですからね、オーバースペックもいいとこだ」

と僕が言うと、声を上げて笑って、

「そう。でもね、これで第三ステージあたりまで登って明け方にでもスコープで覗いてごらんなさい。そりゃすごいものが撮れますから。こういうのも悪くないと思いますけどね」

この型式からいって明らかに場違いな巨大凸面ガラスは、おそらく既製品ではなくなんらかのカスタムによってとりつけられたものだろう。このあたりには何度か来ているし、そのたびに自分よりずっと本格的なアタッカーを見かけるけれど、こんなタイプのセルパを連れている者なんていなかった。

今回の調査はなんとなく長くなる気がしていて、だから多くの日本人が長期旅行をするときのアドバイスに倣って、感情めいたものを豊かに盛り込んだアプリケーションが充実しているセルパを探しなおそうとすこし前まで考えていたものの、目の前でじっとしているこの大きなギラギラしたひとつ目四つ足の相棒も悪くないと思い始めた。どうせのこと、ふたりぼっちで旅を続けていれば藁人形にだって感情を見出してしまうのが人間ってもんだ。それに、明日まで待って認可ノンブルのある機械がうまく見つかるとも限らない。さっき女主人が言った言葉がほんとうなら、この時期はどこだってセルパは不足しているだろう。未認可のセルパだと探索できるエリアが限られてしまうから、それは避けたかった。天候の安定している季節とはいえ、数日入山がお預けになってしまうのも癪《しゃく》だった。

じゃあこれ連れて行こうかな、というと、女主人はとてもうれしそうに、

「ああ、じゃあ、すぐにノンブル同期とパーソナライズをしますね。あなたのパスポートと入

山証を預かっても？」

僕は首から下げているカードケースからそれらを抜き取り、差し出す。女主人はスキャンを何度か試みてうまくいかず、ほんのかすかな舌打ちをしてから端末に手打ちで入力した。

「あら、アタッカーじゃないんですね」

「いくらなんでもこのナリを見ればわかるでしょう」

「このＩＤを持っているとすると、記者？」

「学生です。レポートの出典不備の補強に来ました」

「うれしい。〝彼女〟を出すのは久しぶりなんです」

僕が何者かということにはさほど興味がなかったらしい。女主人は、言いわけがましく早口で付け足す。

「あ、もちろん定期点検には出しています。なんたって、政府の認可つきですから。オーバーホールも万全。明日の朝までにピカピカに磨いて、入り口に出しておきますね。バイタルの登録は朝に行いますから、深酒はなさらないように。まあ、日本の学生さんじゃあ、そんなこともなさらないとは思いますけど」

「〝彼女〟とは」

「ああ、これは、夫が戦地でともに暮らしていたセルパなんです。壊れはしなかったけれど、ほとんどガラクタみたいになってしまったから、引き揚げる段になって処分されるというのを、どうせ捨てるならと引き取って帰ってきて。ずいぶん修理にもお金をつぎ込んじゃって、あの人ったら。あちこちつぎはぎですけれど、かえって最初のころより良い部品のほうが多いので元気に動きますよ」

旦那の形見とも思えば、こんな古臭いものを後生大事にメンテナンスして認可を受けているのも納得がいったが、旦那が〝彼女〟と呼ぶ、戦地から連れ帰ってきたセルパを借りるとなると、若干気が引けなくもなかった。僕は女主人に礼を言って、部屋に戻った。


僕の論文は何度プレリーダーにとおしても、ファクト値が上がらなかった。出典数をいくら増やして登録し直しても、査読まで持って行けるスコアにもならなかったので、あのときの僕はたぶん、すごく苛ついていた。

「この地域の資料の内容があんまりにも神話めいているから、ＡＩが創作と判断してしまっているのかもね」

とからかい半分に言ってきた女の子のことを睨《にら》んでさえしまうくらいに。

「もういっそ、自分でファクトチェックしに行ったら」

と勧めてくれたのもその子だ。今のあなたにはちょっとそういった体験が必要だとも。そのとき、僕はそんなアドバイスにすら説教くさいなという印象を受けてしまった。ただ、そのことに僕自身で気づいたから、まだ辛うじて間にあうと考えて、急いで空路のブッキングをした。

正式に登録されているはずの過去の出典が嘘くさくて数値が上がらないんだったら、僕が実際に行ったところでどうにかなるわけでもなさそうだったけども、すくなくともこの旅を終えればまた、あの不毛な妄言読み取り機との根競《こんくら》べにも無駄に苛つかずに済むんじゃないかと思えた。

朝になって明るいところで見る〝彼女〟は、暗いところで見るよりも一層、

「これほんとうに大丈夫なんですか」

というふうに見えた。

「ええそりゃ。昨日からすべてのモードをひととおり起動させましたけど、もう今朝までで向こうの丘まで五往復ぐらいしたんじゃないかしら」

女主人は遠くの、丘というにはあまりにも険しい尾根を指していった。それが多少盛った言い方だとして、あの尾根が大袈裟なのか、回数が大袈裟なのか、どちらかだけでもほんとうであれば充分驚きに値する。

僕は朝食として出された塩卵の餡《あん》が入った、粘っこく甘い蒸しパンをかじりながら〝彼女〟の姿を改めて確認した。昨日の美談を裏付けるとおり、部品の色はばらばらで統一感がまるでなかった。ところどころファンシーな花柄があしらわれているのは、ひょっとしたら魔法瓶とかそういう日用家電の外側が流用されているのかもしれない。しかも、

「なんか、ずっとカラカラ音してますけど」

「ああそれは、しっぽ」

見ると〝彼女〟のレンズがついた方の反対側、四足動物で言うと尻の上部にものすごい速さ

で回る短い筒のようなものがついていた。

「なんかの測定器ですか」

「マニ車です。徳が積まれます」

「これも旦那さんが？」

たずねると、女主人が急にちょっとおっかない真顔になって、

「まさか。我が軍のすべてのセルパには最初からついていました」

と鋭く断言した。あまりにもきっぱりとした言い方だったので、

「そりゃマオイストにだって、こてんぱんにやられてしまうでしょうね」

と思いついた軽口をやめて、代わりに丁寧に礼を言って宿を後にした。

軍に使われていたことを考えると当然なのかもしれないけれど、〝彼女〟みたいなタイプのセルパは、ある程度年を重ねた人たちにとってそこそこなじみ深い存在のようだった。乗合トラックに積むときも山道口に入るときにも、皆が珍しそうに〝彼女〟を眺めているのがわかった。中には、

「ほんとうにこんなポンコツを連れてこのルートを登るのか」

と、面と向かって言ってくる者もいた。そういったことがあるたびに僕の横でビープ音を発しているところを見ると、どうやら〝彼女〟にも、わりと新しめの疑似感情が搭載されているのかもしれない。まあ、ここまでの彼女の半生を思えばそれも自然なことだろう。

僕は登攀《とうはん》前の準備を整える。と言っても、荷物を彼女の胴体に括って入山登録をするだけで

はあったけれども。

登攀モードになった〝彼女〟はパワーも速さも申し分なく、これならもうひとサイズ大きいテントや一服用のパーコレータを積んでも良かったかと思うくらいに頼もしかった。実際かなり馬力のある駆動を内蔵しているんだろう。ただ困ったのは、彼女の立てる若干をとおり越したやかましい足音だった。彼女の駆動音、油圧ジャッキや関節ごとのきしみ、クッションのない足の裏が砂利に擦れて一歩ごとに響く摩擦音、マニ車のモーター音など、それらは登山道の鳥や昆虫といった小動物の類を驚かせ、一掃した。バードウォッチングが目的ではない自分だって多少は自然の風景を楽しみたいと考えていたのに、これでは地面の中のモグラさえ逃げ出してしまいそうだった。僕は呆れて、騒々しい散歩を楽しむ彼女を見る。しばらく夢中で登っていた〝彼女〟は僕の視線に気づき（実際は僕の動きを知覚し）、大きく丸い、輝く瞳をこちらに向けて足を止める。

音が止む。彼女の音がしなくなったことで、山がこんなに静かだったことに気づいてまわりを見渡すと、山の麓に広がっているのは、山の神に人々の安全を祈る石の塚と、それを取り巻いて飾られている色とりどりの布の旗だった。第一ステージのキャンプだ。僕が荷物を下ろしてテントをこしらえると〝彼女〟はその横にうずくまってセーブモードに切り替わった。明朝の出発は日が昇るよりもずっと早くないといけない。日が沈みきる前にテントに潜って湯を沸かし、インスタントコーヒーに練乳をたっぷり溶かし込んだものを啜った。日が暮れきるころに雪が降ってきた。寝ているあいだもふと心配になって、何度かテントをあけて外を見た。雪がうすく積もった〝彼女〟のマニ車はゆっくり回っていた。

朝になって雪はあまり積もっていなかったが、凍った土に僕と〝彼女〟は難儀しながら続きを登った。未だ暗い道をよろけながら進む。ただ、僕たちの目的は登山じゃあなかった。

第二ステージに入るすこし手前にわかれ道があり、制限エリアに入る審査場がある。ここから奥に入るには、入山証とパスポートのほか、僕がここ数年間、いちおういろいろ必死になって築いたなけなしの信用からやっと手に入れた調査許可のＩＤが効果を発揮する。連れているセルパも文化財保護法によると認可済みのものでなければならない。宿の夫婦に感謝しながら僕はいくつかの書類にサインをし、パスポートとＩＤカードを預け、替わりのトークンを発行してもらう。僕が虹彩《こうさい》をスキャナに向けたとき、窓口の女性が、作業する手元から目をはなすことなく言った。

「美しいお連れさんですね」

最初、僕と〝彼女〟に向けられたものだと気づかなかった。女性は手早くスタンプやタイピングをした後、割印の押された、バーコードの印刷されている紙と、紐のついた樹脂製のトークンを差し出しながら、

「初期状態ではないけれど、うまいこと勘どころを残して動態保存がされていますし、何より認可が下りるくらい現役で動くその型式のものはもう、国中探してもないでしょう。ということは、たぶん、世界中にも」

僕は、突然のことだったのでびっくりして、なぜか、

「うれしいです。ありがとう」

と言ってしまってから、無性に恥ずかしくなってトークンと紙を受け取り、あわてて窓口を離れた。

「そのシールはお連れさんのですよ」

と背中の方から声をかけられる。遅れて〝彼女〟がやかましくついてきた。バーコード付きの紙は、よく見ると裏紙のあるシール加工になっていた。僕はビープ音を出して嫌がる〝彼女〟の胴体の一番目立つところにその紙を貼りつけ、自分は首からトークンをさげる。

ここからはこの国の人であっても、限られた神職にあたる人たちしかとおることのできない特別な場所だった。登山をする多くの観光客はこちら側には来ない。歩いているのは僕と〝彼女〟だけだった。

「来たことある?」

話しかけた僕の言葉を、たぶん意図的に無視して〝彼女〟は進む。僕はここに来るのが初めてだった。登攀モードが自動解除されていたので若干音が静かになっている。〝彼女〟なりの気づかいなのかもしれないなと思いながら、スピードを緩めている彼女と足並みをあわせて進んだ。

石組みの、曲面でのみできた巨大建造物は緩やかな斜面に立っている。太く短い円筒形をしたそれは、ローマのコロッセオに近い。日本で似たものは屋外野球場。外側からは、この建物がどんなもので、どういうことに使われているのかはわからない。すこしでもこの文化をかじった者であれば、入り口や壁の要所にほどこされた意匠によって、ここが宗教施設であることは理解できる。さらにもうすこし知識があれば、この建物がどういうものかはすぐにわかるだろう。それだけこのあたりでは重要なものだった。建物の入り口で神職に荷物を預ける。靴を脱ぎ、代わりに革製の足袋《たび》のようなものを穿《は》かされる。

「その恰好で入るつもりなのか」

ここに入る人間は、みんな黒い頭巾を頭から被って目も薄い黒布で覆っている。宗教上の理由なのだとばかり思っていたが、それだけではないようで、僕がパーカーのフードをかぶると、笑って首を振り、

「そんなんじゃ体を壊すぞ」

といって分厚い黒布を貸してくれた。僕は布を頭から被って建物に入る。後ろからついてくる〝彼女〟を、男は最初入れるのをとがめかけて、その前面にある巨大レンズに気がつくと、顎の動きだけで中に入れることを許可してくれた。撮影機材だと思ってくれたのかもしれない。

建物の中は分厚い外壁の中が通路でつながったいくつもの小部屋になっていて、それぞれの部屋は窓がない。壁は石組みで、扉は木に赤銅《しゃくどう》の補強がしてあった。天然ゴムと薬草を煮だしたにおいがする。風がとおらないので湿度は高かった。部屋に入って調べるのを後回しにして、建物の中心部に急ぐ。日が昇ってからだと、たぶん長いこと見ているのは難しいし、だいいちそのころには確実に追い出される。

このあたりの宗教は特殊ではあるけれども、新しいものじゃない。いま僕たちが見ることのできるこの儀式は一度滅びてから復活している。一時は恐らく戦争によってほかの文化に駆逐されて、それからすこしずつ、手探りで昔のスケッチや文献を掘り起こしながら再生されてきたものだった。

建物中央の空間に出ると、天井が水みたいにゆらいで見える。これは古い造りのガラスを天井全面に張ってあるからだった。新しい製法で作られるガラスは使えないみたいで、いまでは手に入れるのも大変らしい。明け方の月明かりのせいで、ほんとうに水の中にいて、底から水面を見上げているみたいだった。日が昇るまでに朝の祈りをする準備のために、神職の人たちが、面倒くささそうにさえ見える歩き方で神具をひきずっている。

あとは、人がたくさん死んでいる。場合によっては死んでいない人もいるし、もうずうっと昔に死んでしまったふうな人もいる。ここにいるのは、死んでいない人でも、もうすぐ死ぬっていう人がほとんどで、そういう人は体から嫌なにおいをさせながらだるそうに座っている。それで、死ぬ瞬間、決して派手じゃないけれども気のせいではないと思える程度の強さで、ぼんやりと光る。

決まったやり方で決まった水や食べ物を食べて、決まった薬風呂に浸かってここで死を待つ人は、昼間の強い日の光を浴び続ける。強い紫外線を浴び続けた人は、死ぬときに、わかるかどうかのかすかな光を発する。

〝光葬〟というのは、この地域独特の宗教に由来する古い葬式の方法だ。死んだ人はこの温室みたいなガラス張りの天井を持つ円形の建物の中で、光を浴びながらタンパク質を劣化させていって、やがて分解し、消えていく。ごく狭い地域にだけあるこの特殊な信仰は、近接地域で主に行われている風葬や鳥葬といった自然主義的宗教観からくる習慣や文化とも相いれない部分が多かったために、こういった秘密結社のような形で残っていた。

彼らは神が光を作ったのではなく、光そのものが神であると考えている。光という小さな粒子が、人の目の中に入って刺激することによって人に世界を与えている。人に色を見せ、見ることを与え、ときに見ることを奪ったりもする。強い光は、すべての生き物を劣化させ、最終的には形を奪う。

僕はくたびれて座り込み、横で足を折り曲げてステイモードに入った〝彼女〟の立派な胴に頭を凭せた。マニ車の回転音と同調するように、体の内部から何かの駆動音がうっすら響いていた。僕は、〝彼女〟の体内で静かに回っているものについて考える。一度だけ授業で扱ったことのあるずっと古い映像記憶装置は、中で記録用媒体を回転させる必要があったらしい。マニ車の回転は、その駆動を利用しているのかもしれない。そういった物理的な記録装置ならば、

「ひょっとしたらファクトの値だって上がるのかもしれないな」

相変わらず、僕の言葉に〝彼女〟は見事なくらいに反応しなかった。

11

Side A

私は、一昨日に母が（いつものことではあるけれど）唐突に電話を寄越してきたときのことを思い出す。学校が終わって帰宅して、夕食を食べようと思っていた時間だった。いくつもの面倒な手順を経て、電話口から母の声がする。

彼女以外の誰に言ってもこれは信じてもらえないのだけど、実のところ私は、母とこうした電話以外の触れあいをしたことがなかった。世界中の人たちと液晶画面でリアルタイムな会話ができることに疑いのない現在にだって、各国の最高の技術が集結しているであろう戦場の近くでは結局こうやって電話を鳴らして、限られた回線を使うしかない。私は母の顔を見ながらの会話さえしたことが無かった。写真や映像で見たことのある母は私に向かって何かを話しかけてはこないし、私が産まれてからずっと、母は私と別の国で暮らしていたから、もちろん実際に会ったことはない。ひょっとしたら私の母は実際にはいなくて、周囲によっていることにされているだけなのかもしれないなと思うときさえある。

私が子どものころから、たまに母は電話越しになぞなぞ遊び風の質問をした。なぞなぞ、と言ってもそれらはたぶん彼女のまわりでほんとうにあったことで、ただ話すだけよりそうやって問いかけたほうができごとのおもしろさを伝えられると思っているのかもしれないし、もしくは私の成長を、テストの点数や先生からの知らせを聞かないでも簡単に確認できると考えてるのかもしれなかった。

「いま、戦争で使われてる無人の攻撃用ロボットは、毎年何度も最新の型に変更されていくの。まだ使えるものがいっぱいあるのに。勿体《もったい》ないのかなんなのか、よくわからないけど、まあ、とんでもなくお金がかかってるから、そりゃ、勿体ないわよね」

母は続ける。そのロボットはすべてSG―ナントカというコードネームが付けられていたけれど、それはあくまで製品番号で、戦場に出てからはそれぞれの隊で名前を付けることが許されるらしい。殺伐としているためか、名前はたいてい所属している兵士の国か、ルーツを持つ民族の女性に多い名前が付けられるらしく、たとえば整備士の奥さんの名前であったり、母親であったり、ときには有名な女優さんの名前だったり。整備士とロボットは通常一組のチームで作業をするようで、命を預けあうまさに相棒というか、夫婦のようなものなのだろう。

母の取材したある整備士は、集中戦線の中で熱砂に足を取られ転んだところに、白兵（この呼び方はうまくつけたもので、太陽光拡散タイプのケープを掛けたゲリラ兵は、巻き上げる砂に紛れて白い靄《もや》のように見える。これが照準器どころか最新のカメラにも反応しないほどの優れものだった。母はほかの撮影者に比べてこの兵士の姿をうまく撮ることができるためにずいぶんと重宝されているみたいだった）が銃口をすぐそばで構えたのを、すんでのところで〝スー〟と名付けたロボットに命を救われたから、それ以来整備士は〝スー〟と兵舎で添い寝までして生活をしているらしい。

「いいよねえ、相棒。私もそういうものが欲しいよ」

と笑う母の言葉があながち悪ふざけからくるものではないと思えるのは、母がこの年までずっと、たったひとりで世界を飛び回って仕事をしてきているためだった。

Side B

死者の立ち昇らせる特有の臭いを充分すぎるほど知る者でさえ、その住まいに入るなりひどく悲しい叫びを短くあげ、自分のあげた声に我に返り、それからいつもの作業に戻った。

壁に埋まった弾薬のくすぶりがあちこちに残っていて、建物の中にはほかに誰も、階下に住む未亡人でさえ生死の確認どころか、形あるものとして残っていなかった。だからこんなに静かなかで凄惨な隠し部屋の中に置かれた箱に、まさか生存している人間が残っているとは思いもつかなかったため、誰もが少女の存在に驚いた。希望を捨てずに現場を丹念に探っていた国際的な人道支援団体の隊員によって発見された少女は、体をやっと収めることができる小さな古い木箱の中で、ビデオカメラを構えたままの姿で長いこと同じ体勢を取り続けていたために全身が緊張し硬直した状態で、医療施設に運ばれた。

四角く強張った手足が伸びた状態に戻るまで、胎児のように四肢を縮こまらせたままストレッチャーに寝ていた少女は、民族的には東洋的とも西洋的とも見える顔立ちと栗《くり》色の目を持ち、非常に奇妙な生存者として報道された。

少女の抱えていたいくつかのフィルムには街の姿を写した写真が入っていて、カメラの中には、恐らくこの箱の中から隠し部屋を撮ったのであろう映像が詰まっていた。映像は間違いなく少女の撮ったもので、少女はこの件に関して何も言葉を発しなかったが、それについての確認を強要する者はいなかった。映像を見ればその理由が明らかだった。

カメラに映されていたのは、少女の隠れていた部屋において、大人ですら正視に耐えない凄惨な暴行、執拗な強姦と屍体《したい》の損壊が繰り広げられているようすだった。それらの映像から、その部屋にあった遺体（というよりも、もはや肉の千切れた小さな塊となっていた物体）は、少女の両親と、母親であろう人物の腹にいた胎児であるということが予想された。

公表されたその映像は猛烈なスピードで世界に広がって、多くの国、さまざまな人々からの見解が国の中に飛び込んで渦巻いた。日本でもこのことは、

「箱の中の娘、真実を写したり」

と大見出しでその存在を報じた。

のちに遺された映像が国内の争いを速やかに終息させる大きな原因となったという見解を示す者もすくなからずいた。

あまりにセンセーショナルで劇的な発見だったことから、映像自体を捏造《ねつぞう》だという声があがるのも当然のことだった。特に不安定な政治情勢が複雑に長引く場合、数人の男がいがみあって死ぬことが、告発と善意からの怒りによって大量虐殺事件に膨れ上がることもまま起こった。また告発には残念ながら善意の動機がすべてではなく、何者かの利益や企みがその背後に潜む可能性もあり、あるいは事実でも捏造だと言いくるめようとする者も当然存在する。戦いの際に行われる告発は、印象よりも真偽を丁寧に追うことが大切であった。告発自体の数や資料がどんなに残っていても、最終的には真偽のふるいにかけられる。

結局このことでは、残されたフィルムがあまりにも大きな力を持った。実際の映像になっていることによって、虐殺が事実であることが、真偽よりも先に、社会的な印象の上では確実なものになった。

少女の精神の損傷やこれからの生活への影響を危ぶむ専門家は当然のこと、とても多かった。また少女の出自自体に不明点が多く世の中に知られるに至った経緯が衝撃的であったことから、少女の存在は大きくクローズアップされ続け、ついには少女の撮った一連のフィルムが報道映像の世界的な賞にノミネートまでされる。一方で、フィルムのあまりの凄惨さを理由として公開に異を唱える者、閲覧に制限をかけるべきだとする者も多かった。また、無垢な子どもによって撮られた残虐な映像は、平和への意志やジャーナリズムとは別個に考えるべきであるという意見もあった。これでは無人機の撮った映像ではないか。平和へのメッセージは人が撮ってこそ、込めることができるのではないか。そういった主張が幅を利かせるに至り、少女の映像はそれ自身の持つ破壊力とともに封じ込められることとなった。

少女はその後、先進的であるがゆえにきわめてシンプルな、心と体に関する治療と基本的な教育を受けたのち、児童基金の支援を受け大学へと通ってから、自身の意志により戦地の記録を主とする報道の専門家を志すことになった。

少女の存在は世界的に知られていたが、その出自は成人になるころまで明確にならなかった。少女が発見されたときは、両親と思われる人物も、その周囲で協力をしていたらしき者も惨殺されている状況で、また、政治状況も混乱しているさなかだった。ただ、少女がネイティブに近い日本語を話すこと、残っていた映像から少女の母親は日本人で、その人は機材や残されたものから日本で映像や写真を学び、しばらく後に海を渡って日本に向けて報道用の写真などを撮っていた女性ではないかというところまでが突き止められ、そこから日本の興行界に大きく力を持ったHMGグループの一族、嘉納家に縁故のある少女ではないかと、当の嘉納家の親族から申し出があったことで、その衝撃は一層大きく世間に広がることとなった。

いくつかの科学的検査や識者の判断の末（これは正式な結果判断が公表されることは無かったが）、少女は成人後、嘉納ルミとして身元引き受けが行われることとなったが、ルミ自身の希望から帰国は一時的なものとなり、その後は引き続き各国を取材して渡り歩いた。

目的の場所を取材するためならば、自ら軽微な罪を犯して刑務所に入ることさえした（この場合、国籍が身元引き受けの関係で嘉納家のある日本になってしまったために外国人留置所におかれたことをルミは悔しがることもあった）し、さらには自分は日本国の財閥の令嬢だと言って意図的に誘拐されることも行った（この場合は、ルミは自身が嘉納家の人間であることを最大限利用できたと後に語った）。

ルミの作品は、自身の事実上のデビュー作品同様センセーショナルに過ぎるゆえに多くの倫理的批判や手法の面での指摘も受けたが、芸術的、文化的な名誉を求めさえしなければ、そのフィルムを高い値段で買いたがる報道機関は多く、それが世の中に出た後には、いくらでもさまざまなネットワークを介して拡散した。

ルミはその後、結婚することなく人工授精による私生児の出産さえも海外で行い、日本に戻って暮らすことはほとんどなかった。

12

Side A

母は結婚をしたことがない。海外で私を産んだときも、その場しのぎに無性愛者認定の申請をしたらしい。その点で嘘をついてしまったことは、それによって実際に苦しんでいる人に対してとても申し訳なかったけれども、自分はそうまでして私が必要だったのだと言った。

「――それで、去年まで使っていた前の型のロボットがいったいどうなるのか、どこへ行ってしまうのか、わかる?」

私は、母の謎かけをうけて、ほんの短いあいだにいくつかの物騒な想像をした。たとえばジャンク品となってどこかのブラックマーケットに流されたロボットが、拾われて修理されては蹴り飛ばして憂さを晴らすための慰み物になっているとか、攻撃性能を極端に弱められた機械が、玩具としてショッピングモールのプレイヤードで子ども同士の操縦によって戦わされているというような。でも、母のうきうきした言いまわしに、それらの想像が見当違いだと感じて口をつぐんだ。

母は、おそらくさっきどこかで聞いてきたばかりなのだろう、声を弾ませ、一刻も早く聞いてほしそうに早口で自分から答えを明かした。

攻撃用ロボットの再利用は、軍に従事してロボットの整備士をしていた技術者たちが共同で立ち上げたベンチャーが、クラウドファンディングで資金を集めているのだという。

「部外者からみれば機械でも大事な相棒だもの、いつまでも人殺しをしていてほしくないって、そう考えるものなのかもね。もしくは自分じゃないほかの人と組んで戦ってほしくないとか、そのへんは複雑かもしれないからよくわからないけど。まあ、とにかく、そのロボットは改良されて、人が入っていけないような森の中で、生態系の監視をしているんだって」

それは、場合によってはかつて原子力発電所であった跡地や、まだ地雷が残る砂漠のような居住が不可能な場所や、ときには人間が足を踏み入れるだけで生態系が大幅にくるってしまうような、非常に繊細な保護区であったりするのだという。増えすぎたり減りすぎたりする生体数を管理するにはただそこにいて観測するだけでなく、ときには体じゅうについたカメラで映像を撮影することによって密猟者の告発さえやってのけるらしい。

野生の希少動物の監視をしているロボットは、数年前にはその、カメラのレンズ部分に火を噴く筒を備えて殺戮を繰り返していた兵器なのだそうだ。動力は太陽光で、夜は四足を折って眠るようにうずくまる。ほかの動物も、それを何か別の生き物だと思って放っておくように、仲間には思えなくても敵だとも獲物だとも思えないような、適度に奇妙な造りにしてあるのだそうだ。母はそこまで楽しそうに話して、相変わらずかなり一方的に電話を切った。

Side B 「ディベート」

教師がリモコンを向けどうにかした操作を行うと、教室の上部にぶら下がっているモニターに映っていた映像が、ちょうど泣き叫ぶ赤子の大写しで止まった。

「こんなわけで戦争が起こったきっかけになったこの事件では、罪もない山間《さんかん》集落が丸ごと焼き払われ、食糧も財産もなにもかも略奪されたのですね。こういったことは山村で絶えず行われていたようですが、政府が国境に軍備を敷いて宣戦布告をする直接的なきっかけになったのが、この記録映像だったといわれているわけです」

生徒たちが静まりかえり、女生徒のすすり泣く声さえかすかに響く中、ひとりの生徒がまっすぐ頭上に、迷いなく手を上げる。またか、とうんざりして教師がその生徒を指す。さも我々の国の教育は、こんなにも不躾《ぶしつけ》な子どもにさえ自由で開かれていると言わんばかりに。

生徒は男子で、背はこの学年の平均値よりも若干低い。成績優秀ではないが授業には熱心に出る。利発というわけではないが非常に早口でよくしゃべる子どもだった。

「その虐殺を行った者が、敵だということがなぜわかるのでしょう」

ほかの生徒から声が上がる。

「胸に同志バッジがあったじゃないか。服も朋民《ほうみん》軍のものだ」

「あんなもの、いくらだって手に入るんだよ」

「僕、昨日市場で見た」

「そもそも国境とバッジが違うだけで彼らとは同じ民族で、というか使う言葉も文化も同じなのだから、見分けなんてつかないんではないですか」

「朋民軍になりすまして味方を殺して、なんの利益がある」

「裏切り行為っていうこと？」

「いや、朋民軍のふりをして倫理にもとるひどいことをすれば、朋民軍の品格というか評判を下げることができるだろう。戦争したい人にはこれ以上ないきっかけだ」

「だったら、朋民軍だって政府軍のふりをしている可能性がある」

「そんなこと言ったらこの村だって、朋民軍の人間が装ってる可能性もあるんじゃないか」

「敵のふりをした味方にお互いが殺されているっていうこと?」

体格の良い女生徒が涙声で叫ぶ。

「だけど、そもそも敵さえいなければ、結局、集落は襲われずにすんだことに変わりはないだろう? 結局朋民軍が悪いことに変わりはない」

「そんなこと、向こうだって同じように思っているのでは」

「敵さえいなければたたかわない……。それがこういう、映像で作り上げられた敵だったとしても?」

「戦争をするためには敵が必要だけど、今となっては、敵なんて映像上の存在で充分だ」

「そもそもこの映像が存在することに、利益があるのが僕たちだけなんじゃないのか」

「利益ってそんな。こんなひどい目にあっているのに」

「たとえば、この集落が朋民軍のものだったら?」

「もう、雑談はお終いにしましょう。お終いです」

先生が机をたたき、声を上げる。最初に手を上げた男子生徒が構わずに続けた。

「たとえばこれと同じ映像がどこかでこしらえられている。そこは真実の焼き直し工場だ。真実は、村が焼かれたということと、殺戮と略奪というひとつの悲劇だったとする。その、ひとつの悲劇を何とおりにでも利用しようとしてちぎったりつないだりを繰り返している工場がある可能性はないのか。バッジと服をつけ替えただけの別映像が、国境の向こうで同じように、授業で、愚かな教師によって、教材として使われている。罪のないモニターやリモコンが、愚かな教師の操作によって大量の映像を止めたり再生したりしている可能性をまったく想像できないような、そんな僕たちじゃあないはずなんです」

生徒は教室にぶら下がった、いまは青一色の隅に〝STAND BY〟とだけ表示されたモニター画面を指差していった。

「こんなものが真実を映しているのかそうでないのか、また、どのくらいの割合で人の手による演出が入っているのかで言い争うよりも大事なことが在るというのを、みんな見ないふりし続けている。見やすいものだけ見て、気になりやすいものだけ気にするように操作されているんだ。素っ裸で泣きじゃくりながら逃げてくる女の子や、戦車の前に立つ男がどこの誰かなんて関係なくて、利用する人間どもが違うだけじゃないんですか」

と生徒が言うのに教師は半分泣きべそをかいているような声で問い返す。

「君は……いったい何を言っているんだ？」

13

Side A

私はご飯の支度をして、食事をとりながら〝SG〟と名付けられた機械についてずっと考えていた。荒野でほかの生物を探し求め彷徨《さまよ》うその元兵器の名前は、きっとキリスト教の贖罪《しょくざい》の山羊《やぎ》に由来しているんだろう。最新式にひとつ型落ちした、体じゅうにレンズのついた山羊は、人を守って、人を殺して、添い寝して、動物を見つめながら荒野を彷徨う。

相棒が欲しい、と母は言った。

私は彼女と、明日何をして遊ぼうか。

Side B「SG《スケープ・ゴート》」

椎《しい》の実はもうとうに食い尽くしてしまっていて、舌の上にはすでにその味わいの記憶の一片も残っていなかった。どんなに噛み砕いてもなんの足しにもならない、乾燥し切って葉脈ばかりになった枯葉が、視界いっぱいに広がっている。晴れてはいるものの非常に冷え込む朝の光の中を踏み歩くたび響く葉の弾ける足音は、一回ごとに、自分以外に何物も存在しないのを思い知らせるように、痩せた木々のあいだを縫って染み込み消えていく。耳をそばだてるのははるか以前から諦めている。首を下ろしたまま鼻先にある棘のある柴を前歯で拾い噛み砕く。水分の抜けた繊維が奥歯で味気なく咀嚼されるのが、耳骨に痛々しく響く。もうどのような生き物も食糧として相手にしなくなった葉は、呑み込む際にも食道の壁をこそげるようにして痛めつけながら胃の中へ下りて行った。

なぜ自分だけが残ったのだろうと、ふと思った。自分より体の大きく勇敢なものも、また足の速い臆病なものもたくさんいたにもかかわらず、皮肉なことに皆、その特徴のために命を失っていった。優れたものを何ひとつ持たなかった自分だけが、なぜここで、生きながらえているのか。自分以外にはだれも残っていないから、この疑問に答えてくれるものも当然、いなかった。

ここにあるのは圧倒的な孤独だけだった。他者との境目がないために、自分の形が不安定になり、どのようにも歪み、溶け流れてしまうのではないかと思われた。実際自分がどのような存在で、どう生きるべきなのか、いや、生きているものなのかどうかさえ、もうはっきりと意識することはできなかった。

別に、音がした。

自分の立てた音とは確実に違う、何物かの足音だった。重く、ゆっくりと、力強い音だった。乾いた草が、自分以外の何者かによって踏まれる音が澄んだ空気とともに自分の鼓膜を振動させた。その揺れは脳へと伝わり、鼓動を速くし、体を温めた。何物かの存在は、たとえ寄り添いあうことが無くても体温を上げる効果を持っているのだと知った。首を上げ、耳をあらゆる方向へ向けて感覚を研ぎ澄ます。ただ、その背後に迫る落胆にももう大分馴染んでしまっている。今までも何度もそうやって、自然と石の転がる音や風が枝を揺らす音に期待をして近づき、失望して項垂れた。今回もその類のものかもしれない。

それでも音は止まなかった。確実に自分の側へと近づいてくる、乾いた足音。音に向かって走り出そうとするが、足が縺れてうまく駆け出せない。こんなにも筋肉が衰えてしまっていたのに驚き、そしてふと、音の主が自分の捕食者だったら、と不安を感じるがそれは一瞬だった。この際、敵でもいい。もうどれだけ他者と出会っていないだろう。痩せきった木々の中を、腿の筋肉を引き絞って歩み出す。会いたい。何物かと関係を持てるなら、最早《もはや》つかまり食べられるという結末を迎えてもいい。捕食でも構わないから他者と関係を持った状態でこの場所からいなくなりたかった。でなければもう残された道は飢えて孤独に倒れ、この木々と同じく枯れきってしまうだけだった。

走った先にいた、足音の主はやはり他者だった。黒く太った胴に不似合いな、四本の華奢な肢《あし》が伸びている。首はない。胴体の上に直接角のようなものが一本ついている。艶々と滑らかに出っ張った目が、胴体の表面、体じゅうにびっしりついている。のんびりしきった体の動きとは裏腹に、中の目玉はせわしなくまわりを見回している。

この緩慢な動きの体相手ならば、もし襲われたとしても逃げられるのではないか。ただこちらももはや激しく動くことが、ひどくつらくなっていた。この〝他者〟は、丸々と太っているので体力戦になると途端に不利になるだろう。向こうもこちらのようすをうかがっているようだった。さっきまで忙しそうに動いていたすべての目は、今では自分一点に向けられている。

やがてそれは、奇妙に軋《きし》んだ音を立てて四肢を折り、その場にうずくまった。

どれほどぶりの他者だろう。以前出会ったのは自分よりもずっと小さな、樹上を走るものだった。それは出会ったときにはすでに弱って茶色の草の上に横たわり、その日が暮れぬうちに息絶えていた。

この大きな他者は、捕食者のようではなかった。恐る恐る鼻を近づけると、嗅ぎなれない(油の腐敗したような?)においがし、温かかった。自分以外の、温度を持った生き物に出会えた安心感から、すぐそばに同じように肢を折って寄り添った。太い胴体の中からは、自分の鼓動とは明らかに違った、規則的な、さまざまな種類の音がした。どの音もそれぞれの規則を持っていて、ほかの音と融和しているようすはなかった。どれも、初めて耳にするような音だった。

14

「でもね」

彼女はいつものフランチャイズカフェで、天井のレンズの群れから目を離すことなく続けた。

「妾腹《めかけばら》が交ざっていたなんて思いつきは、ドラマだとか映画の見過ぎみたいに思われるかもしれないけど、でも、私にとってはまさに福音だった」

と彼女は、自身の手足と同じにまっすぐ伸びた、力強い声で言った。私はいつもどおり彼女の考えをまぶしく思う。やはりうちに残る奇妙な家系図のつぎはぎの空白には、どうしたって彼女が似合うのだ。彼女の妄想によって私の家の奇妙な物語を埋める作業は、私にとって、すごくわくわくするものだった。単なる同級生である彼女は、その妄想を現実に近づけようとするあまり私と強引な形で友だちになって、一方で私のほうは家に残っていた資料を、彼女にできるだけ全部広げて見せた。それは、私が彼女にしてあげられるせめてもの、なんというか、妄想の手伝いみたいなものだと考えていた。

私は、自分のおばあちゃんだとか、もっともっと上の人たち、横浜に古くから暮らして、妙な歴史を持っている私の家系をどれだけ気味悪いと思っていたかしれないし、あんなものをほんとうだなんて思っちゃいなかった。どんなに関連資料だとか映像を見せつけられても、だ。

そもその家系図だってまったくずたずたの代物だった。あちこち養子が交ざっているし、昔はそういうのがふつうだったらしいし。

私は彼女の真似をして、自分の持っている端末の端っこにくっついているレンズをそのまま、私たちのいる部屋の天井へ向けた。人差し指と親指をあわせて触れることで目覚めた液晶の、二本の指をそのまま広げると、画面に映し出されたものはスワイプされてその正体が黒く艶のある半球体であることを誠実にフォーカスした。

あらゆる世界に住みながら姿をかじられ続ける私たちは、同時に世界のあらゆるところをかじることもできる。人の住むところにあるレンズというレンズに、自分のレンズを向けることは、今のところ犯罪とはみなされていない。それらはこんなに恐ろしい武器なのにもかかわらず。

いま私が液晶越しに見ているのは、近頃はどこにでもある丸いもの。この街にはほかにとても古めかしい、防犯カメラ然とした角ばったものや、あるいはもっと洗練された、薄型で壁のデザインに馴染んだものもある。そのどれもがみんな困り顔で、自分よりもずっと小さな私たちの手の中のレンズと見つめ合う。無数のカメラたちが、自身が被写体になることを想定していなかったことによる動揺とともに、液晶に収まっていた。

私たちは、望めばどうにかひとりずつに与えられるくらいのひとつのレンズと、夜でもなお眩しい液晶と、いくばくかの記憶容量を、子どもっぽいブレザーのポケットに隠し持ってサバイブしていて、この武器はその気になりさえすれば一本のでたらめでひどいほらを吹く映画をすっかり作り上げて、全世界に配信だってできてしまえる。たとえそれが非常に危険なもので、瞬く間にアカウントごとデリートされてしまったとしても、何度だって、繰り返し、いくらでも。

「撮り潰せ」

彼女は、きっぱりした口調でそういった。なんかの悪い冗談みたいに白いワンピース姿の彼女から発せられる言葉は、一層冗談みたいに聞こえた。

どうせ、私たちみたいなどうしようもなく無力な生き物は、巫女みたいに何か特別な能力を持った清らかな少女という役割を勝手に背負わせられている。そんなものに対して私たちは開き直ることさえまだ強くためらっていた。だってひとたび私たちがそれを受け入れてしまったら、次に進まされるステージや成長に伴う地獄への分岐は、どうせのこと〝強い母〟か〝孤独な魔女〟の二択だ。

彼女も、そしてもちろん私も知っている。撮影されてしまった後のこの世の中は、まるきりの冗談なんだっていうこと。きっとそれはもう、私のお母さんや、おばあちゃんのお母さん、うんと、ずっと前の人——たぶんそれは人が写真や、映像とかいうものを作り出した瞬間から？　違う、光をその目に見たときから——こんな馬鹿げた冗談がまかりとおってきたことを、命を懸けて楽しんでいた。私は彼女に問う。

「たとえば私たちが動画を検索して、ビルに飛行機がぶつかっていくところだったりとか、銃の乱射や、海が荒れ狂うようすを見て〝まるで映画みたい〟って思うことに後ろめたさがあるのは、なんでなんだろう」

それは、お母さんの部屋に残された箱の中に、埃にまみれて、確かにあった。

『光ハ偽、即チ戯』

殴り書きで、ノートの端に書かれたそれこそが、世界の真実であるように思えた。どんなノンフィクションでも、書いた瞬間それが物語になるのと同じで、世の中のすべてのものが、撮った瞬間に現実もフィクションも全部がいっしょくたに、ごたまぜになってしまっているのを、私は恐らく自分の産まれるずっと、ずうっと昔から、自分の目で見て、感じてきた。

彼女は私の問いに答える。

「〝映画であってほしい〟っていう、祈りにも似た想いを抱いてしまった、弱い自分に対する後ろめたさでは？」

きっと、だからこそフィクションへの祈るような気持ちで、私たちはずっとレンズを覗いて生きているんじゃない？

『又、光、祈』

私たちが撮るのは結局のところ、祈りのためにだった。眩しさに立ち向かう私たちに、運命は、闇を照らすものを祈りで撮り潰すために、ほんの小さな、まるっきり玩具でしかないほどのささやかな、レンズを与えたもうた。人が光に祈り始めたのは、たぶん人が人たり得る程度に進化した、ほんの初期のころだったただろう。

今まで私たちが出会ったできごと、たとえば人の恨みや念が渦巻く自滅的な事件や、絶望的な事故や、卑怯《ひきょう》な虐待や、起きるだなんて思いもしていなかった災害、それにまつわるばかばかしい人災。高い塔から次々に零れていく人。爆風で根こそぎ吹き飛ぶ家。布の目出し頭巾をかぶった男に鞭打たれる少女。ママゴトめいた死。渦、霧、拳大の雹《ひょう》、疫病。犬や猫がオモチャみたいに殺される姿。それらを見る者が、

「まるで、映画みたい」

と思わず漏らすつぶやきが、

「これが、映画だったなら」

という祈りに、インチキじみた方法でちょっとずつすり替えられていってるとしたら。きっとそれは、

『幻ニシテ現実ニ非《あら》ズ』

みたいなこと。おばあちゃんのノートには、そう記されていたんだった。読み間違いじゃなければ。私は確かに、それを読んでいた。それが諦めでも、絶望でもなく、圧倒的にばかばかしく輝かしいことなんだと気づいているのは、実はとっても特別なことなんだ。私や、母や、おばあちゃんやそのお母さん。たくさんの、幻にまつわる祈り。どうせのこと私たちはインチキな巫女の役割から逃れられないのなら、せめて。そうして、これはきっと、今まさに彼女も考えていることなんじゃないかって、思っている。

これが単なる、私と彼女のまったくのひどい勘違いであったとして、誰がそれをとがめる?

解説

倉本さおり

本作『暗闇にレンズ』が第四十二回日本SF大賞にノミネートされたとき、選評で選考委員の草上仁が「手ごたえのある小説を読んだという読後感と感動があった」と述べたあと、こう続けている。

企みに満ちているような、天衣《てんい》無《む》縫《ほう》であるような、論理的で無機的であるような、身体感覚に富んでいるような、ある種矛盾した印象を受ける。（中略）これは評者の読解力の不足によるものかと思うが、読み進んでいて、何か読み落としているような、読み違えているようなもどかしさと不安も常につきまとった。

「何か読み落としているような、読み違えているようなもどかしさと不安」――まさに自分が読者として高山羽根子の作品に感じていたことを言い当てられてしまった気がする。

描写から浮かびあがる画《え》や像は息を呑《の》むほど鮮明でなまなましい。にもかかわらず、叙述される出来事はつねに両義的ないし多義的で、どこまでいっても「正解」を得たという実感には辿《たど》りつけない。結果、言葉を追う喜びにこれ以上ないほど満たされながらも、終始落ち着くことはなく、読み手は自らのまなざしの欠けや歪《ゆが》みを疑い続けることになる。

だが文学《フィクション》とは、そもそも「答え」ではなく「問い」を読者に与える営みではなかったか。深く重たく問い続けることで、当然のように過ちを繰り返してきた現実との馴《な》れ合いに抗《あらが》おうとするものではなかったか。

高山羽根子の持つたぐいまれな想像力は、まさしく文学と呼ばれるものに由来する力だろう。デビュー以来、人の営みのささやかな輝きを切り捨てることなく濃《こま》やかにすくいとりながら、その周縁にたゆたう業《ごう》の昏《くら》さをも鋭敏にひろいあげ、小説にしかできないやり方でアラートを鳴らし続けてきた。

このタフな傑作のなかで描かれるのは、映像技術と女たちの生き方をめぐる壮大な偽史だ。それは同時に、あまりに胡乱《うろん》なこの現実の世界の緻密な写し絵でもあるのだ。

「LIGHTS」「CAMERA」そして「ACTION!」。本書を構成する三つの章には映像にまつわる題がつけられ、物語は「Side A」「Side B」の二つの時間軸が並行して進んでゆく。

「Side A」は女子高校生の〈私〉の一人称視点で綴《つづ》られる物語だ。外資系フランチャイズカフェで友人と放課後のおしゃべりにいそしむ——その姿だけ切り取れば、いかにも現代のありふれた日常のひとコマといった風情だろう。読者である私たちの現実と地続きにあるはずの光景。だが実際は、いたるところに整然と設置された監視カメラの存在が不穏な気配を滲《にじ》ませている。正確にいえば、それらのレンズ機器を〈ひとつ目〉と呼びならわし、奇妙に乾いた諦念を本文中にまき散らす〈私〉のまなざしが得体のしれない不安をたちあげるのだ。

一方「Ｓｉｄｅ Ｂ」では、一八九六年に活動写真上映機が初めて日本に持ち込まれた場面から語り起こされ、それぞれに異なるかたちで映像技術に関わってきた母娘四代の歴史が三人称視点で綴られていく。作中でひもとかれる家系図の起点となるのは、国内外からの客で賑《にぎ》わっていた横浜の娼館《しょうかん》だ。その事実上の経営者にして女傑と呼ぶにふさわしい母のもとで育てられている娘・嘉納照《かのうてる》は、成長して機械学をおさめたのちパリの撮影スタジオで働く。二年後、照は親しい仲だった娼妓《しょうぎ》の遺児・未知江《みちえ》を引き取る決意をする。その後、学校に馴染《なじ》めず、自宅で照から直接教育を受けた未知江は、語学力を買われて記録映画を制作する撮影所に入り、世界各地を飛び回るようになる。

やがて未知江はドイツ人と結婚し、男女の双子を出産する。そのうちの女の子・ひかりは、第二次世界大戦後しばらくして才能を見出《みいだ》され、ディズニーを思わせるアメリカ最大のアニメーションスタジオに入所。のちに双子の兄の遺児・ルミと、スタジオの同僚だったベトナム人の男・ユンと三人で暮らしながら、映像を駆使してベトナム共和国のレジスタンス活動にコミットしていくのだが――。

科学の進歩をまのあたりにしている興奮。いまこの瞬間を記録することへの使命感。そして純然たる好奇心。「女」たち――つまりは私たちの知る歴史のなかでもっぱら「撮られる」側に立たされてきた者たちが、「撮る」ための技術をめぐって自らの才をのびやかに発揮し、社会のシステムに主体的にかかわっていく過程には、すくなからず昂揚《こうよう》を覚えるだろう。実際、この小説では娼館の娼妓たちをはじめ、女性のキャリアのありよう自体にさまざまな角度から光が当てられていく。加えて、照たち嘉納家の女が自ら選び取っていく「家族」の姿は、血縁や国籍、制度上のしがらみといったものに縛られない新しい生き方を体現してもいる。

とはいえ「Ｓｉｄｅ Ｂ」の中で「歴史」として綴られるのは、単なる技術革新の記録でも、立身出世の物語でもない。それは〈もっと、ずっと不穏な〉何かといわざるをえないものだ。なぜなら、作中世界における「映像の歴史」とは、そのまま人間の生命を著しく脅かしうる「兵器の歴史」でもあるからだ。

例えば、ボーア戦争で大英帝国軍が用いたとされる〈ミトラ〉なる作戦。光を湛《たた》える荷台を曳《ひ》いた馬車の群れが町を埋め尽くす異様な光景に人びとの視線が吸い寄せられると、荷台の外《と》幕《まく》になにがしかの映像が映し出され、見た者の脳に作用し精神を破壊したという。あるいは、連合軍の紋章が入った〈プルシャの目〉なる兵器。落下傘にぶら下がった球体状の機器に埋め込まれたいくつものレンズから放たれた強烈な光は、白壁輝く街並みの中に無数の映像を浮かび上がらせ、見た者は誰ひとりとしてその後正常な生活を送ることはできなかったと伝えられる。第二次大戦下の日本の婦人たちに〈糠床《ぬかどこ》で育つ〝種〟〉として配給されたものの忌まわしさにいたっては言葉を失うほかない。

これら光と映像技術を用いたさまざまな兵器は、眼球というレンズを通じて人間の体の内側から破壊をもたらすため、真相のあやふやな記録として作中に登場する。だがそれは、さえざえとした美しさと恐怖を同時に携えた映像として、私たちの脳裏に確かに刻まれる。なにより、作中の世界を席巻《せっけん》する「映画」のありようは、私たちのよく知るはずのそれと本質的にまったく変わらない。いま、ここにある現実と地続きにあるどころか、ぴったりと重なりうる景色――それらが含みこむ禍々《まがまが》しさも輝かしさも寸分違わず描ききってみせる透徹した凄《すご》みに、小説家としての高山の本領と本懐がある。

教育や娯楽の変革。あるいは戦争や弾圧の効率化。映像という光は恩恵と同時に底知れない闇も次々に生み出していく。むろん嘉納家の女たちも無謬《むびゅう》ではいられない。ひらがなとカタカナだけで綴られていたプロローグの場面が後半、漢字を伴って再び現れたとき――ようやくピントが合ったその像のあまりのおぞましさに打ち震えるだろう。

あらゆる世界に住みながら姿をかじられ続ける私たちは、同時に世界のあらゆるところをかじることもできる。（三八七ページ）

彼女も、そしてもちろん私も知っている。撮影されてしまった後のこの世の中は、まるきりの冗談なんだっていうこと。（中略）――たぶんそれは人が写真や、映像とかいうものを作り出した瞬間から？　違う、光をその目に見たときから――こんな馬鹿げた冗談が

まかりとおってきたことを、命を懸けて楽しんでいた。(三八八ページ)

思えば「撮る」という動作を示す英語には、snap(かみつく)にせよ shoot(撃つ)にせよ、いずれも獲物に向ける視線が含まれている。〈かじる〉という〈私〉の表現は言い得て妙だ。物事の一部分を食いちぎり、好き勝手に消化し消費したはてに浮かびあがるその像は、真実と呼ばれるものの姿とは本来、あまりに遠い。ここでいう〈冗談〉という言葉の軽さは、〈命〉という言葉にあったはずの重さを奪い返すべく、半ば逆説的に用いられているのだろう。

さて「Side A」と「Side B」、並走してきた二つの時間の流れは徐々に接近し、終盤に入ってついに接続を果たす。いうなれば人類の未来の起点に立っている〈私〉は、そこで自らのレンズを世界のあちこちに据えられたレンズに向けることを選ぶ。それは祈りのためだ。乱反射する虚実が再生産してしまう悲劇を〈撮り潰す〉ために。見るという行為を過去から未来に向けて解き放つために。

高山羽根子は二〇二〇年に「首里の馬」(『新潮』二〇二〇年三月号、のち新潮社刊)で第百六十三回芥川賞を受賞する前、「居た場所」(『文藝』二〇一八年冬季号、のち河出書房新社刊)、「カム・ギャザー・ラウンド・ピープル」(『すばる』二〇一九年五月号、のち集英社刊)と連続で同賞にノミネートされている。いずれも記憶と存在の輪郭を——その不確かさこそを小説にしかできないやり方で見事に写しとった作品だ。

虚と実。正と誤。善と悪。

本質はいつだってそのあわいにこそ横たわり、人の営みの輝きや背負うべき業もまた、グラデーションのなかでしか捉えられない。

思い起こすのは高山の出世作「オブジェクタム」(『小説トリッパー』二〇一八年春号、のち朝日文庫『オブジェクタム/如何様《イカサマ》』所収)だ。記憶と事物の断片が織りなすインスタレーションとでも呼ぶべきこの小説は、各書評子から大絶賛された。中心にあるのは、語り手が子供の頃、秘密基地でこっそり壁新聞をつくっていた祖父の思い出だ。そこには遠い昔の偽札事件を匂わせる緊迫した謎も見え隠れするが、その像は最後までひとつに固定化されない。なぜなら語り手自身がそれ以外のおびただしい断片を——ささやかでかけがえのない景色や出来事を捨象することを避けているからであり、けっきょくはそうした手つきでしか人というものの輪郭をつかまえることはできないからだ。

本作の末尾の一文がまさしく「問い」の形で閉じている点は示唆的だろう。その問いに「正解」はもちろんない。あるのはただ答えを求める営み——私たちがこの現実を自らの目で捉え返そうとする営みだけ。だが、そもそも人間とはそうした時間の連続のなかでしか捉えられないし、捉えるべきではないものなのだ。

高山羽根子の小説は、その意味を全き質量で教えてくれる。


本書は、二〇二〇年に小社より刊行された作品の文庫化です。

著者紹介　1975年富山県生まれ。多摩美術大学卒。2010年、「うどん キツネつきの」が、第1回創元SF短編賞佳作となり、同作を表題作とした短編集で書籍デビュー。2020年には「首里の馬」で第163回芥川賞を受賞。近作に西島伝法・倉田タカシとの共著『旅書簡集 ゆきあってしあさって』がある。

検印
廃止

暗闇にレンズ

2023年3月10日　初版

著　者　高《たか》山《やま》羽《は》根《ね》子《こ》

発行所　（株）東京創元社
代表者　渋谷健太郎

162-0814/東京都新宿区新小川町1-5
電　話　03・3268・8231-営業部
　　　　03・3268・8204-編集部
URL　http://www.tsogen.co.jp
DTP　キャップス
暁印刷・本間製本

乱丁・落丁本は、ご面倒ですが小社までご送付ください。送料小社負担にてお取替えいたします。

ISBN978-4-488-80308-7　C0193

第1回創元SF短編賞佳作

Unknown Dog of nobody and other stories◆Haneko Takayama

うどん キツネつきの

高山羽根子

カバーイラスト＝本気鈴

◆

パチンコ店の屋上で拾った奇妙な犬を育てる
三人姉妹の日常を繊細かつユーモラスに描いて
第1回創元SF短編佳作となった表題作をはじめ5編を収録。
新時代の感性が描く、シュールで愛しい五つの物語。
第36回日本SF大賞候補作。

収録作品＝うどん　キツネつきの，
シキ零レイ零　ミドリ荘，母のいる島，おやすみラジオ，
巨きなものの還る場所
エッセイ　「了」という名の檻褸の少女
解説＝大野万紀

創元SF文庫の日本SF